W0210924

il est plus tard que tu ne penses

J'AI LU

GILBERT CESBRON | *ŒUVRES*

Romans	
LES INNOCENTS DE PARIS	
ON CROIT RÊVER	*J'ai Lu* 478**
LA TRADITION FONTQUERNIE	*J'ai Lu* 38*
NOTRE PRISON EST UN ROYAUME	
LA SOUVERAINE	
LES SAINTS VONT EN ENFER	
CHIENS PERDUS SANS COLLIER	*J'ai Lu* 6**
VOUS VERREZ LE CIEL OUVERT	*J'ai Lu* 65***
AVOIR ÉTÉ	
IL EST PLUS TARD QUE TU NE PENSES	*J'ai Lu* 131***
ENTRE CHIENS ET LOUPS	
UNE ABEILLE CONTRE LA VITRE	
C'EST MOZART QU'ON ASSASSINE	*J'ai Lu* 379***
JE SUIS MAL DANS TA PEAU	*J'ai Lu* 634***
VOICI LE TEMPS DES IMPOSTEURS	
MAIS MOI JE VOUS AIMAIS	*J'ai Lu* 1261****
Essais	
CHASSEUR MAUDIT	
CE SIÈCLE APPELLE AU SECOURS	*J'ai Lu* 365*
LIBÉREZ BARABBAS	
UNE SENTINELLE ATTEND L'AURORE	*J'ai Lu* 565*
LETTRE OUVERTE À UNE JEUNE FILLE MORTE	
CE QUE JE CROIS	
DES LEÇONS D'ABIME	
Théâtre	
I. IL EST MINUIT DOCTEUR SCHWEITZER *suivi de* BRISER LA STATUE	
II. L'HOMME SEUL *suivi de* PHÈDRE À COLOMBES *et de* DERNIER ACTE	*J'ai Lu* 454*
III. MORT LE PREMIER *suivi de* « PAUVRE PHILIPPE »	
Contes et Nouvelles	
TRADUIT DU VENT	
TOUT DORT ET JE VEILLE	
DES ENFANTS AUX CHEVEUX GRIS	
LA VILLE COURONNÉE D'ÉPINES	*J'ai Lu* 979**
Divers	
I. JOURNAL SANS DATE	
II. TANT QU'IL FAIT JOUR	
III. UN MIROIR EN MIETTES	
IL SUFFIT D'AIMER	
MOURIR ÉTONNÉ	*J'ai Lu* 1132***
CE QU'ON APPELLE VIVRE	*J'ai Lu* 851****
MERCI L'OISEAU!	
HUIT PAROLES POUR L'ÉTERNITÉ	
UN VIVIER SANS EAU	
DON JUAN EN AUTOMNE	
PASSÉ UN CERTAIN ÂGE	
TANT D'AMOUR PERDU	

GILBERT CESBRON

il est plus tard que tu ne penses

Éditions J'ai Lu

NON SEULEMENT À LA MÉMOIRE
MAIS À L'INTENTION DE
SORANA GURIAN
MORTE
VICTORIEUSE

SORANA GURIAN est l'auteur d'un pathétique témoignage :

RÉCIT D'UN COMBAT, publié en 1956 par les Éditions Julliard.

I

L'EAU ET LE MOULIN

L'oiseau se laissa tomber dans le vide, comme une pierre. Mais les bêtes ne se suicident pas, et ce n'était qu'un jeu nocturne. Au ras de la croisée entrouverte, il déploya ses ailes et retrouva son vol. Ce battement précipité, ce chuchotement de plumes éveillèrent Jeanne. « Le bruit de l'eau... », pensa-t-elle. L'eau joyeuse et grave qui, depuis des siècles, en contrebas de cette fenêtre, butait aveuglément contre le mur du Moulin puis le contournait, le longeait, s'attardant comme une main aimante. « C'est le bruit de l'eau qui m'a réveillée, pensa-t-elle. Pourvu que Jean... » Mais non, il dormait, un bras nu replié sur son visage aux rides si profondes que Jeanne disait parfois : « Je sais lire dans les lignes de ton visage. » Elle le considéra ; mais comme si, du fond de son absence, le dormeur perçût ce regard, le souffle parut lui manquer : ses lèvres tremblèrent, sa main...

— Jean ! commanda-t-elle à mi-voix ; et tout rentra dans l'ordre.

Elle se sentait un peu coupable d'observer, à son insu, le masque de cet étranger sans défense, son mari. Elle baissa ses paupières, rappelant en vain le sommeil. Mais l'aube déjà explorait la chambre comme un voleur : ce jour, le dernier des vacances, le premier de l'automne, était déjà mystérieusement commencé. Une année entière devant soi! une année de feuilles mortes, de branches nues, de muguet, avant de retrouver ce Moulin et son eau qui coulait, pareille au temps, indifférente.

Jeanne se glissa hors des draps sans en ternir la neige. Du côté de Jean, comme toujours, une tempête de toile, un lit de faits divers. D'une main que le sommeil avait désemparée, il froissait encore le coin du drap comme une lettre irritante. Si frais aux pas, le carrelage! Pourtant, à peine Jeanne y eut-elle posé le pied que son corps, dans l'instant, devint moite tandis qu'un sang de plomb, aussi lourd, aussi lent, se coulait dans ses membres. Elle porta la main à son cœur. En vérité, elle souffrait partout sauf là; mais depuis des mois, depuis que ce mal singulier lui endossait à l'improviste un harnais de douleur, ce geste lui était devenu habituel. Sa main devant son cœur... Pour protéger quoi? se protéger de quoi?

« Calme, reste calme... » — Voilà. *Cela* commençait à passer à présent : *cela* s'éloignait aux pas lents de son sang, la laissant rouée, les jambes tremblantes, l'esprit livré à ce tourbillon de pensées — toujours les mêmes : « Consulter le docteur... Non, non! ne pas inquiéter Jean... Mais s'inquiéterait-il seulement? Si étranger à la souffrance des autres... Au camp, il s'était *blindé* pour survivre; et depuis... »

Son visage encore baigné de sueur, ses yeux soudain brillants de larmes, elle les tourna vers le dormeur avec une sorte de rancune. Elle était seule. Impuissante à vivre sans cet homme-ci, mais seule, entièrement. A qui, à quoi rêvait-il? Dans quelles eaux interdites nageait ce grand corps nu tandis qu'elle-même coulait au fond, sans un geste?

Il n'avait, comme toujours, conservé que son bracelet d'identité : l'alliance et la montre, il les laissait chaque soir à son chevet. « Tous les hommes sont des soldats, pensa-t-elle amèrement : mariés avec la guerre, l'amitié, le souvenir des morts. Tous des survivants... » Sur la table basse, Jeanne vit aussi le paquet de cigarettes encore béant. Demain matin, le premier geste de Jean serait pour en happer une à même ce paquet.

Ensuite seulement, il s'étirerait, se tournerait vers Jeanne en souriant et, qu'elle dormît ou non, la prendrait dans ses bras toujours chauds.

« Il m'aime, se dit-elle très vite. Il pense à moi plus tendrement absente que présente — mais c'est leur façon d'aimer. Il m'écrit toujours au crayon : comme si cela l'engageait moins; mais il baise la lettre avant de la jeter à la poste — Bruno l'a vu, Bruno me l'a dit. (C'était le frère de Jeanne.) Hier, il a su retrouver les surnoms qu'il me donnait durant notre voyage de noces *et il n'a pas ri*. Il m'aime... » Elle répéta tout haut : « Il m'aime » comme afin de s'en persuader.

Après dix ans de vie commune, ce perpétuel dialogue avec elle-même était-il signe de victoire ou de déroute? Parfois, pour se rassurer, elle appliquait à son amour cette phrase de Bruno : « Une foi vivante est celle qui a des doutes. » Un amour vivant...? Mais l'autre Jeanne, l'implacable, poursuivait le duel. « Tu te tranquillises à bon compte, soufflait-elle. Le temps est l'ennemi des femmes; le temps, qui nous défait, travaille pour eux. Ce leur est si simple d'être courageux ou consciencieux; tandis que rester belle... Notre seule assurance n'est pas le mariage mais les enfants. Et jamais tu ne lui donneras d'enfants. »

— Il n'en voudrait plus! se répondit Jeanne pour la centième fois. En mars, quand nous sommes retournés à l'Œuvre d'adoption, prendre une décision pour le petit

Yves (Oh! le regard du petit Yves...) avec quelle soudaine brutalité ne m'a-t-il pas entraînée dehors, sans un mot. Jean ne veut plus d'enfant.

« Belle victoire! reprenait la voix impitoyable : c'est lui qui est devenu ton enfant désormais. Tu prends envers lui des soins maternels. Son amour pour toi n'est plus qu'habitude et gratitude... »

Un train cria par-delà la rivière; la plainte enrouée d'un train, seul aussi dans cette aube incertaine. Jeanne tressaillit, tourna lentement la tête vers cet appel; ainsi font les bêtes prisonnières. Son regard rencontra le miroir : elle s'y vit entière, statue inattendue, la main encore posée sur son cœur. Le même geste... Quoi! tout cela n'avait donc duré qu'un instant? Ce dialogue intérieur, son partage secret — sa vie même tenait donc en quelques secondes! Elle s'approcha du miroir, y regarda sans complaisance la femme qu'aimait le seul homme qu'elle aimât. Redressant et reculant un peu la tête, clignant des yeux (« prenant ses distances », comme disait Jean), elle détailla cette image avec le regard froid que dédient toutes les femmes à celles qui sont aussi jolies qu'elles. Les jambes longues, les hanches un peu trop étroites, le ventre dont Jean disait parfois, en y posant la tête... — Elle sourit à cette pensée et caressa ce ventre timidement, comme l'enfant d'une autre. Ses mains remontèrent jusqu'à cette poitrine qui faisait sa fierté et que Jean regardait encore dès qu'elle entrait dans une pièce. « Tes seins inutiles! » pensa l'autre Jeanne. — Mes seins *intacts*...

Une fois de plus, elle sentit, à gauche, rouler sous ses doigts ce petit noyau parfaitement dur, cette grosseur si bien délimitée dont elle tremblait que Jean ne la décelât : « S'il s'apercevait que j'ai de la cellulite! Que sa « statue », sa « championne », sa « louve » a de la cellulite... Dieu merci, mes bras, du moins, ne grossissent pas! » C'était, aux yeux de Jeanne, le premier signe de la déchéance : les bras morts, les bras livides et gras des femmes vieillissant. A présent, elle scrutait au miroir ténébreux ce visage juste un peu trop maigre : ses yeux de biche, leurs paupières aux longs cils et qu'elle baissait ou relevait si lentement. Le nez dont les ailes frémissaient à la première émotion et Jean se moquait d'elle : « Ne t'envole pas, ma Jeanne, ne t'envole pas ! » La grande bouche aux lèvres minces (dont elle-même ne savait plus qu'à la moindre contrariété, ses coins s'abaissaient, durcissant la figure entière). Ce visage à la fois si secret et si expressif : pareil à l'eau dont la surface mouvante ne révèle rien de ses profondeurs. Et les cheveux mi-longs qui l'encadraient, coiffure mobile et lente dont Jean refusait qu'elle changeât et qui datait de leur rencontre.

— Bien ! s'accorda-t-elle enfin; et elle rougit en se rappelant soudain que Jean aimait justement en elle qu'à l'inverse des autres femmes, elle ne se regardât jamais dans les glaces. « Tu es tout le contraire des autres... » Jeanne avait toujours pris cette phrase pour un compliment — davantage même : une garantie. *Mais n'était-ce pas tout le contraire?* Et, cette nuit, son cœur se serrait à la pensée qu'un malentendu aussi essentiel aurait pu la séparer de Jean sans que rien, dans leur vie, n'en parût altéré... Elle se tourna vers lui, vers son visage endormi, quêtant une réponse. Mais il demeurait indéchiffrable à cause de ce bras nu qui le masquait en partie. Ainsi, sur les photos des magazines, un simple trait noir barrant leur regard suffit à rendre les personnages méconnaissables.

Tout d'un coup, elle crut s'affaisser. Les jambes lui manquaient; ou plutôt ses chevilles lui paraissaient prêtes à se briser, comme après une marche forcée. Ce harassement soudain, cette ossature d'oiseau : cette défiance envers toutes les jointures de son corps, envers son corps entier, se faisaient de plus en plus fréquents. « Bah, les vacances arrangeront tout cela ! » — Et voici que le dernier jour des vacances était arrivé...

« Voir un médecin... Non ! que Jean ne se doute de rien... » Le carrousel tournait de nouveau dans sa tête : l'esprit plus délié que jamais dans un corps ennemi — du mercure dans une gaine de plomb. Elle éprouvait, pour la première fois, la sensation *d'habiter son corps*. Allait-il, de nouveau, devenir ce scaphandre où, tout à l'heure, elle étouffait, ruisselante de sueur ?

Les bras en avant, Jeanne gagna vivement la croisée et s'y assit en soufflant comme une vieille. Machinalement elle porta de nouveau à son cœur — non ! à son sein gauche — une main qui, d'instinct, en évitait la nodosité. Elle en voulait à Jean de ne pas se réveiller, s'inquiéter, bondir vers elle. Pourtant, elle frémit en le voyant s'agiter dans son sommeil... « Je ne sais pas ce que je veux ! » Elle était assise au-dessus de la rivière, au bord du vide frais. De la main (cette main, sur son cœur, inutile) elle aurait pu toucher la branche endormie d'un tremble dont l'obscur fantôme surgissait du fond des eaux calmes. Une brume traînait sur la rivière ; le jour se levait sur la pointe des pieds. Le train cria encore, beaucoup plus loin, beaucoup plus faiblement. Il annonçait la ville, l'hiver, la maison vide : la solitude quotidienne. Oh ! le regard du petit Yves, lorsqu'elle s'était retournée sur le seuil, une dernière fois, malgré Jean qui l'entraînait... Oh ! la voix cassée du petit Yves... « Il pleure trop ! avait expliqué l'infirmière : *il appelle sans cesse...* »

— Je vais réveiller Jean, décida Jeanne à mi-voix (car elle avait pris l'habitude de parler seule). Le réveiller, lui expliquer que c'est insupportable, qu'il n'a pas le droit, que le temps passe... Demain, dès demain nous retournerons à l'Œuvre. Mon Dieu, pourvu que le petit Yves...

— Non, reprit l'autre voix en elle avec un calme exaspérant, tu ne lui diras rien. Ta forme de courage à toi, c'est le secret, le silence : la lâcheté... Vous n'adopterez pas d'enfant. Tu n'oseras jamais risquer que l'amour de Jean se partage. Non plus que le tien : tu veux continuer de l'aimer passionnément *et maternellement.* Comme tu ne perdras pas la plus petite parcelle d'amour en lui, fût-il paternel. Pas d'enfant entre vous : il faudra bien que les deux pierres tiennent sans ciment. Ainsi, ton mari n'engraissera pas de fierté, comme les autres pères; et vous n'ennuierez point vos amis de vos photos ratées; et tu ne parleras pas de toi-même avec majesté, à la troisième personne : « Allons, qu'est-ce que Maman a dit? »... — Pas d'enfant!

Deux oiseaux se chamaillaient sur la branche si proche; quelques feuilles d'un bronze léger tombèrent en spirale, se posèrent sur l'eau étonnée, y dérivèrent sagement.

— Je suis l'eau et il est le moulin, murmura Jeanne. L'eau et le moulin, répéta-t-elle en souriant.

Elle acceptait d'être l'eau fidèle et docile, inépuisable, celle qui veille en silence. L'eau se trouvait là avant le moulin. Au commencement était l'Amour...

Elle resta ainsi un long moment, assise au seuil du matin. Ces instants volés au Temps l'enchantaient, la payaient d'avance de cette année à venir, semblable aux autres : si remplie et si vide. Elle était, elle serait toujours celle qui attend... La montre à son poignet, l'alliance à son doigt (qu'à l'inverse de Jean elle ne quittait jamais) la retenaient prisonnière. D'un seul regard, elle pouvait voir sa vie entière devant elle, pareille à ce paysage immuable dont l'aube, laborieusement, dessinait les limites. Elle aussi, une fois pour toutes, avait reconnu ses frontières — et c'était une pensée insupportable. Mais à qui la confier? Pas à Jean qui, chaque matin, partait à l'assaut de la journée neuve, comme un loup à sa chasse! Pas à Jean que rien ne blasait : ni son métier (il travaillait dans une agence de publicité), ni les titres des journaux du soir, ni les chansonnettes de la radio. Son regard — tel un rayon de phare — parcourait impérieusement la page des spectacles : « Tiens! (Ses phrases commençaient souvent par *Tiens* ou par *Moi*) ils sortent un nouveau film au Royal... Tiens! C'est Jenny Larsen qui reprend le rôle de... » Un zèle de provincial à connaître le nom des moindres comédiens, à se *tenir au courant* — expression stupide! « Depuis le camp, je mets les bouchées doubles », disait-il aussi. Pourquoi Jeanne s'en irritait-elle, sinon parce que cet affairement l'humiliait, elle dont la vie se cantonnait à Jean et qui aurait voulu pareillement lui suffire. « C'est leur façon d'aimer, se répétait-elle amèrement. Aucun autre ne me donnerait, aucun autre surtout ne me demanderait davantage... »

Le jour patient montait comme l'eau dans l'écluse. Il révélait déjà, dans le jardin de l'autre rive, le visage las des roses de septembre. Elles seraient bientôt mortes; elles étaient encore belles : plus belles que jamais, peut-être. Il montait de la rivière une odeur de pourriture qui était celle de la vie. Jeanne prit peur. Ce monde qui s'éveillait à grandes dents, ces milliards d'existences qui ne subsistaient qu'aux dépens les unes des autres et dont tant, à cette heure, étaient déjà condamnées : ce monde invivable... Une panique la saisit, celle de l'enfant qui se réveille dans une maison vide, croit y entendre des pas et ne sait plus de quoi il a le plus peur : de cette absence ou de cette présence. Jeanne se leva, courut vers Jean et s'agenouilla près de lui, souffle contre souffle. Tout ce qui n'était pas l'homme qui dormait là si paisible, lui semblait effrayant. Lui, lui seulement!... « M'aime-t-il ainsi? se demanda-t-elle dans un dernier sursaut de fierté. Mais non : tout le reste le comble. On ne peut pas aimer autant la vie et aimer! » Elle écarta doucement ce bras chaud qu'il avait ramené sur ses yeux et il apparut, ce visage que la souffrance avait oblitéré et où l'adolescence transparaissait malgré les rides et les méplats, pareille à un jardin oublié qu'on découvre à travers une grille. Visage de soldat, de déporté — visage d'enfant cependant. De cette race d'hommes à qui le casque va bien; qui sortent du rang, s'avancent d'un pas et se portent volontaires. Si aptes aux jeux cruels des hommes — et les femmes, qui devraient les redouter, les admirent. Même privé de regard, désarmé par le sommeil : même à la ressemblance du mort qu'il serait, cet homme-ci la protégeait. Lui seul. Elle seule. Que tout son trésor tînt dans ce souffle, dans le battement si lent de ce cœur (et le drap, contre le corps nu, tressaillait au même rythme) — c'était une pensée banale mais qui, cette nuit, prenait pour Jeanne un tranchant tout neuf. Les autres êtres avaient disparu de sa vie. (Elle oubliait Bruno; elle oubliait le petit Yves.) Disparus, ses parents, après tant de soucis et d'angoisse qu'elle n'enviait même pas ceux de ses amis dont le père ou la mère survivait, vieillissait. N'être que deux dans ce désert et voici que l'autre dormait...

De nouveau cette panique enfantine s'empara d'elle; et de nouveau, elle sentit son corps broncher.

— Jean!

Et soudain, elle pensa à Dieu et tout retomba d'un coup comme le vent, à Sa voix, sur le lac de Tibériade. Ou plutôt, *elle pensa* « *Dieu* » et vit distinctement, à la fois, la nuit sans bornes où brillaient des milliards de mondes, des milliards de regards — et le visage de l'homme seul couronné de sang. Les deux infinis. Cela ne dura pas même le temps de le pouvoir formuler, mais lui rendit un calme absolu : celui du malade qu'on transporte à la salle d'opération et chez qui, au dernier moment, la confiance domine de peu sur l'angoisse. Un calme sans joie. Elle était l'eau et Dieu l'Océan : « Tôt ou tard, l'eau rejoint l'Océan... » Cette pensée, qui l'avait si longtemps désespérée, était la seule, en cet instant, qui pût la soutenir.

Jean ne croyait guère en Dieu. C'était le premier grand-père qu'il eût perdu : enterré avec son enfance. Bruno, le frère de Jeanne et qui était prêtre, Jean le traitait affectueusement comme un enfant attardé. L'Église catholique lui paraissait n'avoir jamais été associée qu'à ses heures les plus pénibles : au décès de ses parents, au camp (dont les cérémonies clandestines l'avaient exalté parce que la mort rôdait dans le voisinage). De toute évidence, Dieu avait partie liée avec la mort; et ses prêtres, vêtus de deuil, en restaient un peu contagieux. La mort n'était-elle pas sa grande rabatteuse et, par l'absurde, la preuve de son existence? Or, le jour où les Américains avaient libéré son camp, Jean avait signé un nouveau bail inattendu avec la vie. « Dieu et moi, disait-il, sommes pareils à l'évêque et au préfet : nous nous saluons dans les cérémonies officielles; le reste du temps, nous nous évitons... » Pour Jeanne, qui ne le rencontrait qu'en cachette de son mari, les relations avec Dieu prenaient l'aspect d'une double vie. Elle eût souhaité que Jean en fût jaloux — mais non : irrité seulement. Jeanne se pencha sur le masque endormi. Ses cheveux (qui ne suivaient ses mouvements qu'avec un instant de retard, comme la jupe de la danseuse) vinrent effleurer le front, caresse de soie. Sans quitter des yeux ce visage absent, Jeanne à mi-voix récita Notre Père... « Ne nous laissez pas succomber... Délivrez-nous du mal... » Chaque fois qu'elle disait *nous*, elle pensait : Jean et Jeanne. C'était un abus de confiance, une sorte d'espièglerie très grave, et elle le sentait bien. Elle n'aurait pas aimé que Jean se réveillât tandis qu'elle le bernait ainsi avec le Ciel...

Achevée la prière, elle fit posément le signe de croix; replaça le bras de Jean en travers de son visage avec une sollicitude un peu brutale, comme on borde un enfant endormi, puis essaya mais en vain d'ordonner les draps. Avant de se recoucher, elle alla se parfumer devant le miroir, sans s'y regarder. Elle se sentait parfaitement calme, mais épuisée. Elle s'endormit aussitôt tournée vers Jean, comme toujours.

Peu après — est-ce le train, la rivière, ou l'oiseau? — Jean s'éveille à son tour. Il s'assied droit dans le lit, son buste bronzé (« Ton torse d'Égyptien ») émergeant d'un taudis de draps. Aussitôt il se tourne à gauche, happe une cigarette qu'il allume d'une main, la tête inclinée, et dont il aspire la première bouffée avec une sorte de fringale. Il n'en finit plus, à présent, de rejeter de la fumée par les deux naseaux, pareil au cheval de décembre. Alors seulement il se penche à droite vers Jeanne endormie et une sorte de sourire, à la fois heureux et moqueur, détend son visage. D'un seul doigt, comme un indiscret soulève un rideau, il écarte les cheveux si légers et dégage ce profil qui, subitement, ne ressemble pas à l'autre — mais Jean seul en sait les différences. Jeanne dort, les lèvres entrouvertes, les dents serrées.

— Ma biche, murmure-t-il : deux mots qu'il se répète chaque jour mais n'ose prononcer devant quiconque parce qu'il les trouve ridicules. Et aussi parce que, d'instinct, il préfère cacher à Jeanne qu'il l'aime aussi tendrement qu'elle l'aime. Il se penche, trop près, tel un magnétiseur :

— Ma biche... ma louve... ma statue... — Ton parfum...

Dès le premier instant il l'a senti (malgré la cigarette, l'automne et le relent de la rivière); mais il fronce son long nez parce que ce parfum exhale encore une force que six heures de sommeil tiède devraient avoir atténuée. Le regard fixe, les narines dilatées, Jean s'étonne. « Tu as dû être chien policier dans une vie antérieure ! » se moque son ami Bernard, lorsqu'il le voit ainsi s'arrêter de parler pour *suivre du nez* un passant, une brise.

Ce parfum de Jeanne (toujours le même, Jean l'exige) oblitère celui de toutes les femmes qu'il a connues et, d'avance, contrarie toute tentative d'aventure. Les autres ont une odeur si vulgaire ou si exclusive... S'approcher d'elles, c'est entrer dans un monde étranger — Casse-cou ! Ainsi, ces parfums dont usent les femmes (et dont la violence même envoûte les hommes faibles) mettent Jean en garde contre elles. Au royaume de la chair, Jeanne aux cheveux odorants, au corps net, lui vole donc à la fois ses souvenirs et ses chances... Il lui en veut, certains jours : il lui en veut soudain, ce matin : oui, de se montrer si tranquille, si assurée d'elle et de lui. « Si tu savais tout ce que je te sacrifie, et cette faim de chair neuve que j'éprouve parfois... » Il croit même lui reprocher alors ce qui fait le prix de Jeanne à ses yeux : son dégoût instinctif du Mal sous tous ses masques. Quand elle baisse lentement ses paupières et désapprouve sans un mot, inutile de plaider ! Bernard lui-même, l'avocat, le bavard, Bernard se tait. L'horreur de Jeanne pour le Mal, Jean la compare à l'émouvant, l'invincible dégoût des grands malades pour toute nourriture. Cette pureté, cette netteté lui semblent inscrites dans ce profil endormi — « et qui ne rêve même pas ! » s'irrite Jean.

Que Jeanne fût mystérieuse, partagée, il ne le supporterait pas. Pour lui, presque tout est « de deux choses l'une ». Ainsi les femmes : des saintes, ou des jouets. Saintes, sa mère qu'il a si peu connue, sa sœur aînée qui l'a élevé, sa femme transparente. Jean pense : « D'ailleurs, n'est-ce pas la moindre des choses que celle-ci me soit fidèle puisqu'elle ne m'a pas donné d'enfant ? » Et encore :

« Elle est heureuse puisque je l'aime... Je l'aime puisque je n'en aime aucune autre... » Postulats absurdes, jugements instinctifs — voilà sur quelles fondations semble bâti l'univers où Jean vit heureux. Ses doutes, sa finesse, il les réserve aux discussions qui n'engagent rien d'essentiel : palabres de bureau, interminables entretiens avec Bernard. Jeanne y assiste en tricotant (pour quelles familles ou quelles œuvres secrètes ?) des petits vêtements qu'elle s'oublie à contempler trop longtemps, les tenant à bout de bras comme un bébé, mais sans leur sourire.

— Cela ne t'intéresse pas, ce que raconte Bernard ? lui demande Jean le traître, lorsqu'il la devine le plus absente.

— Si, mon chéri, ment-elle posément ; mais, regard excepté, son visage est le même qu'à présent : oui, elle dort à leurs discussions ; mais à quel débat essentiel et secret veille-t-elle donc ; Quelle vérité partage-t-elle dont Jean se trouve exclu ? Parfois, il éprouve la certitude humiliante et pourtant rassurante qu'il n'est qu'un enfant, et Jeanne une grande personne. Mais ne jouent-ils pas, chaque jour, les rôles inverses ? Qui protège l'autre ? « Qui a le plus besoin de l'autre ? » se demande-t-il, question sacrilège dont la réponse ne lui laisse aucun doute — *sauf ce matin...* Singulier matin ! Quelle heure est-il ? — Très tôt, puisqu'il déchiffre l'heure péniblement à sa montre froide. Un coq chante, enroué.

Jean considère Jeanne qui dort avec un abandon de morte. Il lui en veut d'être à la fois si fragile et si souveraine ; et que ce soit sa chaleur, son parfum, sa voix qui lui servent à jauger toutes les autres femmes. Elle dort, son unité de mesure ! Et ces yeux clos suffisent à faire d'elle une étrangère, presque une ennemie. « A Paris aussi elle dort, pense Jean avec une brusquerie morose : mon métier, mes amis, que lui importent-ils ? Elle ne me parle jamais de ce qu'elle fait, de ce qu'elle pense. Elle m'écoute, elle m'approuve : me mépriserait-elle ? »

— Oh, Jeanne, pourquoi ?...

Il a parlé haut, à son tour. Le coq chante pour la seconde fois. Voilà de longues minutes que Jean lutte contre de certaines images; maintenant, il sait qu'elles vont le déborder. Il ne fallait pas parler tout haut, ouvrir la vanne : « Non, non! » commande-t-il encore, mais en vain; le prochain mot qu'il prononcera, qu'il ne peut plus retenir, le voici murmuré d'une voix singulière, presque celle d'un autre homme :

— Yves...

Allons, puisque Jeanne dort, il peut bien lâcher les rênes, s'abandonner à sa mémoire. Cette salle blanche, les pieds traînants des infirmières, le sourire marchand de la directrice de l'Œuvre, l'odeur aigre des enfants et, dans des parcs, des lits ou des berceaux, eux tous. *Rien que des yeux,* et dont aucun ne cille! aimantés par Jeanne et par lui, attachés à leurs moindres gestes. Des yeux de bêtes, sans un sourire — de bêtes condamnées et résignées. « Au camp, lorsque les types prenaient ce regard-là, c'est qu'ils étaient perdus... » Ils avaient cessé de crier, ces petits étrangers, presque de respirer — et par instants, l'un d'eux suffoquait. Jean avait la nausée; il croyait que c'était l'odeur de lait caillé, d'eau de Cologne... « Partir d'ici! partir... » Et puis, attaché sur un petit fauteuil bleu, Yves qui, tout d'un coup, leur tend les bras. « Six mois que nous sommes venus; impossible qu'il nous reconnaisse! » Leur tend les bras si fort que son siège semble basculer en avant. Une bouche qui sourit, mais des yeux fixes, tragiques : ceux d'un personnage de cire. Yves, trois ans, dont la tête se met à trembler comme s'il prévoyait ce que Jean va faire, ce que Jean le souriant, le goguenard, le calme, commet soudain avec une brutalité inouïe : saisir le bras de Jeanne, l'entraîner — « Mais, Jean... » — écarter l'infirmière, pousser du pied la porte blanche. Il se retourne, cependant, commandé par l'instinct tragique qui nous oblige à regarder encore une fois ce qui nous blesse à mort. « Yves! Oh, le petit Yves... »

Quelles bonnes raisons avait-il données, sur ce trottoir, à Jeanne interdite mais déjà soumise? Des passants regardaient cette femme si pâle aux paupières baissées et cet homme qui ne parvenait pas à allumer sa cigarette. Quelles bonnes raisons? — Les mêmes que son esprit s'affaire à lui fournir, ce matin encore, pareil au vieux serviteur qui fait du zèle mais néglige l'essentiel.

La vérité : Jean a pris peur. Jean le courageux a été saisi jusqu'au ventre d'une immonde peur au moment où cet enfant vivant lui a tendu les bras. Quoi! ce n'est pas ainsi qu'on entre à jamais dans la vie des autres! Ce serait trop simple, qu'il suffît de tendre les bras! Un être qui, d'un seul regard, demande tout — et que donne-t-il en échange? Pour sauver un tel gosse en train de se noyer, Jean aurait sûrement sacrifié sa vie; mais il n'admettait pas qu'on la lui prît ainsi : d'avance et sans conditions, d'un seul geste exigeant... Ce gosse qui ne ressemblait ni à Jeanne ni à Jean : qui était lui-même; qui se permettait, à trois ans, de *peser*, d'un coup, aussi lourd que chacun d'eux!... Jean s'était retourné vers sa femme, certain de lire sur ce visage ses propres sentiments — mais non : une expression inconnue, un regard de fiancée. Ce petit étranger avait donc déjà conclu alliance avec elle? Il suffisait d'un mot (de répondre à cet « Alors? » que la Directrice venait de hasarder), et leur vie entière basculait? Non, non! Et soudain, Jean avait retrouvé ce que cette salle fétide et ces gosses suppliants lui rappelaient : le mois précédent, pour la fête de Jeanne (ou, confusément, la dissuader de ce projet d'adoption), il avait voulu lui faire présent d'un chien et s'était rendu dans un chenil. Ces cages trop étroites, ces bêtes soudain muettes et dont les regards angoissés le suivaient; l'un d'eux surtout, qui s'était mis à trembler et à geindre comme un enfant et montrait ses dents en une grimace triste — « Il n'est pas méchant : il vous sourit! » Ce jour-là, déjà, Jean s'était enfui sans un mot d'excuse ni même ce « Je reviendrai » qui n'abuse aucun marchand. Un mois plus tard, au milieu des enfants perdus, la même panique l'emportait. Il existe donc une race d'abandonnés, aux yeux suppliants, qui d'un seul regard vous donnent tort? « Innocents, tous innocents ici, sauf moi! » Ce petit visage en représentait des millions d'autres, hommes et bêtes, pour lesquels on ne pouvait rien. Car à quoi bon commencer? C'était sans fin, sans fond : un autre monde...

Bien sûr, dans cette nuit même que l'aube effaçait patiemment, des êtres agonisaient, veillaient seuls, tournaient en cellule, erraient, se perdaient : des êtres avaient mal, peur, ou faim. Nuit d'hôpitaux, de patrouilles et de morgues, chaque nuit — tout le monde le sait! Mais ce mal, pour Jean, n'avait pas de visage : les statistiques et les faits divers n'en ont point d'autre que le papier gris des journaux. Et voici que cette moitié du monde, celle de l'ombre, prenait figure pour Jean : la figure du petit garçon Yves qui lui tend les bras et dont la tête tremble. Toute la souffrance et l'injustice de ce camp de mort dont il s'était cru libéré, il y a dix ans, l'attendaient donc dans ce chenil pisseux, dans cette salle blanche? Quoi! il fallait payer encore? — il avait fui.

« — Tu comprends, ma Jeanne, ce serait pour toi un « tel changement d'existence, une telle fatigue... Moi, « cela ne modifierait en rien ma vie — mais toi! Non, « je n'ai pas le droit d'accepter... A ma place, tu agirais

« pareillement... C'est mon rôle d'être le plus rai-
« sonnable... »

Des phrases usées, un mauvais dialogue de théâtre : tout ce qu'il avait trouvé sur ce trottoir pour camoufler sa panique en raison! (Et Jeanne, les paupières closes, la tête baissée, sans un mot...) Ce matin encore, au chant des coqs, il se cramponne à ce réseau fragile. Il fume, à longs traits, comme boivent les chevaux. Il se croit très malheureux — il n'est que mécontent — et cherche à qui s'en prendre. Sa cigarette lui brûle les lèvres; il l'écrase : la chaleur, le parfum qu'il aime tant deviennent ce petit cadavre recroquevillé qui pue froid — et cela semble le fasciner. Cette odeur qui entre par la fenêtre (rivière, feuilles humides, premiers feux) c'est celle de l'automne solitaire où l'on remet tout en cause, saison qu'il déteste depuis l'enfance.

— Jeanne!

Il a prononcé ce nom malgré lui, tel un mot magique; et il lui paraît tout neuf, en effet :

— Jeanne... répète-t-il étonné, presque méfiant : Jeanne...

Mais le tonnerre creux d'un train qui passe chasse, d'un coup, les sortilèges. « Nous aussi, mon vieux, nous rentrons aujourd'hui! »... Jean change de visage : sourit à l'année, au métier, au bureau dont il revoit chaque compagnon. « Tiens, pense-t-il, dès mon arrivée, il faudra que je téléphone à Baudry... Je devrais trouver au bureau une réponse d'Optimax... Quand donc revient Bernard?... » Le voici loin de l'automne et de cet autre personnage que réveille en vous l'insomnie. Vivre, c'est gagner sa vie; vivre, c'est agir. Pauvre Jeanne, comment supporte-t-elle ses journées vides, cette existence inutile? « Bon sang, le budget Thomson! J'aurais dû écrire au

Président... » Le front plissé, avec son *visage du bureau*, cet homme nu calcule déjà l'emploi de son temps — de son temps perdu. Un oiseau libre chante tout près; mais en vain : Jean n'entend plus que soi. Machinalement, il a passé sa montre à son poignet — mais l'alliance reste sur la table de chevet. Il s'en avise; et aussi que, depuis deux cigarettes au moins, il ne s'est pas tourné vers Jeanne. « Mon amour... ma Seule... » Son cœur se serre et l'enfant reparaît sur son visage; c'est le bref, le dernier triomphe de l'automne : Jean remet tout en cause. « Est-ce que je l'aime? Est-ce qu'elle le sait? N'est-ce pas autre chose, aimer?... » Toutes les phrases des maris abandonnés lui viennent d'abord à l'esprit (« Rien ne lui manque... Je lui fais une vie facile... ») et cela même l'inquiète. « Un amour médiocre, comme tous les autres, ah non! » Il pressent que ce qui donne du poids à leur amour c'est le silence de Jeanne, les secrets de Jeanne, ses paupières baissées. Lui se sent ridicule, pour la première fois, avec son importance, ses coups de téléphone, son carnet de rendez-vous : cette faculté de toujours faire surface, de ne jamais plonger... (Et pourquoi le regard du petit Yves traverse-t-il son esprit?) Comme l'abeille qui se noie s'agrippe à un fétu, Jean se raccroche à cet acte si léger : « Quand j'écris à Jeanne, je baise l'enveloppe avant de la jeter à la poste; elle ne le saura jamais... » Ce secret enfantin est seul capable de le rassurer. « Jeanne, ma Jeanne... » Un instant, il essaie d'imaginer sa vie sans elle. Dans la naïveté de son égoïsme, il a toujours pensé que c'était une grande preuve d'amour que de se représenter pitoyable, inconsolable. Mais, ce matin, il ressent ce manque dans son corps même : Jeanne absente, il deviendrait *poreux*. « Quoi, moi? même moi?... » Plus forte que les convulsions de son orgueil, une angoisse de bête. Il entend clairement, il ne peut plus cesser d'entendre, l'au revoir de Jeanne chaque fois qu'elle lui téléphone. Un au revoir suppliant, fragile, condamné, qui résonne comme un adieu. Une fois, une seule fois (c'est encore un des secrets de son trésor enfantin), il l'a rappelée aussitôt : « Rien! Non, rien, ma chérie : une erreur! » Et raccroché très vite sans lui laisser prononcer de nouveau « au revoir ». Il ne pouvait pas supporter de rester sur cette voix; il ne peut pas, ce matin, le supporter davantage. Et voici qu'il n'ose plus se retourner vers elle endormie. Il s'y contraint pourtant, et ne peut plus en détacher ses yeux. Comment ce visage peut-il, d'un instant sur l'autre, lui sembler totalement étranger, puis plus familier que le sien propre? « Mais à quoi ressemblé-je, moi-même?... Mais qui suis-je... » Jamais, depuis les nuits du camp, Jean n'a plongé si profond. Il respire à souffle court, il est couvert de sueur; il ne s'en aperçoit même pas. Le visage de Jeanne... « Oh! partir avec elle, seuls, en vacances! » pense-t-il stupidement, à l'aube de ce dernier jour de vacances qu'ils ont passées seuls. Il scrute comme neufs ces yeux fendus, ce creux léger des joues, ces mâchoires serrées. « Ma biche... ma louve... » Il voudrait battre les autres femmes qu'il a cru aimer.

Le drap, qui se soulève paisiblement, dessine le corps si net et cette poitrine dont la vue délivre Jean, peu à peu, de son angoisse confuse. Est-ce parce que là bat le cœur dont sa propre vie dépend? Ou parce que cette poitrine est le signe et la preuve de leur alliance physique que rien, du moins, ne menace? Jean s'apaise, sourit, dénombre ses certitudes. « Au fond... » commence-t-il; et il va se rassurer en comptant sa fausse monnaie : trahir cette Visite de l'aube, cette Grâce triste — lorsque soudain Jeanne émet une plainte; puis une autre, sur le ton même de « l'au revoir » au téléphone.

— Jeanne!

Le visage endormi s'est crispé et demeure douloureux.

Quel combat mène-t-elle? Quel combat *sans lui?* Les lèvres à peine retroussées (« Il n'est pas méchant : il sourit... ») montrent ces dents dont Jean dit souvent qu'elles sont exactement ajustées pour sourire mais dont il s'aperçoit, pour la première fois, qu'elles le sont aussi exactement pour souffrir. Jeanne souffre peut-être; ce matin et souvent, qui sait? souffre sans lui. C'est une pensée qu'il ne peut supporter; il pose sa main sur la sienne, si tiède :

— Jeanne!

Elle s'éveille, étonnée; son regard, oiseau inquiet, se pose enfin sur Jean, cligne un peu, « prend ses distances », se rassure :

— Mon chéri, je... Qu'est-ce qu'il y a?

Jamais il ne l'avait autant aimée; et déjà il lui en voulait de ne pas comprendre pourquoi, de l'interroger du regard. Dans un moment, il se croirait ridicule, il chercherait une parole moqueuse. Pour l'instant, ses yeux d'enfant, son visage d'homme, tout trahissait encore cette angoisse qu'on ne trouve qu'au fond de l'amour. Jeanne ne s'y trompa point. Elle demanda machinalement :

— Pourquoi m'as-tu réveillée, mon chéri?

Et déjà il mentit :

— C'est toi qui m'appelais, ma Jeanne...

II

TOUS CES CORPS HABITÉS...

En tournant la clef dans la serrure, il sut que Jeanne n'était pas là; et dès la porte ouverte, en effet, le parfum lui manqua : son fantôme seul flottait entre deux airs. Par routine, ou pour se tenir compagnie, Jean appela cependant : Tilou!

— Pas rentrée, grommela, sans le regarder, Maria qui passait dans le vestibule.

Car chaque fois qu'il claquait la porte de l'ascenseur, la vieille oreille si blanche reconnaissait sa manière à lui de le faire. « Ah! » disait alors Maria du même ton que lorsqu'il revenait du lycée, trente ans plus tôt; du même ton satisfait et bougon que le soir où il était rentré de la guerre, puis du camp. « Ah! » faisait-elle, puis posant son ouvrage, elle se rendait de sa cuisine à sa lingerie (ou bien de cette lingerie — qui devait être une chambre d'enfants — à la cuisine) sans autre but que traverser le vestibule, jeter un regard de souris à ce petit qu'elle avait vu naître et dont elle ne comprenait pas encore quand et comment il était devenu un homme. Un regard, pas un mot — plus rien à se dire depuis si longtemps! — et jamais un sourire.

— Lia! (C'est ainsi qu'il l'appelait avant même de savoir marcher) Lia, tu pourrais m'embrasser, au moins.

— Si tu crois que j'ai le temps!

Elle avait déjà disparu dans le couloir; il la rejoignit en trois enjambées — « Laisse-moi donc! » — et baisa les deux joues froides et ridées, couleur de crème à la vanille.

— Ils repoussent, Lia! Viens par ici que je les coupe...

Une touffe de poils que Maria portait au bas de la joue gauche et que les ciseaux de Jean avaient vu grisonner puis blanchir. Lia la martyre se laissait faire, les yeux au ciel, les épaules hautes :

— Si c'est pas malheureux, mon petit, à ton âge...

— Si c'est pas *malheurrreux*, à ton âge, singea « le petit », de n'avoir pas plus de coquetterie !

Elle repartit, noire et menue, droite comme un évêque. « Elle seule est à l'échelle de l'appartement, pensa Jean : si bas de plafond ! » Il poussa la porte du salon et s'arrêta en souriant. Le plus souvent, comme chacun, il ne remarquait plus le décor de sa vie ; mais aujourd'hui, malgré la lumière indifférente de février, voici que ses détails, ses nuances lui apparaissaient comme en relief. Tout vivait ici, tout semblait veiller. « Voir à trois dimensions, c'est si rare... » Il entreprit de promener ce regard neuf dans chaque pièce de leur maison. Et brusquement :

— C'est ça, le bonheur, imbécile ! dit-il tout haut ; et il ne comprit pas pourquoi sa joie s'évanouissait à cette pensée.

Dans leur chambre, il aperçut le petit agenda noir qu'il offrait chaque année à Jeanne et ne voyait jamais que prestement feuilleté par les longs doigts impatients. Épave insolite, le carnet gisait sur la coiffeuse. « Tiens, je vais savoir pourquoi elle est en retard le jour où je sacrifie un déjeuner d'affaires pour la retrouver. » Il lut : *11 heures 30 — Marie-Thérèse* (c'était une amie de Jeanne, première vendeuse chez Dior). Mais aussi, plus bas : *16 heures — 23, rue des Pyrénées, 3e droite*. « Rue des Pyrénées ? » Il connaissait les adresses de tous les fournisseurs de Jeanne pour l'y avoir conduite en voiture. Rue des Pyrénées... Non, vraiment, rien dans ces parages. « Un quartier à laiteries, avec des gosses portant des bouteilles et organisant des marelles en pleine rue. Qu'est-ce que Jeanne peut bien... — et sans m'en parler! » Pareil à la guêpe contre la vitre, il s'irritait en vain chaque fois qu'il se heurtait aux mystères transparents de Jeanne. Il entendit l'autre clef dans la serrure (à ce bruit-là, Maria ne se dérangeait point) et la voix, toujours un peu angoissée : « Jean ?... » Il reposa le carnet noir 23, rue des Pyrénées, 3e droite.

Cette adresse lui revint à l'esprit tout au long de l'après-midi, comme une joie ou une peine qu'on avait oubliée et qui, par éclairs...

— Dis-donc, tu connais le quartier vers la rue des Pyrénées ? demanda-t-il à Brunet son voisin de bureau.

— Pas spécialement. Pourquoi ?

— Pour rien.

L'air sentencieux, l'autre émit trois bouffées de pipe, puis :

— Le plus court serait encore par les boulevards. Tu prends la rue Sainte-Anne...

Il commença à détailler laborieusement un itinéraire. « S'il se doutait combien je m'en moque! » pensait Jean qui ne savait pas encore que sa décision était prise.

Quatre heures plus tard, il rangeait sa voiture bien au delà du 23, comme dans les romans de détectives. Et c'était bien un jeu policier, en effet, que de feindre s'intéresser aux boutiques : boulangerie 29, pièces détachées 27, un bistrot 25; que de traverser la rue afin de mieux observer l'immeuble du 23, son troisième étage... Mais le jeu cessa dès que Jean eut pénétré sous la voûte; car l'odeur de pauvreté, son ennemie, l'attendait avec les boîtes à lettres alignées et cet épais nœud de serpents que formaient les tuyauteries. Là encore, il entrait dans un autre monde : il pensa au petit garçon Yves et faillit rebrousser chemin; mais il pensa aussi à Jeanne. Des plaques de cuivre ou des cartes de visite jalonnaient les portes, de palier en palier, sauf celle du troisième à droite. Après avoir encore hésité un instant, Jean tira une sonnette grêle dont la résonance révélait l'exiguïté du logement. Une femme au chignon blanc, aux pantoufles ravaudées, entrouvrit seulement la porte : « Vous avez rendez-vous ? » Il opina ; on referma à verrou derrière lui. Déjà Jean arquait ses narines : « Odeur de vieux ! Ce type (mais est-ce un type ?) est âgé, ou habite l'appartement de son père sans y avoir rien modifié... » Du vestibule ténébreux, on le fit entrer dans un salon fort petit et fort laid où, sur des sièges dépareillés, trois personnes attendaient. Il ne vit d'abord que leurs regards étroits, fixés sur lui avec une même expression de peur et de curiosité, puis le fuyant aussi vite. Un vieillard maigre ; une jeune femme qui pouvait avoir l'âge de Jeanne mais que le temps avait prise de vitesse ; une ménagère aux cheveux gris. Le vieux portait une grosseur au cou et passait souvent un doigt à l'ongle jauni entre son col dur et sa chair. La jeune femme qui ne se défendait plus contre le temps ouvrait son sac, le survolait d'un regard d'épervier, et le refermait sans y rien prendre. La troisième fixait la fenêtre avec le sourire niais d'une spectatrice de cinéma. Dehors il pleuvait ; février, six heures : la ville allumait ses enseignes comme une veuve se farde. Que se passait-il derrière cette porte jaune fagotée d'une tapisserie trop lourde ? Jean reprit le jeu : « C'est un agent immobilier : Jeanne a enfin trouvé une baraque à vendre dans la région du Moulin... Ou c'est un avocat minable qu'elle consulte pour rendre service à quelqu'un... » Il imagina sa femme fée-marraine d'un taudis dans ce quartier ; cela l'attendrissait et l'irritait. « Mais non ! j'aurais déjà senti sur elle cette odeur... » Et soudain il eut un geste si brusque que, de nouveau, les trois regards le toisèrent avec méfiance : ce bureau n'était-il pas celui d'une œuvre d'adoption? Oui, et les deux femmes au regard vide venaient s'inscrire. Et Jeanne, cet après-midi même... Mais le vieillard? L'homme au col dur le rassurait; il lui trouva l'air intelligent et bon. Un couple sortit du bureau : il essuyait son front d'un mouchoir déjà très chiffonné; elle... — mais ne pleurait-elle pas? Le vieil homme se glissa vivement derrière la porte jaune et la tapisserie retomba comme le bras d'un mort.

On vint allumer une seconde lampe posée sur la table où s'empilaient des revues disloquées; quelques mouches s'envolèrent des plis de l'abat-jour et commencèrent, d'un soleil à l'autre, leurs circuits saccadés d'astres noirs. Ce renfort de lumière, comme si on allait passer ici la nuit, comme si s'ouvrait une nouvelle veille... Jean poussa un soupir et regarda sa montre.

— Il prend toujours un peu de retard en fin de journée, expliqua sa voisine à mi-voix en cessant de fixer la croisée sinon de sourire. C'est la première fois que vous venez?

— Oui, madame.

— Oh, il est très bien, vous verrez! Et pas cher, ajouta-t-elle en baissant encore la voix. Pourtant, il pourrait bien nous demander ce qu'il voudrait, hein?

— Sûrement, dit Jean.

Elle baissa encore la veilleuse de sa voix :

— C'est mon quatrième, fit-elle en hochant la tête.

— Et... comme résultat? hasarda Jean qui ne savait guère sur quel bout tirer pour défaire le nœud.

— Rien encore. Mais c'est normal au bout d'un mois seulement... (Et, comme Jean ne la rassurait pas, elle ajouta fortement :) Moi j'ai confiance! puis reprit sa vigie en direction de la fenêtre que flagellait une pluie aveugle.

« Maintenant je sais, pensa Jean : c'est un médecin-miracle pour les femmes qui ne peuvent pas avoir d'enfant. Mais alors, le vieux?... Il consulte pour sa fille, sans doute.

Traitement à distance... Charlatan... Pauvre Jeanne! » Et il décida de s'en aller; lorsque sa voisine, sans le regarder, murmura :

— Moi, c'est le poumon. Et vous?

— Je... je ne sais pas encore, justement...

Il lui jeta un regard rapide pour voir si ce mensonge s'insérait bien dans leur dialogue de sourds. Mais la femme aux cheveux gris attendait encore une autre phrase puisque à défaut de Jean elle l'ajouta elle-même :

— Remarquez, à mon âge, on guérit soixante-dix pour cent des cancers du poumon!

Jean entendit distinctement son cœur battre. Plusieurs fois dans sa vie, déjà, il avait ressenti cela : le passé entier qui, d'un coup, se fige, devient musée de cires, et rien ne compte plus que *désormais*. Il n'y aurait plus que « avant » et « depuis ». Maintenant, il allait parler à l'imparfait, comme tous ceux que le Destin foudroie : « On était si heureux... on revenait des vacances... » La femme grise regardait avec stupeur cet inconnu dont le regard la traversait comme une vitre, et sur le visage de qui un réseau de rides venait de se resserrer tel un filet. Elle lui vit aussi un sourire amer et c'est pourquoi elle insista bonnement, afin de le rassurer lui aussi :

— D'ailleurs, quand on les prend à temps, presque tous les cancers...

Mais Jean n'entendit pas. Il se rappelait avec honte son enfantillage policier. Comment n'avait-il pas compris, à l'aspect du salon, à celui des visiteurs, que l'homme était un guérisseur? Un guérisseur! alors que tant de spécialistes, tant de chirurgiens... — Mais peut-être les avait-elle déjà consultés, Jeanne si raisonnable? Alors — son cœur battait la forge de nouveau — depuis combien de temps souffrait-elle? — Non, pas forcément souffrir : avoir peur, avoir l'impression de... (Car la pensée qu'elle souffrît seule, sans lui, était insupportable.) Oui, c'était bien cela : Jeanne, aujourd'hui, venait consulter pour la première fois ce guérisseur parce qu'un scrupule la retenait de déranger un vrai médecin sur des symptômes aussi vagues. Les femmes... Il avait suffi d'une phrase de Marie-Thérèse qui répétait à tort et à travers ce que ses clientes, chez Dior, lui racontaient avec l'autorité des idiotes milliardaires. Ou même d'un article de vulgarisation sur le cancer comme il en paraissait chaque semaine... — Mais ces hypothèses rassurantes convenaient si mal à Jeanne que le seul souvenir de son visage suffit à les chasser. Jean ne voyait plus que lui, soudain immense, comme celui de l'actrice sur l'écran : les paupières baissées et ces longs cils qui les défendaient encore, les narines frémissantes, la bouche aux lèvres minces et comme tirées par des rênes invisibles — oh, ma Jeanne... Le visage clos sur son secret. Impossible de l'imaginer autrement : souriant, dansant, chantant — mais chantait-elle encore ? Non, plus jamais ! Jean, soudain, s'en avisa : plus jamais depuis... Depuis quand ? Il aurait voulu la prendre dans ses bras, joue contre joue, sentir sa chaleur rassurante, respirer son parfum entre les cheveux et le cou. Que pouvait-elle craindre dans ses bras ? Mais seule, seule...

« Pourtant elle ne peut avoir consulté un grand médecin sans mon accord ! Une femme ne peut pas, sans l'autorisation de son mari... » De bonne foi, il tentait de se raccrocher à d'aussi fragiles raisons ; il murait hâtivement cette hypothèse insupportable : Jeanne souffrant depuis longtemps en secret, consultant médecins et chirurgiens puis, désespérée, courant les guérisseurs. « C'est mon quatrième... » Jeanne semblable à cette vieille femme avec son poumon foutu ; à cette autre, vaincue d'avance et qui, à son tour, venait de pénétrer derrière la porte jaune ; à ce vieillard que la mort avait visé au cou et qui guérirait peut-être, lui. Comme si sa vie présentait de l'intérêt, comparée à celle de Jeanne! Comme s'il n'avait pas déjà eu sa part — et qu'il nous fiche la paix avec sa grosseur, ce vieux-là : il faut bien mourir de quelque chose à son âge! Mais Jeanne toute seule, Jeanne en danger...

Oh! partir d'ici, courir à elle, tout avouer et tout apprendre; consulter dès demain le plus grand spécialiste, en Suisse, aux États-Unis, n'importe où... L'enfant galopait en lui, déroulait son film où tout finit bien. Guérir Jeanne et se guérir lui-même de ce remords confus — vite, vite, tout de suite!

Non. D'abord voir ce type et l'interroger calmement. Jean se trouvait seul à présent dans ce faux salon, dans cette chambre déguisée. Sans réfléchir, il marcha jusqu'à la fenêtre, l'ouvrit et reçut les gifles fraîches de la pluie, pareil à un homme évanoui que l'on ranime. En contrebas, des humains anonymes allaient et venaient. Pour la première fois, il pensa que, dans chacun d'eux, la mort avait déjà choisi sa place et qu'ils la transportaient à leur insu; à moins que déjà, comme ses trois compagnons, ils sentissent constamment sa présence. A ces trois-là, elle avait passé les menottes et les accompagnait partout, gendarme pesant, si sûr d'avoir le dernier mot. Et pour Jeanne...

Une volte de pluie, une bouffée de vent emporta cette pensée. Tous ces gens-là ne comptaient point : Jean n'en avait pas la charge. Il aurait sur-le-champ sacrifié toutes ces vies médiocres pour conserver celle de Jeanne. Il y avait Jeanne et lui — et puis le reste du monde, cette foule des métros, des trains et des plages populaires, faite pour être regardée de haut : on ne voit plus les visages!

Jean referma la fenêtre, enfonça les mains dans ses poches et commença de faire le tour de la pièce du même pas, exactement, que le tour de sa cellule le matin où la Gestapo était venue l'arrêter. Et, pas à pas, comme ce matin-là, il domptait la peur terrée au fond de son ventre. L'espoir remontait en lui comme la mer, comme le sang à ce cœur si calme de nouveau : vague après vague. Il préparait déjà son retour auprès de Jeanne et ce qu'il faudrait faire demain. Demain...

— Monsieur?

Dans l'ombre de la tapisserie, il vit étinceler des lunettes, pas très haut : un petit homme au front immense, aux yeux très clairs; mais le bas du visage indistinct et comme inachevé : poils gris, grosses lèvres humides. « Une tête de prof qu'on chahute... » Jean jeta aussi un regard aux chaussures (c'était un de ses indices) : hors d'âge.

— Vous n'aviez pas rendez-vous, monsieur?

Cariatide dérisoire soutenant la tapisserie, le petit homme barrait la porte de son antre.

— Non, je m'excuse. Je pensais... C'est l'une de vos clientes qui...

— Puis-je vous demander son nom?

Il parlait avec plus de lassitude que de méfiance, et d'une voix grave et chaude, inattendue.

— Madame Jean Cormier, répondit Jean. (C'était son propre nom; et il lui sembla sans raison que l'autre allait aussitôt le deviner.) D'ailleurs, je crois qu'elle devait vous consulter ces jours-ci... Aujourd'hui même, peut-être?

L'autre l'observait sans répondre, sans bouger. Jean serra les poings : « J'ai donc l'air d'un flic! »

— Et que puis-je pour vous?

— Mais... la même chose, dit Jean très vite.

— Entrez.

Rien de médical dans ce cabinet qu'une seule lampe verte éclairait avarement. Une bibliothèque-cimetière, un portrait de Pasteur, un buste d'on ne savait qui; un bureau couvert de papiers qu'on n'avait jamais le temps de ranger : un lieu où le temps stagne. Jean fixait une singulière chaise longue de cuir articulée, usée aux jointures comme un vieux cheval. « Il ne va tout de même pas me demander... »

— Allongez-vous ici, monsieur.

— Mais...

— S'il vous plaît.

Le grand front se pencha sur ce faux patient que sa position désarmait. Jean sentit son odeur propre et triste; il vit le regard clair se concentrer, tel un instrument d'optique qu'on *met au point*.

— Où souffrez-vous ?

Il se rappela sa voisine et désigna ses poumons d'un geste vague. Il n'aurait pas su dire d'où le petit homme sortit un pendule qu'il fit tourner vivement sur sa poitrine, puis un second qu'il tira d'une poche. Il hocha la tête (les grosses lèvres remuèrent), enfouit ses instruments avec une prestesse d'illusionniste, puis se pencha, étendit ses deux mains (Jean perçut leur chaleur singulière) et les promena de haut sur le corps tout entier. De nouveau il secoua la tête, marmonnant pour lui seul, parut réfléchir et, tout aussi brusquement — « Pardon... Détendez-vous... » — il palpa impérieusement le visage et les membres de Jean mais en fermant les yeux, ce qui éteignait entièrement son visage. Il respirait fort et son front s'empourprait : c'était lui qui paraissait souffrir : Jean ressentit une certaine honte. Il avait tout à fait oublié Jeanne.

— Je ne comprends pas, murmura enfin le petit homme en rouvrant les yeux. Vous souffrez... vraiment ?

— Par instants, balbutia Jean. Une sorte de... comme si j'étais pris dans un étau, vous savez ?

Dans quel mauvais roman avait-il lu cette phrase ? Le regard fixe et presque douloureux de l'autre le gênait. Il reprit :

— Ou encore je me suis laissé influencer... Mme Cormier aussi, peut-être? ajouta-t-il trop tôt.

Il y eut un instant de silence, un geste de recul.

— En ce qui vous concerne, Monsieur, je ne sens rien.

— Est-ce une certitude?

— Nous n'avons jamais aucune certitude, ni dans un sens ni dans l'autre.

— Pourtant, Mme Cormier m'avait affirmé... hasarda Jean. (Il osait jouer d'elle, pour savoir. Il y avait vraiment deux personnes distinctes : Mme Cormier, et Jeanne.)

— Encore! murmurèrent les grosses lèvres; puis, patiemment : « vous avait affirmé... » ?

— Que votre diagnostic était très sûr.

L'autre flaira le piège; il gagna son bureau, s'assit et dit, sans regarder Jean :

— Mme Cormier, elle, n'est tenue par aucun secret professionnel.

Sous la lampe, son grand front devenait verdâtre. « Secret professionnel! » Jean aurait voulu le saisir par le revers de sa vieille veste, ce faux docteur : « Vous allez me cracher la vérité, hein, et tout de suite! » Il lui semblait *injuste*, du moment qu'il était le plus vigoureux, que l'autre lui fît obstacle... Mais la vie n'est pas une cour de récréation; et il s'entendit répondre docilement à ce prof : « Bien sûr, bien sûr... »

— Tenez, fit le guérisseur en lui tendant une feuille, voici un régime alimentaire que je vous conseille de suivre, de toutes manières. Si vous souffrez encore... (Le regard, de nouveau, chercha celui de Jean qui le fuyait.) Je veux dire : si vous souffrez *vraiment*...

— Je reviendrai vous voir?

— Vous aviserez.

Il se leva — à peine plus grand qu'assis — ouvrit la porte jaune, souleva la tapisserie trop lourde pour lui.

— Combien vous dois-je... Docteur ?
— Mais rien du tout : vous n'aviez rien, répondit l'autre avec humeur. Bonsoir, Monsieur.

Jean rentra dans sa voiture comme en un château fort : cette portière claquée le retranchait de la rue des Pyrénées et de sa contagion. Il cueillit une cigarette à même le paquet, comme un grain d'une grappe, et l'alluma. En un instant, malgré février et la nuit luisante de pluie, la tiède fumée recréa son royaume. C'était, pour Jean, un air plus facile à respirer que celui de la rue, que celui des pauvres. Ce petit homme si perspicace l'avait humilié ; et cette irritation passait avant son désespoir. Un quart d'heure plus tôt, Jean était prêt à courir vers Jeanne, la supplier de dire la vérité, agir ensemble. Solution irréfléchie : la seule valable, cependant, comme en toute circonstance tragique... A présent, l'amour-propre s'en mêlant, il était décidé à poursuivre le jeu : chercher la vérité tout seul, faire le grand garçon — faire l'idiot. « Demain, j'achèterai des bouquins, j'observerai Jeanne, je tâcherai d'interroger Marie-Thérèse... » Il avait déjà oublié que c'était lui, le seul simulateur ; il en voulait un peu à Jeanne.

Lorsqu'elle traversa « par hasard » l'antichambre à l'arrivée de Jean, la vieille Maria portait déjà son tablier bleu de cuisinière et non plus son tablier blanc de femme de chambre. Quelle heure était-il donc ? Jeanne ouvrit brusquement la porte du salon et tendit ses mains :
— Mon chéri, j'étais inquiète : il est tard — et tu n'as pas appelé...
(Elle portait son épais tailleur de tweed : il la vit naufragée, rescapée, vêtue dans de gros habits d'homme, Jeanne si fragile.)
— Pas appelé ?

— Comme d'habitude, quand tu ouvres la porte, dit-elle en rougissant de leur enfantillage.

Elle se sentit dévisagée et baissa lentement ses paupières. Embrasse-moi !

— Tu n'as pas mauvaise mine...

— Pourquoi aurais-je mauvaise mine ? demanda-t-elle trop vivement.

« Je ne suis pas de taille », pensa Jean, et il s'obligea à ne plus l'observer.

— Tu étais fatiguée, ces temps-ci, non ?

— Comme tout le monde, dit-elle en s'efforçant de rire, mais son cœur battait encore. Il n'y a qu'à changer de définition : appeler « fatigue » notre état normal. Bernard dit qu'il suffit de baptiser *paix* la « guerre froide » et tous les peuples vivront heureux... Mmm, tu as encore trop fumé aujourd'hui, je le sens ! ajouta-t-elle en posant sa tête sur l'épaule de Jean. (Les cheveux de soie caressèrent sa joue.)

— Et toi... — Mais il s'arrêta : il venait de respirer sur elle l'odeur de la rue des Pyrénées et toute son assurance s'écroulait de nouveau. Il ajouta très vite n'importe quoi : « Et toi, tu es mon amour chéri » et l'enleva dans ses bras, presque brutalement. C'est qu'il l'arrachait au petit homme, à la femme grise, à l'autre : à tous les vaincus. « Délivrez-nous du Mal » : il la délivrait du Mal... Il la porta ainsi à travers le salon. Jeanne serra les dents, essaya — mais non ! ne put s'empêcher de pousser un gémissement de bête blessée :

— Tu me fais... un peu mal... mon cœur.

« C'est vrai, pensa-t-il, elle souffre quelque part. L'avorton de la rue des Pyrénées sait où elle souffre — moi pas. » Ce corps merveilleux que sa démarche un peu déhanchée rendait si désirable (et il n'avait jamais osé le dire à Jeanne) ; dont la poitrine l'enchantait autant qu'aux premiers jours; ce corps qui lui était à la fois comme le sien et le contraire du sien : le seul dont le sien eût besoin comme on a soif; ce corps cachait quelque part un mystère redoutable. Il la posa doucement sur le bord du divan dans un geste qui l'agenouilla auprès d'elle, la tête au creux de ce ventre qu'il aimait.

— Pardon, mon tout petit. Tous les hommes sont des brutes, tu le sais bien!

— Je me moque de tous les hommes, murmura-t-elle d'un ton singulier.

C'était une phrase d'enfant au désespoir. Elle caressa la nuque blonde, ses cheveux d'écolier rétif, taillés trop court; du bout des doigts elle suivit la cicatrice en forme de croix qu'un éclat de grenade avait laissée là : un geste de bénédiction, mais Jean ne s'en aperçut point. Il restait à ses pieds, heureux et inquiet, comme un chien. Et c'était bien un amour de chien qu'il lui vouait en cet instant : pathétique par son impuissance à s'exprimer. Ce soir, les rôles étaient inversés... « Si seulement je pouvais souffrir avec elle, autant qu'elle! » se dit Jean tout d'un coup; mais le moment d'après, il ne reconnut plus cette pensée. « A quoi cela servirait-il? »

Maria annonça le repas comme on crie, la nuit, le nom d'une gare : en lançant par la porte entrouverte quelques mots incompréhensibles. Jean se releva et voulut se diriger vers...

— Non! commanda Jeanne en disposant elle-même les bras de son mari autour de sa taille.

Elle avait tant attendu cette minute où les grandes mains chaudes la protégeraient : où elle pourrait vivre l'instant présent au lieu de prévoir, de calculer, de craindre. Elle sentit qu'elle allait pleurer, tout avouer peut-être... Elle se détacha brusquement de Jean et l'entraîna vers la porte.

*
* *

Dès le lendemain, il passa au Quartier latin afin d'acheter « tous les livres que vous possédez » sur le cancer. Ces mots, il les avait déjà prononcés une fois, mais pour les ouvrages concernant Florence et Venise, avant leur voyage de noces. Il emporta donc une demi-douzaine de volumes neufs qu'il feuilleta aussitôt, l'un après l'autre, pareil à l'étudiant la veille de la rentrée. « Et où les dissimulerai-je ? Et quand pourrai-je les lire tranquille ? »

Il lui fallut bien des jours pour y parvenir au prix de cachotteries, d'aguets et de prétextes très humiliants. Il s'avisa, pour la première fois, que jamais, depuis dix ans, il n'avait lu un seul livre sans en discuter avec Jeanne... Il s'appliquait à retenir les termes médicaux, les noms des savants, des remèdes; il croyait, tour à tour, chaque théorie, adoptait furieusement toutes les hypothèses. Bien qu'à son insu son esprit filtrât chacun des chapitres (n'en retenant que les espoirs de guérison et les chiffres optimistes), il sortait de ces lectures, la tête vide, au bord de la nausée. Cette étude exigeait un tel effort de l'écolier de quarante ans qu'il oubliait longtemps et souvent qu'il s'agissait de Jeanne et d'un danger réel; mais, y eût-il pensé constamment, qu'il n'aurait pu soutenir cette exploration désespérante.

Imprudemment, il avait placé les six volumes côte à côte sur un rayon très élevé de la bibliothèque. Ce bloc inhabituel attira l'attention de Jeanne qui monta sur une chaise et dut s'accrocher des deux mains à la boiserie pour ne pas tomber lorsqu'elle déchiffra les titres. *Jean savait donc...*

En un éclair, son esprit entrevit toutes les conséquences.

Deux miroirs placés face à face réfléchissent à l'infini : il savait que Jeanne savait; et elle-même, à présent n'ignorait plus que Jean savait. Mais cela, s'en doutait-il ?...

L'instant d'après, l'esprit de Jeanne, esclave trop dévoué, lui soufflait déjà de faux apaisements : que ces livres se trouvaient ici depuis des années sans qu'elle l'eût remarqué; ou que Jean se les était procurés pour une étude professionnelle; ou encore... Mais, au fond d'elle-même, Jeanne savait que la page était tournée. Son mari avait appris la vérité : jamais plus leur vie, leurs paroles, leurs silences ne seraient les mêmes. Qu'à son exemple il gardât le secret, comment le lui reprocher ? Mais, maintenant, c'était à elle de parler : son tour de jouer dans cette partie silencieuse. Elle se promit de le faire, ce soir; ce soir ou demain. Non pas tout dire, mais seulement : « Depuis quelque temps, j'ai l'impression... Est-ce que tu ne crois pas qu'il vaudrait peut-être mieux... » Elle usait du conditionnel à propos de vie ou de mort; elle prenait ses distances avec la vérité.

Mais, le soir, elle ne dit rien parce que Jean découvrit comme neuve une robe d'il y a deux ans, et, confus, déclara qu'en tout cas elle lui allait mieux que jamais. Parce qu'il souleva le rideau de ses cheveux pour, à l'oreille, lui parler de son corps : « J'attendais ce soir avec tant d'impatience... » Et quand, la nuit venue, il la prit dans ses bras avec ce lent cérémonial qui, pour chaque couple, efface le temps, elle voulut tout oublier : elle avait dix ans de moins; elle était cette femme intacte, si fière de son corps et des enfants qu'il mettrait au monde.

Elle avait, depuis tant de mois, prit l'habitude d'éviter imperceptiblement que Jean — les mains, les lèvres de Jean — ne touchent son sein malade, que cette servitude, d'abord si humiliante, lui était devenue familière. Elle ne s'apercevait même plus de ce refus; mais Jean, ce soir-là, le ressentit confusément pour la première fois. Jeanne remarqua seulement sa réserve soudaine; elle en devina la cause et sa joie tomba. Dans la nuit, chacun retint son souffle, attendant que l'autre parle. « Ma Jeanne, est-ce que, depuis quelque temps...? » — « Mon amour, je voulais te dire... » Il suffisait de peu de mots; mais aucun ne les dit.

Les livres n'ont pas porté secours à Jean. Le voici très érudit sur le cancer, tous les cancers. Il en est fier à la manière d'un nouveau diplômé : fier mais tout à fait désarmé. Tant de savoir inutile... Jamais encore il ne lui est arrivé d'étudier ainsi sans en faire usage ou, du moins, s'en vanter. Un soir, même, il a failli en parler devant Jeanne! C'est que tant de lignes ont dressé un mur de papier entre le mal et lui. Quel rapport entre Jeanne, sa chaleur, son parfum, et le patient invisible et muet dont parlaient ces pages?

Mais Jeanne les a lues d'un tout autre œil; et son mari aurait pu remarquer plus d'une fois que le livre s'ouvre seul au chapitre CANCER DU SEIN. Lorqu'elle lit ce texte si froid — botté, ganté, masqué comme un chirurgien — Jeanne ressent une douleur massive qui, de plus, lui joint l'épaule et le dos : comme si, à partir de ce petit noyau si dur (et qui a grossi depuis l'automne), son corps entier se pétrifiait. Parfois, elle doit refermer le volume, marcher jusqu'à la fenêtre, respirer. « Respirez lentement... » Elle sait qu'un jour on lui dira cette phrase : à son fantôme blanc allongé sur une table d'acier on commandera de respirer lentement.

Un soir, en entendant la clef de Jean tourner dans la serrure, elle n'eut que le temps de replacer le livre mais elle y avait oublié un signet. *Il va savoir que je sais qu'il sait.* Cette pensée ne la quitta plus. Elle vécut une semaine entière, partagée entre la crainte et le soulagement. Mais

Jean n'a pas trouvé le signet; il ne sait rien de plus qu'en sortant de chez le guérisseur : il ne sait rien.

Le ministère de la Santé publique a passé commande à son agence d'une campagne d'information et de propagande pour le dépistage du cancer. Brunet, son collègue, en a été chargé, mais peine à la tâche : les pipes se succèdent, pas même refroidies, et Jean n'entend jamais, par la porte entrouverte, le grognement familier ni le « Dis-donc, qu'est-ce que tu en penses? » qui accompagnent les trouvailles de Brunet.

— Ça n'a pas l'air de marcher, mon vieux. Est-ce que je peux te donner un coup de main? Je suis *très* documenté sur la question.

Brunet retire sa pipe de sa bouche : ce sont deux lèvres sans défense qui prononcent très bas :

— Moi aussi, Cormier : beaucoup *trop* documenté depuis la mort de ma mère... Charge-toi de cette campagne, veux-tu? Tu me rendras un grand service.

Il rassemble ses papiers, en forme un dossier qu'il remet assez brusquement à Jean, et sort en oubliant sa pipe sur la table à dessin.

Le lendemain, Jean transporte ses livres au bureau. Il est satisfait qu'ils lui servent à quelque chose; et peut-être même croit-il déjà qu'il les a achetés en vue de cette campagne...

Un jeudi, en rentrant déjeuner, il trouve Jeanne allongée sur son lit. Les efforts qu'elle vient de fournir pour tenter de se lever, se farder, sourire l'ont épuisée. Les paupières baissées couvent deux larmes lentes. Elle parle, dents serrées :

— Une sorte d'étourdissement, comme jamais encore...

C'est mentir deux fois : car cette crise a été si longue

qu'elle en sort vidée, poreuse; et de telles crises surviennent à présent tous les trois jours.

Jean s'agite, propose de téléphoner au médecin (au lieu de le faire).

— Mais non : c'est déjà fini... Viens seulement t'asseoir près de moi.

Plus de quinze jours depuis la rue des Pyrénées : Jean, brusquement, ressent le temps qui passe — les cataractes du Temps. Pourtant, la seule décision qu'il prend sera d'interroger habilement Marie-Thérèse, l'amie de Jeanne. C'est pourquoi le voici (18 février, sept heures du soir) immobile sous un ciel de marbre noir, devant l'immeuble de Christian Dior. Autour de lui, des jeunes gens attendent la sortie des ateliers; ils fument avec désinvolture, évitant de s'entre-regarder. Ce qui dissuade Jean d'attendre auprès d'eux que Marie-Thérèse sorte, c'est moins leur jeunesse que celle des filles qui les rejoignent et les embrassent avec une froideur ou une passion également naïves. « Je suis ridicule, se dit-il. D'ailleurs, on me regarde... » Comme pour lui donner raison, tous les réverbères de l'avenue Montaigne s'allument à la fois. Il entre mécontent de lui, donc des autres, et demande Marie-Thérèse d'autant plus impérieusement qu'il vient de se montrer plus puéril. On le fait attendre. Vendeuses et mannequins qui se croisent sans paraître se voir, tels des poissons dans un bocal, le jaugent d'un regard froid en passant. « Elles soupèsent mon poids en argent, pense Jean; elles ne me dévisagent pas : elles me *calculent...* » — et il manque sortir. Mais qu'imaginerait Marie-Thérèse? Cette pensée le retient de commettre une sottise de plus. L'odeur qu'il respire ici (sueur, étoffe et toutes sortes de parfums) portée à son extrême par une chaleur oppressante lui donne la nausée; et il en veut à toutes ces femmes au lieu de les plaindre. Survient Marie-Thérèse : « Comme c'est gentil, mon petit Jean », etc. Le fard et la fatigue luttent sur ce visage où la jeunesse l'emporte encore — pour combien de temps ?

— Quel métier! Quelle atmosphère!... Ne me regardez pas : je suis affreuse.

Cette phrase, elle ne la prononce qu'après avoir lu dans les yeux bleus une certaine complaisance.

— Il y avait longtemps que je vous avais promis de passer, explique Jean avec une désinvolture accablante. Et il songe, en la regardant :

« Elle est le contraire de Jeanne » — mais il ne saurait expliquer cette singulière évidence.

Marie-Thérèse a changé de coiffure et sans doute aussi de vernis à ongles. Ses bijoux, fantasques et sans valeur, seront à la mode dans quelques mois, quand elle ne les portera plus. Elle est obligée de se battre seule contre les autres, contre le Temps, avec les armes les plus futiles. Son « J'existe » pathétique ne peut s'exprimer que par un perpétuel changement de coiffure et d'aspect et par un incessant sourire. C'est elle qui, la première, doit raconter le potin, annoncer la fausse nouvelle, avoir lu les journaux du soir. Tous ces petits mouvements la maintiennent en surface. Mais elle est à la fois le champion et son entraîneur : elle prévoit le temps où ses coups ne porteront plus. C'est pourquoi son regard dément déjà sourire et bavardage; on y lit l'inquiétude furtive du comédien qui surveille ses effets. Jean se trompe en prenant Marie-Thérèse pour une intrigante qui, par plaisir, pratique la chasse aux hommes. Il l'a cataloguée « femme-jouet » — c'est tout le contraire — et ne comprend pas que Jeanne demeure fidèle à cette amitié d'enfance.

Marie-Thérèse le conduit à travers la maison de couture : mi-théâtre et mi-atelier. Jean suit son sillage (un parfum provocant et un peu amer) dans les pièces de parade, presque désertes à cette heure, et dans les coulisses surpeuplées. Rien que des femmes, folles ou sages; et cela met Jean mal à l'aise, comme la vue d'une ruche ou d'une fourmilière. La maison est à la fois l'une et l'autre. C'est triste, une écume un peu sale... Ce métier, si noble et si futile, si fragile aussi, lui rappelle le sien : l'un de ces milieux sur lesquels on réalise des films pittoresques mais jamais fidèles. En d'autre temps, cette visite l'eût passionné; elle le gêne et l'ennuie, ce soir : il attend seulement l'occasion de parler de tout autre chose. Dans un salon couleur de souris, une fenêtre est restée grande ouverte et l'on aperçoit, au-dehors, les arbres nus, pareils à des mendiants devant la porte.

— Vous avez vu Jeanne, récemment?

— Hier.

— Vous ne la trouvez pas... fatiguée, ces temps-ci?

— N...on, pas spécialement.

Marie-Thérèse a hésité, se demandant comme d'habitude s'il *fallait* répondre ceci ou cela. Dire bonnement la vérité est un luxe au-dessus de ses moyens. Cette réticence qu'il prend pour une feinte met Jean au supplice : « Elle non plus ne me dira rien! »

— Tiens, il m'avait semblé...

— Et quelle robe porte-t-elle aujourd'hui?

— Mais... Je ne sais pas. Pourquoi me demandez-vous cela?

— Parce qu'un mari qui observe encore sa femme, après dix ans de mariage, c'était trop beau! Allons, Jeanne vous a paru fatiguée, tel ou tel soir, et vous avez conclu... Mais nous avons toutes nos jours creux. Marie-Laure me disait hier, etc.

Elle pense défendre Jeanne (qui, comme trois ou quatre autres, est « sa meilleure amie ») et ne fait qu'irriter Jean : « Cette sotte est au courant mais *croit de son devoir* de m'étourdir de paroles. Ainsi, Jeanne lui a parlé, mais pas à moi! »

A cette flamme dans ses yeux, l'autre se trompe une fois de plus :

— Savez-vous, dit-elle, à quoi on reconnaît un mari modèle? A ce qu'il ne parle jamais aux autres femmes que de la sienne...

— Et alors, c'est mal? demanda-t-il presque méchamment. (Il a envie de la gifler et de l'embrasser.)

— Seulement un peu... humiliant : j'existe aussi.

— Oui, dit Jean, pour un autre, comme Jeanne pour moi.

— J'aimerais seulement le connaître à temps, répond-elle à mi-voix.

Ils se quittent après un silence où leurs yeux s'évitent. Ils sont mécontents l'un de l'autre et chacun se croit le seul malheureux. Dans la rue froide, Jean respire encore le parfum amer.

***

Bruno sonna trois coups, habitude d'enfance. Il avait toujours agi ainsi chez ses parents et, depuis leur mort et son départ pour le séminaire, là où habitait Jeanne était devenu « la maison ». Jeanne et son mari, si léger mais si généreux — ce frère étranger, dont Bruno admirait le courage — composaient sa seule famille. Son autre famille, celle en robe noire, il était encore trop fidèle à son enfance pour l'avoir entièrement adoptée. Il savait que, pour les prêtres âgés, seuls comptaient ces vieux compagnons parfois si incommodes; mais lui souffrait encore de la rudesse et de l'odeur célibataires.

Bruno sonna trois fois. Il souriait tout seul (du même sourire qu'elle) à la pensée de revoir Jeanne après tant de mois d'absence. Maria vint ouvrir avec des égards et un sourire humble qui n'étaient point dans sa manière. Elle lui retira son blouson de cuir noir comme s'il se fût agi d'une cape d'archevêque. Bruno pesta une fois de plus contre les vieilles femmes qui ont des confitures d'évangile et des conserves d'indulgences; puis il s'en voulut et accabla Maria de prévenances qui la mirent au supplice. Il s'arrêta sur le seuil de salon, saisi par le parfum, la tiédeur, les couleurs. Une pièce où vivait une femme... Il le ressentait avec tendresse puisqu'il s'agissait de Jeanne, mais son cœur se serrait. Il pensa à toutes ces salles de presbytère ou de communauté : à cet univers sans tapis, sans fleurs, sans miroirs, strict et sonore, et qui serait le sien à jamais. « Vivre au masculin... » Il alla jusqu'à la croisée qu'il ouvrit toute grande. Les nuages volaient bas en escadrille aveugle; on était ceinturé de pluie; pourtant, de part en part, un soleil nu perçait l'étoffe grise.

— Tu es réchauffé, mon Bruno!

Il n'avait pas entendu sa sœur approcher; il l'embrassa.

— Regarde! Un vrai temps de Rosaire : joyeux, douloureux, glorieux...

Sans un mot, elle referma la fenêtre. « Qu'a-t-elle donc de changé? se demanda Bruno qui l'observait de dos : un peu voûtée, plus fragile? Elle vient d'avoir un mouvement de vieille femme... » Mais Jeanne se retourna et il ne vit plus que ses yeux, de la même eau que les siens, fendus comme eux, avec cette manière qu'il avait aussi de les cligner un peu, en se reculant, afin de mieux voir. Chacun se regarda au miroir de l'autre.

— Quoi! fit Jeanne en effleurant de ses longs doigts les tempes rases, des cheveux blancs à présent?

— Tant mieux! Les renards gris ont toujours plus de valeur.

Ils rirent ensemble, du même rire aux dents serrées, mais

celui de Jeanne tourna court et elle porta la main à son cœur.

— Qu'est-ce qui ne va pas ?

— Rien.

— Tu mens à « ton petit frère Bruno », à présent ? (Ses yeux ne souriaient plus.)

— Non, c'est mon petit frère Bruno qui n'a plus confiance en ma parole — voilà du nouveau !

Elle avait toujours été l'aînée invulnérable, celle qui soigne ; il ne soupçonna pas la vérité et son inquiétude s'égara :

— Et ce petit garçon que vous deviez adopter ? Le petit... heu...

Il feignit de chercher le prénom. Mais comment l'aurait-il oublié, lui qui, chaque jour, priait afin que...

— Yves, murmura-t-elle. Jean n'a pas voulu que nous le prenions. Heureusement !

— « Heureusement ? »

On entendit une clef dans la serrure, le traîne-savate de Maria et la voix de Jean qui appelait « Tilou ».

— Je t'expliquerai, promit Jeanne très vite.

Elle passa ses deux mains sur son visage comme on lisse une étoffe et Bruno vit celui-ci *refleurir* : un bouquet dont on change l'eau. Il vit aussi, dans l'encadrement de la porte, le premier regard de Jean : anxieux puis rassuré ; mais cela suffit à inquiéter Bruno.

— Tiens, comment vas-tu, mon Révérend ?

— Vous m'aviez oublié ?

— Complètement ! mais cela me vaut une double joie...

Dix ans d'écart avaient instauré entre eux ce singulier dialogue du « tu » et du « vous ». Les yeux bleus fixèrent Bruno avec une tendre moquerie ; ils revoyaient — ils reverraient toujours — le jeune homme taciturne qui couvait encore son secret.

— Tu ressembles de plus en plus à ta sœur !

— Parce qu'il vieillit ? demanda Jeanne en souriant.

— Parce que tu parais dix ans de moins, ma Jeanne, et que tu ne changes pas.

Elle reçut sans joie ce compliment dont elle seule ressentait la cruauté et qui attestait que Jean ne l'observait plus. Bruno, lui, ne la quittait pas des yeux.

— Oui, mon vieux, je t'avais tellement bien oublié que j'ai prié Bernard de monter prendre le café en allant au Palais.

— Et alors ?

— Alors... rien, dit Jeanne paisible.

— Depuis le temps que j'entends parler de lui... commença Bruno bonnement; mais Jean pensait : « Depuis le temps que je réussissais à éviter cette rencontre ! »

Quand on passa à table, il s'assit aussitôt; mais sa vieille *Lia* fit « tss... tss... » D'un regard d'écolier, Jean s'avisa que les autres demeuraient debout : « Le benedicite, mon petit ! » Il se releva, penaud; jamais il n'aurait osé avouer à Maria qu'il n'allait plus à la messe et que tout cela...

— Seigneur, vous qui avez mangé avec vos disciples même après votre résurrection, bénissez ce repas.

— C'est une drôle de formule, remarqua Jean après que Maria fut sortie. Pourquoi « même après votre résurrection » ?

— Écoutez, expliqua Bruno, si vous croyez vraiment que ce Jésus était l'esprit de Dieu incarné; si vous croyez vraiment, comme l'affirment des centaines de témoins, qu'il est ressuscité d'entre les morts, c'est important pour nous de savoir sous quelle forme, avec quel corps — non ?

— Un corps qui ne vieillit plus, dit Jeanne d'une voix altérée, un corps qui n'a plus mal...

Jean demanda :

— Avec ou sans ailes ?

Car ce genre de propos le gênait autant que des histoires grivoises : il préférait encore les gros mots aux grands mots. « J'ai perdu mon temps ! » pensa Bruno ; mais en se tournant vers sa sœur — « Qu'elle a donc maigri de visage ! » — il vit ses paupières baissées, plus éloquentes qu'un regard.

Comme ils rentraient dans le salon, une fenêtre mal close s'ouvrit à deux bras sous la poussée du vent ; les rideaux volèrent et les fleurs, dans le vase, parurent revivre.

— Beau temps pour les drapeaux ! dit Jean qui referma à regret ; et Bruno, que le chauffage incommodait aussi, demanda la permission de retirer sa soutane : un homme jeune en pantalon noir et chemise blanche, sans cravate.

On sonna : plus le temps de se revêtir — tant pis !

— Bruno, tu as entendu ce coup bref ? C'est Bernard l'impatient. En ce moment, il arpente le palier à grands pas, les mains aux poches, dans un manteau très long et jamais boutonné. Si Lia ne se dépêche pas, il va sonner de nouv... Tiens ! Qu'est-ce que je disais ?

La porte parut s'ouvrir comme la fenêtre, tout à l'heure, sous la poigne du vent, et Bernard entra ; trop grand, trop vif, trop maigre. Sous des cheveux bouclés dont le désordre n'était qu'apparent, un visage d'empereur inquiet, non pas taillé dans le marbre mais dans une cire assez blême qu'un pouce négligent semblait avoir pétrie aux coins de la bouche et au bas des joues. Théâtralement, il leva un sourcil, un seul, en apercevant cet inconnu sans gilet ni veste. « Ma chère Jeanne... » Il prit dans les deux siennes la main blanche pour la porter à ses lèvres.

— Ta cravate, Bernard ! observa Jean d'un ton faussement navré : elle a encore disparu sous le col.

— Quelle importance ?
— Vingt ans que je l'arrange !
— Vingt-deux.

Sa voix, un peu sifflante, semblait un instrument dont il jouât sans cesse. Jeanne présenta : « Mon petit frère Bruno... »

On parla de tout et de rien. Bernard faisait de brillants éclats afin de séduire Bruno ; Bruno, souriant, n'en faisait aucun — ce qui plut à Bernard. Désignant sa tenue l'avocat dit soudain :

— Vous avez de la chance, Bruno, d'avoir trop chaud par ce temps d'apocalypse !
— Pourquoi « d'apocalypse » ?
— Regardez ! fit l'autre en écartant le voilage comme un rideau de théâtre : cette panique parmi les nuages, ces charges de la pluie, ce soleil borgne...

Bruno se leva et dit doucement :

— Vous oubliez l'essentiel de la fin du monde : Dieu.

Jeanne battit des paupières ; Jean prit un air ennuyé : « Tout ce que je redoutais... »

— Pour moi, poursuivit le jeune homme, l'apocalypse, la fin du monde, n'est pas une revue à grand spectacle. Le contraire même de la panique ! Seulement la réponse à ce cri de l'apôtre : « Reviens, Seigneur Jésus, reviens ! »
— Dieu, fit Bernard d'un air boudeur, bah ! Dieu n'est qu'une construction de l'esprit.

Et il lui tourna le dos.

— Comme pour l'éponge au fond des eaux, cette mer qui l'imbibe de toutes parts est sans doute une construction de l'esprit...
— Bernard, je voudrais te prévenir... commença Jean. « Que Bruno est prêtre » — voilà ce dont il voulait l'aviser à temps. Mais le garçon interrompit avec autorité :
— Pourquoi, Jean ? Qu'est-ce que cela change ?

D'ailleurs, Bernard n'écoutait pas. Il but d'un trait son verre de cognac, le remplit de nouveau et, se tournant vers le jeune homme :

— Dieu, croyez-moi, c'est la solution de facilité.

— Vraiment ? dit Jeanne à voix basse, demandez-le aux chrétiens !

— Ceux-là, laissons-les en dehors de la discussion, voulez-vous ? Leur valeur se mesure à leur docilité, à leur étroitesse de vue, à leur...

— Une vision très étroite, oui, comme l'objectif d'un télescope : mettez l'œil à la fente, une seule fois, pour voir !

Bernard haussa les épaules d'un air excédé. « Tais-toi, mon Bruno ! » commanda Jeanne tout bas ; mais l'autre continua patiemment :

— Ils radotent à l'église, ils lisent sans comprendre — d'accord ! Mais ailleurs : dans leur métier ou leurs procès, les trouvez-vous plus intelligents ? Vous voudriez des génies du dimanche !

— Écoutez, fit Bernard avec humeur (et sa cravate avait, de nouveau, viré de bord), je me passe de vos chrétiens. Et je me passe de votre Christ. Je connais des saints athées. Cela prouve...

— ... Que certains se constituent une morale chrétienne hors du Christ. Mais comment le feraient-ils sans vingt siècles de christianisme ? Ils sont seulement des enfants ingrats, ajouta Bruno avec une sorte de tendresse.

Jean, dont le regard allait de l'un à l'autre, eut le geste d'un arbitre séparant deux boxeurs :

— Je n'aime pas qu'on triche : Bruno, remets ta soutane !

Les deux sourcils de Bernard s'arquèrent et, d'étonnement, sa bouche s'entrouvrit.

— Ah! dit-il sans méchanceté, vous êtes un professionnel?

— Et vous, fit Bruno (il avait rougi d'un seul coup comme font les enfants), vous estimez-vous un « professionnel » du Dévouement et de l'Équité parce que vous portez aussi une robe noire, tous les après-midi de 2 à 6?

— Bah! nous ne vivons ni dans le même temps ni dans le même espace. L'éternel me flanque le vertige : je vis au jour le jour, à l'instant l'instant. Le domaine de Dieu, église et tombeaux, c'est trop froid pour moi, ajouta Bernard en souriant. Chacun son goût, « Père Bruno »!

Revêtir la soutane semblait l'avoir vieilli d'une génération. Bruno parlait droit devant lui, avec effort, comme un prisonnier qui avoue. « Il va trop vite : il est trop jeune », pensa Jeanne avec irritation et tendresse.

— Vivre au jour le jour, à l'instant, est une double inconstance : envers les autres, qui souffrent en ce moment même; et envers soi, qui a souffert et souffrira.

— Trois fois le verbe « souffrir » en une seule phrase; ah si! vous êtes bien un professionnel du christianisme...

— Une seule seconde de la vie du monde pèse autant qu'une vie d'homme tout entière : une immense somme de douleur et de joie. Pour être *un*, pour demeurer fidèle à soi, il faut participer sans cesse à ce monde de douleur et de joie...

— Est-ce que vous comprenez cela? demanda Bruno brusquement.

— Très bien, fit Bernard : c'est justement tout ce que je refuse. Jean, donne-moi du cognac.

Sa bouche s'était figée en une sorte de sourire tremblant. Jeanne observa pour la première fois que sa lèvre supérieure était mince et cruelle, et l'autre, enfantine, sans défense. « Il a peur, mais de quoi? de qui? »

— Tu as assez bu, mon vieux. Comment plaideras-tu tout à l'heure ?

— C'est maintenant que je plaide, murmura Bernard. Donne-moi à boire ! Écoutez bien, Bruno : j'ai l'odorat plus raffiné que votre Dieu. Je ne peux pas supporter « l'odeur de sainteté » : les confessionnaux, les couvents, les hôpitaux, ça pue. Votre bienheureuse souffrance, votre sainte pauvreté, gardez-les ! Je leur tourne le dos : moi, je vis.

— « Moi, je vis ! » C'est la devise du club...

— De quoi parlez-vous ? demanda l'avocat en haussant les épaules.

— Ceux qui prétendent faire de ce monde un club de belles personnes bien vêtues, bien nourries, bien portantes, alors que toutes les statistiques et le regard de n'importe quel pauvre attestent le contraire... — Mais il n'acheva pas.

— Eh bien ?

— Ceux-là se condamnent à être chassés du club, tôt ou tard : à se retrouver seuls, à mourir dans la hargne, ou à flamber misérablement dans un dernier éclat.

Il avait parlé d'une voix égale et basse ; Bernard tapa du poing sur la table :

— Pourquoi « misérablement » ? Et qui peut m'empêcher de...

La sonnerie du téléphone l'interrompit.

— J'y vais, dit Jean trop heureux de cette diversion ; mais Jeanne le vit prendre aussitôt sa « tête de bureau » ; ennuyée, conciliante, un peu hypocrite. Allô... Ah ! c'est l'imprimerie... Quoi donc ?... L'affichette cancer ? (Il regretta ce mot, à peine lâché.) C'est donc si urgent ?... Bon, allons-y !... Dans quel ordre, les sept symptômes ? — Mais comme sur la maquette... Quoi, ça ne tient pas ?

Alors écoutez... (Il jeta vers Jeanne un regard presque suppliant; malheureusement elle aussi le regardait, bouche entrouverte.) Non, fit-il brutalement : par téléphone c'est impossible; je passerai à l'atelier... (L'autre, au bout du fil, insista; on lut sur le visage de Jean sa capitulation.) D'accord, alors prenez note : ulcération, hémorragie, amaigrissement...

Il parlait, la cigarette aux lèvres, derrière un rideau de fumée.

— ... grosseur ou nodosité, conclut-il d'une voix neutre. Il ne pensait déjà plus qu'à son affichette; — Quand me donnerez-vous les épreuves? Bien conforme à l'échantillon, le rouge! etc.

Bernard marchait de long en large; Bruno, immobile, regardait Jean puis Jeanne, Jean puis Jeanne.

L'autre enfin raccrocha. L'avocat, qui n'attendait que le silence, repartit :

— Tu prépares une campagne contre le cancer, toi? Et contre la fin du monde, tu ne prépares rien?

— Ce qui veut dire?

— Que le cancer est justement la fin du monde, mais personne ne paraît s'en apercevoir. Comme la création n'est elle-même, déjà, qu'un immense cancer. La seule idée de votre Dieu (il tendit vers Bruno un doigt tremblant), c'est cette prolifération incessante. Notre vie, la nature entière reposent sur le fait que tout ne demande qu'à pousser, grandir, casser du bois autour de soi. Toutes ces graines qui volent, qui tombent, qui s'obstinent... Cette rage d'essaimer et de vivre aux dépens des autres... Le printemps, sur lequel vous vous attendrissez tous, je le déteste! Un monstrueux cancer, le printemps... C'est quand vous le verrez envahir les autres saisons que la fin du monde sera proche. Mais nous serons tous morts avant.

Le germe est en chacun de nous : tous ces corps habités, cela me donne la nausée...

— Oui, dit Bruno bravement : habité par une âme, chacun d'eux!

— Habité par le mal, le seul mal : le cancer. Avoir des parasites sur soi, c'est déplaisant; mais *en soi*, qui vous dévorent à votre insu, et quand on s'en avise — trop tard!

— Bernard... commença Jean.

— Je sais, je sais : il ne faut pas prononcer ce mot-là. Les médecins en ont inventé dix autres pour nous éviter de l'entendre. C'est un code mondain : « Il est très fatigué » — cela signifie : moribond. « Quelque chose de grave, vous voyez ce que je veux dire? » Et finalement : « Décédé (non pas « mort », jamais!) à la suite d'une longue et douloureuse maladie... » Mais cancer, ça ne se dit pas : le mot seul est contagieux!

— Laissez cette bouteille, commanda Bruno d'une voix blanche : ce n'est pas bon pour vous, ce n'est bon pour personne de boire ainsi!

— Vraiment? (Il but son verre d'un trait.) « Je tue le ver », disent les gens simples — lesquels en savent plus long que les sages, affirme quelque part votre évangile. Et les nègres du centre de l'Afrique sont persuadés, eux aussi, que toutes les maladies viennent d'un ver qui les ronge. Ils ne s'y trompent pas : c'est le cancer. Jean, prends-tu quelquefois l'autobus?

— Quelquefois. Pourquoi?

— Amuse-toi à voir la tête de mort en chacun des voyageurs! En chacun de ces types placides, imaginer la mystérieuse usine chimique de la mort, qui fonctionne jour et nuit, c'est hallucinant!

— Et toi, tu ne te regardes jamais au miroir? demanda Jean brutalement. (Il aurait voulu le chasser, prendre Jeanne dans ses bras, s'enfuir...)

— Si, fit Bernard d'une voix sourde, et je me demande : Où est-elle déjà installée, cette *tumeur maligne?...* « Maligne » : le Malin. Tenez, si je croyais au Diable, ce serait sous cette forme! Oui, le cancer est la réponse de Satan à Dieu, la seule réponse à la Création : la fin du monde...

— Il y eut la peste, et l'on n'en parle plus, coupa Bruno sèchement; la lèpre, et dans dix ans on n'en parlera plus; il y a le cancer, mais un jour...

L'autre eut un rire douloureux ou méchant :

— Non, monsieur le Curé, ce n'est pas seulement une maladie de l'homme. Les animaux sauvages, les poissons, les insectes, les plantes elles-mêmes ont le cancer. C'est la marque de fabrique du monde entier, le trait de génie de Dieu — ou du Diable, débrouillez-vous! Et savez-vous qu'un nouveau-né peut le contracter avec le lait maternel? Bien mieux : à cause d'infimes débris du fœtus demeurés dans l'organisme? Une bombe à retardement, le cancer! Et c'est aussi la Mort au Bois dormant, car les cellules gardent leur pouvoir de prolifération après des années et des années de léthargie. Un traître masqué, le cancer : tu gardes ton aspect florissant, tu ne souffres pas — et soudain...

Il respira très fort plusieurs fois de suite, comme s'il suffoquait. Jean tenta de le saisir par le bras, mais il s'en défit brutalement.

— Et tous ces imbéciles, poursuivit-il d'une voix rauque, si fiers de leur corps, et qui le lavent et le parfument... L'extérieur, l'extérieur du corps — mais essayez donc d'imaginer l'intérieur! Retournez-le comme un gant, comme une pieuvre! Quelle saloperie : la pourriture n'attend même pas...

Il s'arrêta, un peu hagard : un comédien qui ne sait plus son rôle. Mais Bruno lui donna une réplique inattendue :

— Vous avez peur, Monsieur, dit-il froidement.
— Je ne vous permets pas...
— Peur de mourir.
— Pas vous, peut-être ?
— Nous autres, les imbéciles en question, nous essayons justement de bâtir notre maison avec « une vue imprenable ».
— J'ai horreur de la douleur, c'est tout.
— Non : de la souffrance, que nous partageons avec les animaux. Mais la Douleur n'appartient qu'à l'homme.
— Et c'est sa « noblesse », je sais ! Et la douleur « a un sens », on me l'a appris aussi. Allez raconter cela à la femme qui vient de perdre son gosse, ou même au type qui a un furoncle dans le nez ! Votre religion...
— Notre religion comporte des pratiques dont vous devez rire : l'exorcisme, par exemple. Pourtant, vous êtes en train d'exorciser à votre manière ; de chasser de vous ce démon, le cancer, avec des mots, des mots ! Parce que vous avez peur de souffrir, peur de mourir...
— Encore !
— Peur de mourir, répéta lentement Bruno qui était devenu très pâle. Et la seule preuve de l'existence de Dieu qu'un chrétien pourrait vous administrer serait de n'avoir pas peur de la mort.
— C'est un spectacle plutôt rare ! Vos martyrs sont des hommes ivres ; et vos prétendus saints grelottent de frousse au dernier quart d'heure... Mais où est Jeanne ? demanda-t-il brusquement.
— A côté, dit Jean d'une voix très sèche : elle en avait assez de tes discours au cognac — et moi aussi ! Allons, viens ; je te déposerai au Palais.

Bernard tendit encore un doigt en direction du jeune homme, ouvrit la bouche, hésita, puis haussant les épaules, lui tourna le dos et parut brusquement sans défense. Bruno le suivit des yeux : un enfant, un mauvais élève qu'on met à la porte. « Il faudrait que je l'aime et j'ai seulement pitié de lui, pensa-t-il : c'est ignoble... »

La porte du salon puis celle de l'entrée ont claqué sur eux. L'écho étouffé d'une discussion parvenait encore de l'escalier, puis plus rien. Bruno se retrouve seul dans cette pièce soudain devenue étrangère, comme une forêt quand le soir tombe. Il prend une grande respiration et — c'est un de ses gestes — regarde ses deux mains nues. Chaque fois qu'il va au combat sans armes, ce qui est son métier, il a ce réflexe. « A la grâce de Dieu... » Il pousse la porte et voit Jeanne allongée sur le lit, ses cheveux de part et d'autre du visage, tel un voile. Tandis qu'il s'avance lentement, leurs regards ne se quittent pas. Une gisante de pierre; les yeux seuls sont vivants. Non, pourtant : la main droite fait nerveusement tourner l'alliance autour de son doigt. C'est aussi un des gestes de Jeanne... Mais cette main, Bruno qui vient de s'asseoir au bord du lit, s'en empare doucement.

— Jeanne, ce n'est pas vrai, n'est-ce pas? (Pour toute réponse elle abaisse ses paupières.) Mais... où? (Elle hésite puis porte la main à son sein gauche.) Depuis longtemps? (Elle lève les épaules : elle ne sait plus — dans ce désert du Temps...) Et tu n'en as rien dit à Jean?

A présent, Jeanne sait qu'elle va pleurer et elle en est très heureuse. Toutes ces larmes retenues depuis des mois... Les vannes vont céder. Bruno le sent aussi.

— Ce n'est peut-être pas *cela,* dit-il très vite; ce n'est peut-être rien!

De nouveau elle baisse les paupières et ce geste même libère les larmes. Jeanne! Jeanne qui, durant toute leur enfance, a consolé « son petit frère Bruno », Jeanne pleure; et d'un coup il devient son aîné. La vie a basculé.

Mais il ne sait que serrer trop fort cette main, et prier. Silence.

Il risque enfin le geste magique de Jeanne au temps des genoux écorchés et des billes perdues : sort son mouchoir et le lui tend. En souriant presque, elle essuie ses yeux et se mouche, puis s'assied tout contre lui.

— Bientôt neuf mois, murmure-t-elle sans le regarder. Comme pour un enfant! C'est dérisoire... Il paraît que les jeunes femmes qui attendent un enfant en gardent le secret. Eh bien, moi aussi...

— Mais tu as consulté un spécialiste?... (Elle secoue la tête.) Ton docteur, au moins?

— Jean l'aurait su.

— Jeanne!

— Tu ne peux pas comprendre. Vous ne pouvez pas comprendre, vous autres prêtres, reprend-elle avec violence. Pour vous le corps n'existe pas : un objet de péché, une guenille provisoire — comme c'est facile!

— ... « Vous qui avez mangé avec vos disciples *même après votre résurrection* », cite Bruno à mi-voix.

Elle s'était écartée de lui; elle se rapproche, baisse la tête :

— Je te demande pardon. Mais... mais l'intégrité de mon corps m'est plus précieuse que la vie.

Elle a parlé d'une voix à peine perceptible. Bruno se lève d'un bond :

— Quelle humiliation! Quelle insulte à Dieu!

— Pourquoi m'a-t-il fait un corps inutile?

Il regarde sa sœur et la reconnaît mal : cette bouche mince, dure, bridée, ce regard froid — est-ce le masque de la Stérilité?

— Moi aussi, Jeanne : un corps... inutile.

— Mais toi, tu l'as choisi! Et tu en tires du dévouement, du bonheur pour les autres. Tu n'aimes personne, toi! Ou plutôt, reprend-elle confuse, tu aimes tout le monde — ce qui revient au même.

— Ou plutôt personne ne m'aime, dit Bruno en se détournant.

Jamais il ne s'est senti aussi seul; non : rejeté.

— Comprends-moi, Bruno; je n'ai pas pu donner d'enfant à Jean. Qu'au moins ce corps ne soit jamais pour lui un sujet d'horreur!

Il n'ose pas dire : « Mais un jour, fatalement... » C'est elle qui le formule.

— J'aime mieux mourir, Bruno. Mourir ou guérir, le ciel choisira; cela ne me regarde pas.

— Et Jean, il a peut-être son mot à dire! Lorsqu'il saura...

— Il sait.

— Quoi?

— J'en ai des preuves.

— Vous êtes fous, dit Bruno après un silence et il cache son visage dans ses mains. Deux fous, deux somnambules... Il faut opérer, Jeanne, opérer au plus vite.

— Pour que je reste infirme?

— On n'est pas...

— Tu ne peux pas juger, fait-elle avec autorité et elle a retrouvé son visage d'ennemie. Je sais bien que vous prétendez vous mêler de tout — mais de cela, non!

— Qui « nous »? demande-t-il doucement : nous, les prêtres?... Réponds, Jeanne.

— Oui, murmure-t-elle enfin en se renversant sur son lit, le visage enfoui dans l'oreiller.

Bruno regarde ces épaules secouées par les sanglots. Le seul être qui lui reste... Mais, cette fois, il ne trouve plus en soi de quoi le consoler. Il regarde ce corps, ce lit indifférent; et soudain il pense aux heures que Jeanne a dû passer ici à souffrir seule, aux nuits inhumaines qu'elle y passera si l'on n'intervient point. Comme l'avocat, tout à l'heure, il voit ce lit de mort qu'est chaque lit. Il prend Jeanne par les épaules, tourne vers lui ce visage brûlant et sans défense; il l'écrase contre la raide étoffe noire qui, mouillée de larmes, va prendre une odeur mortuaire — mais Jeanne s'en moque bien.

— Mon tout petit... est-ce que tu as mal?... très mal?... très souvent?... — Jeanne, en ce moment? tu n'as pas mal en ce moment?

Elle secoue la tête sans ouvrir ses yeux. Il parle; il dit enfin les paroles qu'elle attend depuis des mois : celles mêmes que Jean brûlait de lui dire — mais comment le saurait-elle?

— N'aie pas peur, ma chérie. Maintenant, on va rattraper tout le temps perdu : on gagnera de vitesse le mal. Tu guériras, et... (Il jette dans ce feu tremblant tout ce qui lui vient à l'esprit)... Vous adopterez le petit garçon... Yves. C'est cela : Yves, n'est-ce pas?... Et vous serez enfin complètement heureux... Cet avocat, tout à l'heure, quel pauvre type... Oh Jeanne! tout ce qu'il racontait, quelle blessure pour toi...

— Il avait raison, dit-elle d'une voix très sourde. Oui, cette sensation d'être habité, d'être un inconnu pour soi; cette guerre, cette usine, de jour et de nuit, à l'intérieur du corps... Le cancer... (C'est la première fois qu'elle prononce ce mot à voix haute.) Bruno, c'est avec *lui* que je suis mariée maintenant!

— Si Jean t'entendait...

— Jean!

Elle a crié son nom comme un appel au secours. Mais elle reprend tout bas :

— C'est avec son métier qu'il est marié, lui. Mais si!... Il faudrait que sa tendresse ne soit plus un simple débordement, un surplus, comme la charité des riches. Il faudrait qu'il me donne de son nécessaire, à présent. C'est terrible, les gens heureux, les gens bien portant; ça n'a rien à donner...

— Tu l'étais aussi!

— Je l'étais aussi. Je paye.

— Non! Si c'était cela la Terre, si c'était cela la justice de Dieu, Bernard aurait raison!

— Il a raison, répète-t-elle. Écoute, Bruno...

Elle lui raconte, à mi-voix, les étapes du mal. Comment elle se rassurait, au début, refusait de s'avouer sa souffrance. Il y avait quelqu'un en elle qui savait déjà, et l'autre qui refusait de toutes ses forces. Elle allait au cinéma chaque après-midi...

— Chaque après-midi!

Oui, pour entrer dans une autre peau, dans une autre histoire que la sienne. Cette vie fictive où il s'agissait seulement de gagner des heures; jusqu'au jour où elle souffrit une nuit entière, en silence, tandis que Jean dormait. La course aux heures était perdue. Oh! ces nausées à table, ces sueurs soudaines, cet enlisement : impossible de faire un geste, oh! ce sang paresseux... Et les fortifiants, les stimulants qui, le jour, font trembler les mains et, la nuit, vous tiennent éveillée, vacante et sonore comme une maison grande ouverte.

Et puis ces rémissions qui effaçaient tout, matins de délivrance : la vie commence aujourd'hui! Si sûre que le nodule avait diminué — disparu peut-être?... Prête à remercier le Ciel de ce miracle... Mais non : il grandissait en elle, aveugle et sourd; il grandissait en elle, comme un enfant. Comment Jean ne s'en apercevait-il pas? Quelquefois, elle le détestait pour cette assurance, ses soucis mesquins; pour sa santé aussi...

Elle s'était documentée sur le cancer : elle avait recherché si, dans leur famille...

— Mais ce n'est pas héréditaire!

C'est ce que disent les médecins, mais qu'en savent-ils? Tant qu'ils ne guérissent pas, en quoi sont-ils différents des autres hommes? Elle avait couru les guérisseurs, les charlatans; suivi des traitements de piqûres; d'étranges régimes alimentaires (C'était commode, à la maison, avec Maria!). Subi des séances où on lui imposait les mains; et prié, prié, prié...

— Mais seule, Jeanne. Rappelle-toi! « Là où deux d'entre vous... »

— Tu n'étais pas là!

— Et Jean?

— Jean ne prie plus depuis longtemps.

— M'aurais-tu prévenu?

— Non. Tu le lui aurais dit.

Car il ne fallait pas que Jean le sache; et c'était devenu une sorte de jeu, un cache-cache tragique. Les jours où elle se maquillait autrement : « Tu es moins fatiguée, ma Jeanne », disait-il. Un jeu...

« Voilà, pense Bruno qui l'écoute, le cœur serré, elle a seulement oublié l'essentiel : *que le temps passe.* C'est le drame des vies perdues. Elle a rejoint le peuple des « au jour le jour » : ceux qui vivent heureux avec une promesse qui ne sera pas tenue (et ils le savent déjà); ceux qui trouvent qu'une fausse joie est toujours bonne à prendre et qu'on verra demain...

— Jeanne, le jeu est fini : je vais prévenir Jean, aujourd'hui même; il téléphonera au docteur et, dès cette semaine...

— Il va m'en vouloir.

— Non, s'en vouloir, terriblement. Je sais, ajoute-t-il avec rancune, que je ne suis pas capable de comprendre et que je n'ai pas le droit de juger en ce domaine, mais vraiment, si c'est cela « aimer »...

— J'en suis sûre, Bruno.

— Alors, tu as peur que lui ne t'aime pas assez, ne t'aime pas autant!

— C'est aussi cela, aimer, dit-elle très bas.

Maintenant, Bruno marchait dans la rue. Il remontait le courant des passants, navire obstiné, navire aveugle. Il ne voyait rien et n'entendait rien; il remettait à cette nuit de prier, d'offrir sa vie à la place de l'autre, de pleurer sans doute. Son cœur battait chaque seconde perdue. Il ne sortait de ce naufrage que pour, d'un mot, en provoquer un autre. Il souffrait pour Jeanne et déjà pour Jean. Il était pareil à l'envoyé de Béthanie, dans l'évangile; à cet homme hors de souffle et ses yeux sont remplis de larmes : « Seigneur, celui que tu aimes est malade... »

III

UNE FONTAINE SANS EAU

Assise au pied d'une hideuse statue de plâtre, une convalescente au teint de cierge observait ces deux hommes qui, depuis plus d'une heure, arpentaient le jardin de la clinique. Au début, leurs enjambées étaient bien différentes et ils parlaient avec animation; elle n'aurait pas su dire lequel s'était soumis à l'allure de l'autre, mais à présent, comme des militaires, ils marchaient d'un même pas, en silence, et penchés en avant sous le poids d'un sac invisible. Bruno et Jean : une robe noire et un imperméable clair.La convalescente les observait et cherchait à deviner le sexe, l'âge et le diagnostic de leur malade. Elle les plaignait, d'une rive étrangère, puis se repliait au chaud sur elle-même. Car elle n'était plus de leur bord; elle avait passé bien des écluses : ambulance, anesthésie, réveil... Elle franchissait la dernière : jambon, fleurs, et petites promenades dans le jardin au bras d'une infirmière. Bientôt, elle rejoindrait le camp des vivants. « Ça va ? Et vous ? » — C'était leur mot de passe. Mais, la bouche close comme celle de leur malade, ces deux hommes-ci respiraient un autre air. Ils étaient entrés, à leur tour, dans le monde tiède qui sent l'éther et le citron, monde où l'on parle bas et marche sur la pointe des pieds. Un autre temps battait pour eux.

— Déjà une heure dix, murmura Jean d'une voix rouillée.

— C'est normal.

— C'est normal, répéta-t-il, mais il ne le croyait pas plus que son compagnon.

Il reprit son monologue intérieur, toujours à deux voix, et Bruno sa prière.

« C'est le meilleur chirurgien de Paris, pensait Jean, et l'une des meilleures cliniques. Tout ce qu'on pouvait faire, je l'ai fait ! — *Et ce temps perdu?* — La faute à qui ? — *A vous deux; mais c'était à toi de parler, de prendre une décision.* — C'est le passé ! Le présent compte seul, et j'ai mis toutes les chances de notre côté... »

En vérité, seuls comptaient l'avenir et la guérison de Jeanne. Mais, pareil aux soldats, Jean ne voulait considérer que son devoir accompli et il s'en satisfaisait. Sans doute était-ce une forme de remords, inavouable sous peine de désespoir. Ou encore, tout ce qui ne dépendait pas de lui, à quoi bon le conjecturer ? Jeanne se trouvait entre les mains du docteur Louville, de ses aides, de l'anesthésiste. Leur section était au feu et la sienne au repos, comme à la guerre.

Mais peut-être, en ce moment même, le chirurgien ne rencontrait-il qu'une tumeur simple... un kyste, peut-être... Ce n'étaient que des mots : Jean refusait de toutes ses forces d'imaginer ce qui se passait là-haut, derrière l'immense baie vitrée du dernier étage. Le visage exsangue, le corps ligoté; et cette main gantée, inhumaine; et ce métal tranchant... A cette pensée, il sentait monter du fond de lui quelque chose de brûlant, larmes ou nausée — non, non! « Ma biche, ma louve, ma statue... » Il récitait la litanie de son amour afin de conjurer ces images. Son existence entière, pareil au moribond, il la revoyait en un éclair et, s'il tentait d'en retirer ce visage taciturne et ces paupières baissées, qu'en demeurerait-il ? Un désert obscur. « Comme je l'aimerai désormais, se promit-il. Oh, ne plus la quitter! C'est le métier qui dérobe mon temps, me dérobe Jeanne, me vole à elle. Quoi, je passe plus d'heures avec ma secrétaire qu'avec ma femme? Je ne rapporte à celle-ci que ma fatigue; elle ne partage que mon sommeil. Non : vivre pauvres mais seuls. Oh! tout ce temps perdu... » Ainsi bâtissait-il sur le sable : pris de vertige comme tout homme qui, désenivré de sa routine, considère froidement l'emploi de son temps. Et l'espoir en lui devenait certitude que le docteur Louville s'était trompé : qu'il ne s'agissait que d'une grosseur sans gravité et qu'en ce moment même... (Une grosseur sans gravité? Une heure vingt, déjà, dans le cirque blanc, sous les projecteurs qui n'engendrent aucune ombre...) Une grosseur sans gravité... Jean se tourna vers son compagnon pour lui demander ce qu'il en pensait. Mais Bruno *pensait* seulement : « Sainte Marie, mère de Dieu, priez pour nous, pauvres pécheurs... »

En passant, pour la vingtième fois, devant la laide statue de saint Joseph dont l'enduit s'écaillait, Jean remarqua l'enfant dans ses bras et lui trouva une ressemblance avec le petit Yves. Ce n'était, là encore, qu'un ancien remords qui empruntait ce visage; c'était le cri de Jeanne qu'il percevait enfin... Qui sait, qui saurait jamais, si là-haut, dans son sommeil brutal, Jeanne ne rêvait pas en ce moment même du petit garçon Yves?

Ces quatre mots, ces quatre clous crucifiaient Jean : « en ce moment même ». Car tout se décidait, sans lui, en cet instant : tout vacillait... Il suffisait d'un geste, d'un cri. Et lui tournait en silence dans ce jardin de bonnes sœurs! Allons, il était impossible qu'il n'eût pas son mot à dire : impossible qu'il n'existât pas un moyen de jeter son poids d'homme, le poids de sa vie, dans la balance — mais comment? comment?

Ainsi, parce qu'il se trouvait soudain aussi désarmé qu'un enfant, découvrait-il le chemin de la prière. « Donnez-moi un point d'appui suffisant et je soulèverai le monde... »

Une heure et vingt-sept minutes. Une religieuse âgée parut sur le seuil de la clinique et leur fit un signe. Ils coururent, pareils aux deux apôtres le matin de Pâques.

— Quoi? Qu'y a-t-il, ma sœur?

— Mais rien, rien d'important, dit la vieille : on apporte ceci.

Un énorme azalée couleur sang. Jean ouvrit l'enveloppe : « Chère Jeanne, disait Bernard, dans mon discours stupide de l'autre jour, je n'ai oublié que l'essentiel : ON EN GUÉRIT. »

« Il n'en croit pas un mot », pensa Bruno.

— Le pauvre vieux! il doit passer la matinée à côté de son téléphone : il m'a fait jurer de l'appeler dès que...

— Le docteur Louville vous demande, dit une infirmière autour de qui flottait une odeur d'éther.

— Est-ce que c'est terminé? Est-ce que ça s'est bien passé? demanda Jean précipitamment. Il était livide.

— Le docteur vous dira lui-même...

— Nom de Dieu, cria-t-il avec une sorte de sanglot dans la voix, vous pouvez me répondre!

— Mademoiselle, je vous en prie, murmura Bruno.

— Oui : c'est fini...

— Fini?

— Je crois que le docteur est content. Si vous voulez monter...

— Merci, dit Jean en s'essuyant le visage — et sa main tremblait. Je vous... je vous demande de m'excuser.

Louville les attendait au seuil des salles d'anesthésie, statue du Commandeur.

— Alors?

— Il était temps. (Son masque de toile, qu'il portait encore, palpitait à chaque mot.)

— La biopsie? osa demander Bruno.

— Formelle; mais les ganglions étaient sains, c'est l'essentiel.

Jean s'entendit parler — mais n'était-ce pas, dans ce tourbillon d'éther, un mauvais rêve?

— Vous avez dû... tout enlever?

Louville ne répondit pas. Son regard que le masque blanc acérait, il le planta dans les yeux bleus où montaient des larmes, puis il inclina un peu la tête. Ses deux mains gantées — ces mains géniales que le monde entier célébrait — il les souleva d'un geste gauche qui exprimait son impuissance; puis il se détourna brusquement. Un autre chariot venait de passer près d'eux, d'entrer dans la salle. Il le suivit.

Jeanne tourna la tête à gauche, à droite, et ses lèvres remuèrent. Les deux hommes se penchèrent ensemble sur elle, devinèrent le mot « soif ».

— Déjà, murmura Jean et il commença de redouter ce réveil qu'il attendait depuis une demi-journée.

Le soleil hautain déclinait. On voyait les fenêtres s'allumer une à une; Jean se sentait tout à fait étranger à cette ville, à ces gens qui retrouvaient tanière et tiédeur. Il se rassit sur la chaise blanche et, de nouveau, fixa ses yeux sur le visage de cire; et, de nouveau, le temps ronronna.

Jeanne regagne le rivage. A tout moment, elle allonge ses pieds à la rencontre du sol et croit l'atteindre... Pas encore; ou plutôt il se dérobe sous elle chaque fois qu'elle reprend pied. Ses yeux la brûlent; sa bouche est amère. Et voici, comme un astre immense à l'horizon, le visage de Jean, mais couvert de canaux, de taches étranges. Jeanne s'oblige à détourner la tête et change d'images. Elle se trouve assise au pied d'un arbre dur qui lui meurtrit le dos. Devant elle, un torrent bruissant — mais impossible de l'atteindre! Car elle porte une cuirasse qui s'alourdit de minute en minute et dissimule une blessure brûlante. Son sang coule, invisible : Jeanne se sent devenir si faible, si légère. Elle tente un effort pour se relever.

— Elle a bougé, Bruno! Si elle tombait du lit... Appelle la garde!

Jeanne émerge enfin : le décor de cette chambre (où, demeurée seule, hier soir, elle a tant pleuré) se précise. Les lumières et les ombres se séparent en silence; tout prend forme et dimension — c'est la création du monde. Et Jean apparaît, souriant et sûr, penché sur elle. Mais pourquoi est-elle couchée, et lui debout? Pourquoi sa bouche remue-t-elle et Jeanne n'entend pas? Elle veut tendre ses bras vers lui — rien n'obéit. Elle ferme les yeux, serre les dents, recueille toute sa force et lance de nouveau ses...

— Vite, cria Jean : elle bascule!

— Ce n'est rien, dit la garde placide.

Elle reconstitua l'édifice d'oreillers et de coussins puis, saisissant à bras-le-corps le buste entièrement enveloppé de bandages blancs, l'y replaça avec indifférence et précaution, comme un objet. Bruno et Jean en ressentirent la même humiliation.

— Tu as mal, mon amour ?

A grand-peine, les lèvres firent : « Soif. »

— Est-ce qu'on peut... ? commença Jean, se tournant vers la garde.

— Non, humecter seulement.

Maintenant Jeanne sait où elle est. Elle voit Bruno debout au pied du lit. Elle entend distinctement Jean prononcer enfin ces phrases qui, depuis midi, tournent dans sa tête : « Mon tout petit, c'est fini... Plus de danger, plus d'inquiétude, tu comprends ?... Nous partirons ; on va tout recommencer ; c'était un cauchemar... Je suis là, mon cœur, je suis là... » Elle entend ; mais une seule chose l'intéresse, une seule question grandit en elle à l'étouffer : « Que m'a-t-il enlevé ? QUE M'A-T-IL ENLEVÉ ? » Et cette question plus pressante que la soif, elle ne la posera ni à Jean ni à Bruno : les deux seuls qu'elle ne peut, ne veut pas interroger. Elle fait signe à la garde « Qu'ils sortent ! » puis « Vite, qu'ils sortent ! ». Bruno plisse le front, regarde ses mains inutiles, et Jean prend une tête d'enfant puni. La double porte refermée, elle demande directement, sans quitter des yeux cette femme, de crainte qu'elle mente :

— Que m'a-t-on enlevé ?

— Mais je n'en sais rien, Madame.

Ce sursis lui est insupportable :

— Quand passera le chirurgien ?

L'autre lit l'heure à son poignet épais. C'est un geste de vivant : Jeanne l'envie et la déteste.

— Il ne devrait pas tarder.

Et, machinalement, elle tire les draps, range les fioles, inspecte la chambre.

Le docteur Louville arriva quand on ne l'attendait plus. Jeanne, abrutie de drogue, somnolait sans souffrance; Jean était sorti manger un sandwich et boire un verre de bière; Bruno en revenait. Le médecin demeura longtemps dans la chambre. Lorsqu'il en sortit, il interdit la porte à Bruno d'un geste net :

— Pas tout de suite.

— Mais elle est seule!

— C'est mieux, pour l'instant... Bonsoir.

Il s'éloigna dans le couloir, puis, se ravisant, revint vers le jeune homme :

— Aucun de vous deux ne lui avait dit... la vérité?

— Elle ne nous l'a pas demandée.

— On plaint les chirurgiens de se lever tôt et d'opérer durant des heures, dit le docteur Louville en plaçant devant ses yeux sa main petite et blanche. Puis, secouant la tête : Ces dix minutes-ci m'ont davantage fatigué que le reste de la journée...

Bruno avala sa salive. Il aurait voulu entrer dans la chambre, s'agenouiller auprès de Jeanne : « Ne dis rien... Ne dis rien... »

Il se força à parler :

— Il y a tout de même, quelquefois, de bonnes surprises, de bonnes nouvelles!

— Allons, ce n'est pas vous qui me soutiendrez qu'une joie efface une peine.

— Non, dit Bruno, ce n'est pas la même unité de mesure.

Le docteur ferma les yeux et, contrairement à la plupart auxquels ce geste rend un visage d'enfant, le sien sembla vieillir d'un coup.

— Aucune commune mesure entre aucun être, dit-il à voix basse.

Bruno, naïvement, eut l'impression que ce découragement mettait Jeanne en danger.

— Les hommes ont tous le même corps, Docteur, et les médecins désespèrent parfois; chacun possède une âme différente et, pourtant, les prêtres s'obstinent.

L'autre lui jeta un regard vif.

— Je voudrais vous demander... reprit Bruno en montrant la porte de la chambre.

— ... Si le mal « repartira »? Et comment voulez-vous que je vous réponde!

— Statistiquement.

— Une chance sur deux.

— C'est une réponse inhumaine, dit Bruno.

Sa bouche était devenue aussi sèche que celle de Jeanne.

— Toute prévision qui laisse une seule chance à la mort est inhumaine.

— Chacune de vos paroles, continua Bruno comme s'il n'avait pas entendu, chacune de vos paroles prend un poids terrible. C'est pour cela que...

— C'est pour cela que nous parlons le moins possible. D'où notre prétendue *froideur*, pareille à la *rudesse* des bonnes infirmières. Ceux qui « ne veulent pas faire de peine », quel gâchis ne font-ils pas!

« Son univers est implacable, pensa Bruno. Ce corps qui ne sait que guérir ou mourir... La froideur, la bienfaisante froideur de l'éther... Et ces milliardaires que la maladie travestit en mendiants, implorant un regard de leur chirurgien; ces chefs d'État sans défense entre ses mains... » Il acheva tout haut :

— C'est épuisant d'être pris pour l'intendant de Dieu quand on connaît sa propre impuissance.

— Pour qui parlez-vous?

— Pour nous deux. Soutane ou blouse blanche : la robe change de couleur, c'est tout. Mais dans ce siècle-ci où l'âme est la parente pauvre du corps, vous l'emportez. Il y a un auteur américain dont tous les livres présentent, sur leur couverture, un homme en blanc et un bâtiment avec une croix rouge. On en vend des millions d'exemplaires dans le monde...

— Je sais : le chirurgien est devenu un héros de roman et de film; mais il est le seul à l'ignorer, parce qu'il n'a le temps ni de lire ni d'aller au spectacle.

— L'homme qui tient la vie des autres entre ses mains...

— Le gangster aussi la tient! Il est vrai, ajouta-t-il bonnement, que lui aussi est le héros du siècle. Bonsoir, Monsieur.

Bruno le retint encore.

— Docteur, mon beau-frère va revenir. Il saura que je vous ai parlé; il me questionnera : que lui répondre?

— Que tout s'est passé au mieux et que je suis très satisfait, dit Louville en retrouvant un ton glacial. On parle toujours trop.

Le troisième jour, on refit le pansement et Jeanne vit sa cicatrice : un bourrelet inégal tendu en diagonale de l'aisselle à l'abdomen, un méridien sanglant. Elle ne versa pas une larme. Après le premier passage du docteur, elle avait pleuré comme on presse une éponge, tout nettoyé jusqu'au fond de la cale puis pris une décision de veuve : plus une larme. Son corps tint parole; elle regarda froidement, à la place de ce sein, sa fierté secrète et le plaisir de Jean, ce cordonnet grossier, ces chairs plates et macérées. Son dos, lanières de feu, la suppliciait; son bras ne lui obéissait plus. La morphine se retirait d'elle comme l'océan, découvrant ces rochers amers. « Ne vous inquiétez pas, lui dit le docteur : j'ai récupéré votre bras... » *Récu-*

péré, comme après un désastre; et elle se voyait dans un décor de ruines fumantes : sinistrée, debout et seule parmi les hardes et les objets qu'on avait pu sauver. A qui aurait-elle osé dire qu'elle eût préféré mourir sur la table d'opération? ou perdre le bras que le sein?

Elle qui ne se regardait jamais au miroir en réclama un et s'y plongea, des heures durant, comme en une eau tiède. Elle contemplait ce visage qui, lui, n'avait pas changé, plutôt embelli, ces dents parfaites, ces yeux plus profonds d'être ainsi cernés. « Ma biche », murmura-t-elle une fois; c'est qu'elle se regardait avec les yeux de Jean. Les femmes obèses ou mal faites ne regardent au miroir que leur visage et se sourient. Mais cette complaisance irritante était, pour Jeanne, une forme pathétique de l'instinct de conservation : elle *apprivoisait* ce corps mutilé. Comme elle avait cohabité avec son mal, il lui fallait à présent s'accommoder de l'existence commune avec cet étranger, son corps. Avec ce dos lacéré, ce bras inerte et ce poitrail de vieux soldat blessé. « Oh! ma biche, ma biche... » NE PAS PLEURER...

Les consolations des autres — celles des Sœurs, notamment — l'enrageaient. Un être équilibré, assuré, bien portant, quelle *compassion* peut-il éprouver? Qu'avait-elle donc à faire de leur *pitié*, sentiment d'étranger! Il ne s'agissait jamais que de « vie sauve », l'important était « d'être vivant... ». Mais quel prix avait donc pour eux de manger, de dormir? Quel prix leurs petites peines et joies à heure fixe? La seule prière de Jeanne était de ne plus prier : elle eût blasphémé.

Une tiédeur vraie se glissait dans sa chambre, même la nuit; et, dès l'aube, les chants d'oiseaux. Le printemps forçait sa fenêtre. Oui, malgré la peluche rouge, les napperons de broderies et les statuettes pieuses, le printemps ivre envahissait sa chambre, assiégeait son lit.

« Le printemps, cet immense cancer... » Bernard avait raison. Et l'hiver, chirurgien de la Terre, tranchait ces débordements. « On meurt proprement en hiver... » Jean n'eût pas existé... — eh bien ! elle serait morte, tout naturellement, comme dans les contes de fées. Mourir au monde parce qu'on n'est plus d'accord avec lui. Toute existence implique une complicité : laquelle instaurer avec ces hommes avides ? avec les femmes, ces rivales intactes ? Quand on n'est plus ni chasseur ni gibier, mieux vaut quitter le terrain...

On se désolait de cette malade qui ne mangeait pas : la seule convalescente à ne point s'enquérir du menu dès le matin. Non, vraiment, entretenir ce corps infirme, Jeanne n'en sentait pas l'intérêt. « Allons, il faut *embrayer* de nouveau ! » lui dit la garde de nuit, une forte femme qui avait perdu son fiancé à la première guerre, son mari à la seconde, et quelques enfants entre-temps. Cette spécialiste de « l'embrayage », que chacun admirait ou plaignait, faisait horreur à Jeanne. Comme Jean s'inquiétait auprès de Louville de cette langueur : « Enfin, Docteur, qu'est-ce qui pourrait la remonter ? »

— Votre amour, répondit-il brutalement. Mon travail à moi est fini.

Il avait parlé sans regarder Jean ; ses phrases décisives étaient toujours des balles perdues.

Quand approchait l'heure où Jean passait à la clinique, quelque chose de plus sûr qu'une montre en prévenait Jeanne. Son corps s'éveillait de sa torpeur dolente ; elle tournait la tête vers la porte comme certaines fleurs, incoerciblement, vers la lumière. Il entrait, et elle exigeait qu'il s'assît sur le lit, la prît dans ses bras. Elle s'y pelotonnait, tel un chat dans une tache de soleil ; car elle avait moins besoin de le voir que de le savoir vivant et fort. Jean racontait ses petites histoires de la maison, du bureau, de la rue. Elle n'y prêtait guère attention; pourtant, lorsqu'il se taisait, elle le relançait : « Et Maria ?... Et Brunet ?... » — sans écouter la suite.

Une fois, tandis qu'il parlait, elle lui parut peser lourd à son bras : elle s'était endormie. Loin d'en être humilié, il s'en sentit inexplicablement heureux : comme s'il la berçait de ses paroles, comme si ce fût là, contre lui, un tout petit enfant. Lui, qui n'avait jamais porté ni langé de nourrisson, ressentait, lorsqu'il tenait ce buste emmailloté de pansements, ce mélange de crainte et de joie qu'éprouvent les très jeunes pères. Et Jeanne, pour la première fois de sa vie, se laissait traiter en petit enfant. Cette certitude d'être protégé... Mais Jean se trompa de tendresse, cette fois encore, et crut compléter ce bonheur fragile en reparlant du petit Yves : « J'ai réfléchi, ma Jeanne... J'avais tort... J'accepte à présent... » Ce fut elle qui repoussa ce rival sans défense : il lui était vital de demeurer l'enfant unique. « Non, Jean, maintenant ce n'est plus possible... plus possible... » Il lui fallait toute la chaleur de Jean, toute sa sollicitude, et qu'il rassemblât, sans partage, tout l'amour dont il était capable. Comme deux voyageurs égarés dans la neige et la chaleur de l'un sauve l'autre... « Non, Jean, plus maintenant ! » Il en fut très soulagé : c'était, croyait-il, par devoir qu'il avait fait cette proposition. Lui aussi se trompait.

Un autre soir (n'était-ce pas celui où le docteur Louville lui avait dit si froidement : « Votre amour... »), il crut Jeanne endormie contre lui. Il se pencha sur elle et, pour la première fois, le parfum qu'il aimait oblitéra l'odeur fade et tiède de la clinique. Dehors, un seul oiseau chantait, distinctement. C'était le même soir tiède, en ce moment, sur les banlieues, et les champs, et les plages. Derrière cette croisée s'ouvrait un royaume sans rides, sans bureau, sans hiver. Jean se mit à trembler; il ne savait pas pourquoi mais ne s'en inquietait pas du tout. Il lui sembla soudain que l'essentiel de sa vie tenait en très peu d'heures. Et, à son grand étonnement, elles n'étaient ni héroïques ni exaltantes mais calmes, silencieuses : avec Jeanne, seuls à Florence, au Moulin... Cela le remplissait à la fois d'anxiété et de gratitude. C'était donc cela, rien que cela, la vie? Mais *cela* lui était rendu puisque Jeanne respirait entre ses bras, puisqu'il pouvait sentir le parfum de Jeanne... L'alliance brillait seule parmi tant de blanc, l'alliance à ce doigt amaigri, Jean se pencha sur celle qu'il croyait endormie et murmura sans bien même le comprendre :

— *Tu es ma respiration...*

Il sentit remuer contre lui ce fardeau blanc et le parfum changer imperceptiblement. Parjure à son serment, Jeanne éveillée pleurait — mais c'était de joie.

Cette phrase magique : « Tu es ma respiration », donna enfin à Jeanne le désir et la force de remonter le courant et de reprendre pied sur la terre des vivants. Quand on refaisait les pansements, quand on ôtait les fils, quand on obligeait son bras à travailler, elle fermait les yeux et serrait les dents. Elle entendait une voix lointaine : « Est-ce que je vous fais mal ? » mais une autre plus faible encore et qui, cependant, la couvrait : « Tu es ma respiration... » Non, on ne lui faisait pas mal; oui, elle se sentait beaucoup mieux; eh bien! oui, elle reprendrait du jambon... Elle avait interdit sa chambre à tout autre que Jean et Bruno. Marie-Thérèse, avec une pitié avide et bavarde, en tira de sinistres conclusions; mais Bernard en fut enchanté : dès qu'il entrait dans une maison de santé, il souffrait quelque part.

Le matin de Pâques, quand Jeanne sortit de la clinique, le printemps coulait dans les rues comme un fleuve. Jean voulut calfeutrer la voiture; mais Jeanne baissa la vitre et le vent tiède baigna son visage. Le pan léger de ses cheveux s'écartait, découvrant un profil maigre et souriant qui était le visage même de l'Espoir. La vieille Maria guettait à la fenêtre puis sur le palier. Elle montra les dents — ce qui pouvait passer pour un sourire. En deux semaines, l'appartement avait changé d'odeur : à leur insu, Jean y avait rétabli une atmosphère garçonnière et Maria celle de la maison d'enfance. Jeanne s'y sentit à l'étranger. Comme il la voyait désemparée :

— Je sais bien où nous partirons tous les deux dès que tu seras d'aplomb : le Moulin doit être si beau en ce moment...

— Non, mon chéri, pas au Moulin.

— Mais...

— A Florence, dit Jeanne.

Il y avait dix ans, leur voyage de noces : Florence. C'était un jeu dangereux; mais le risque était juste à la mesure de son espérance. Et puis toutes ces cloches sur la ville...

Bruno les attend sur le quai, sans blouson ni béret.

— Si vous vous arrêtez à Rome...

— Sûrement pas, dit Jean : on y rencontre trop de curés!

Un haut-parleur couvre le reste : il énonce, d'un accent de terroir, une litanie de noms ensoleillés. Jeanne l'écoute, les paupières basses, les deux mains serrées sur la barre d'appui de la fenêtre. Mais un parfum de roses lui fait ouvrir les yeux : c'est Bernard qui arrive essoufflé, le manteau volant, et lui tend une gerbe derrière laquelle il se dissimule. Elle n'a pas le temps de le remercier — « Attention au départ, s'il vous plaît! » — juste celui d'échanger deux regards : l'un très humble et l'autre gravement joyeux. Le train glisse sans plus de bruit qu'un navire. Bernard fait de grands gestes des deux bras : il plaide. Jeanne qui ne quitte pas Bruno des yeux, le voit esquisser en l'air une sorte de bénédiction. Déjà le convoi a pénétré dans une cathédrale de ténèbres entre les vitraux des signaux hautains. Les deux hommes s'en retournent en silence sur le quai déserté.

— Je vais... je vais rester un peu, dit Bruno en rougissant : j'aime tellement les gares.

— Moi aussi. Tous ces gens qui partent, et quelqu'un les attend dans une petite ville ou un village : tous ces gens qui vont enfin respirer...

« Bon, pense Bruno, Paris aussi doit être à ses yeux, un « immense cancer ». Quelle illusion ! La douleur, la misère et la mort s'affichent moins à la campagne ; mais c'est l'empire de la solitude, qui est l'apprentissage de la mort. Solitude : agonie. Pauvre Bernard, s'il suffisait d'un train pour fuir... » Et il n'ose pas lui avouer que ce qu'il aime, dans les gares, c'est au contraire le visage des voyageurs qui reviennent, et celui de qui les attend, et l'instant où ils s'aperçoivent. Une seule étincelle d'amour — mais quelle chaleur !

Ils arpentent donc le quai voisin : à gauche, un train spécial de skieurs qui vont tâter la neige de printemps ; à droite, un convoi de permissionnaires qui repartent s'embarquer à Marseille pour reprendre la guérilla. Les uns et les autres portent uniforme et sac à dos ; tous semblent joyeux — mais ce contraste serre le cœur.

— Retournons, dit Bruno, c'est trop injuste.

Bernard n'attendait qu'un mot pour reprendre le duel :

— Tout est injuste ! Personne, ici, ne connaît son âge : le nombre de minutes ou d'années qui le séparent de sa mort. On entoure de prévenances un vieillard, et moi, ajoute-t-il sourdement, moi je meurs demain... Ce secret de la mort, c'est la plus grande marque de mépris de Dieu à l'égard de ses créatures.

— Car vous croyez tout de même en Dieu, demande Bruno : en ce Dieu injuste, cruel, « méprisant » ?

— C'est le mal qui m'oblige à croire en une puissance. Tant de génie, de persévérance...

— De génie, de persévérance, de désintéressement pour lutter contre le mal — voilà ce qui me frappe, moi!... Eh bien! Jeanne est guérie, reprend-il brusquement après un silence.

— « Ils n'en mouraient pas tous... »

— Guérie! crie presque Bruno. Le chirurgien est entièrement satisfait.

— De lui! Et certain « d'avoir tout enlevé » — c'est ce qu'ils disent toujours. Mais vous ne savez donc pas que le foyer initial peut avoir disparu depuis longtemps quand la prolifération se manifeste?

— C'est même pourquoi on a tant de mal à découvrir les origines du cancer, je le sais. Mais je sais aussi qu'il n'est pas nécessaire de connaître les causes d'une maladie pour la guérir.

— Vraiment?

— On a employé le mercure avant d'isoler le tréponème; et la quinine avant de savoir que le paludisme...

— Par contre, on connaît le bacille de Koch, mais le remède spécifique de la tuberculose, où est-il?

— ON LA GUÉRIT, il n'y a que cela qui compte! Et on guérira le cancer; et on le préviendra. Et déjà on l'arrête : voyez Jeanne!

— Si Jeanne guérit vraiment... (Mais Bernard ne poursuit pas. Son regard d'écolier fautif...) Je vous demande pardon; je suis un imbécile : oui, votre sœur est guérie.

Bruno passe son bras sous celui de Bernard — il doit s'y contraindre un peu — et parle droit devant lui :

— Même si Jeanne... (Là, sa voix le trahit, et lui non plus n'achève point.)... Cela prouverait seulement qu'elle avait trop attendu. Mais pourquoi nous croire tous marqués? Pourquoi cette obsession?

— Et pourquoi cet intérêt? demande ironiquement Bernard en retirant son bras. Vous croyez sans doute de votre devoir...

Bruno s'arrête et lui fait face. Ni les rauques litanies du haut-parleur, ni le timbre des wagonnets impatients, ni même ce train survenu en silence et qui soudain, à leur flanc, déverse pêle-mêle valises et voyageurs — Bruno n'entend et ne voit rien, rien que cet homme désemparé qu'il n'aime pas.

— Pourquoi cet intérêt? Parce que je hais le désespoir et que je le reconnais sous tous ses déguisements. Ma vie entière, je l'ai engagée contre lui, et je...

— Qui vous parle de désespoir?

— Vos yeux.

Bernard reste interdit et détourne son regard.

— Vous êtes hanté!

— Non, pas moi.

— Et... quelle est votre définition du désespoir? demande Bernard.

— Une certaine hâte d'en finir; et la tentation, pour fuir une douleur, de pénétrer dans les écluses de la douleur permanente.

Il a parlé très lentement. Un instant, le regard de l'autre paraît désarmé, presque suppliant; mais il se durcit aussi vite.

— Je ne comprends rien à votre jargon. Bonsoir.

Bruno le voit s'éloigner à trop grands pas, tête haute, serrant frileusement son manteau autour de lui. « S'il entre au buffet ce sera pour boire, se dit le jeune homme; s'il entre au buffet, je suis le dernier des maladroits et des imbé... »

Il entre au buffet.

Chaque soir, ils attendaient, pour quitter la place, que la tour du vieux palais eût pris cette teinte orange qui formait avec le bleu du ciel une alliance exquise : « le drapeau de Florence ». Une minute de plus et cette perfection se dégraderait : « Rentrons », disait Jeanne.

Sous les colonnades il faisait à peine plus tiède qu'à ciel ouvert, comme un front est moins frais au toucher qu'une joue. De la moindre statue, la lune tirait un colosse d'ombre. Une fontaine exhalait une plainte d'enfant endormi. Il aurait suffi de traverser l'Arno pour retrouver les criailleries et toutes sortes de vieilles douleurs, mais ici le temps s'était arrêté — et voilà ce que, d'instinct, Jeanne y venait chercher.

Ce bonheur se brisa dès le second soir, lorsque le corps de Jean s'approcha du sien avec des égards blessants. Elle-même n'était plus maîtresse de ses réticences. Cette caricature, à dix ans de distance, de leurs premières nuits, lui parut si humiliante que Jeanne convainquit son mari de quitter cette Toscane « qu'ils connaissaient déjà ».

— Alors... Venise? demanda Jean déconcerté.

Non, surtout pas Venise! Tout ce qui évoquait un voyage de noces lui devenait insupportable...

Ils s'installèrent à Rome : là, aucun témoin! Pas une pierre, pas un arbre qui leur rappelât l'apprentissage d'un bonheur qui, à présent, les fuyait. Ils en bâtirent un autre, éphémère, qui déclinait avec le soleil. Ils appréhendaient cette complicité qui naît avec le soir, et Jeanne prolongeait leurs promenades vespérales sans souci de sa lassitude. Un soir, elle défaillit de fatigue sur un banc de ce jardin hanté de bustes qui surplombe la place du Peuple. Jean la ramena en fiacre et l'entoura de tant de soins inquiets qu'elle se sentit redevenir le petit enfant de la clinique. Elle s'abandonna à cette pente et, désormais, lorsque la nuit tombait, à l'heure où la ville, où l'Italie entière s'alanguissait, Jeanne seule cessait avec soulagement d'être une femme pour devenir ce petit compagnon fragile qu'on borde et baise à la tempe. « Pudeur », « Chasteté », ces termes, qu'on bafoue dans les vaudevilles, reprenaient pour eux leur sens déchirant. Bientôt, la journée même fut contaminée dès le réveil : il fallait s'habiller hors des regards de Jean. « Ni vu ni connu : le temps d'un sein nu entre deux chemises » — ces vers de Valéry lui revenaient amèrement en mémoire chaque matin. La vue d'une femme à la poitrine provocante (dans ce pays où des actrices en avaient lancé la mode) lui semblait insulter à sa disgrâce. Les statues elles-mêmes — tout lui rappelait sa mutilation. Chaque fois, elle pensait à ce fil rouge qui barrait sa poitrine, piste dans un désert, frontière impitoyable. Un matin, dans un musée, Jean osa s'arrêter devant un marbre célèbre de l'Amazone : un sein coupé, l'autre admirable.

— Regarde, mon amour, murmura-t-il : elle est plus belle que toutes les autres!

Jeanne baissa les paupières et, l'espace d'un instant, détesta cet homme qui, par pitié, reniait l'ancienne Jeanne, reniait dix années de ce qu'elle appelait le bonheur. Il vit seulement s'abaisser les coins de sa bouche si mince et crut qu'elle allait pleurer. Il la prit dans ses bras, ignorant qu'il serrait contre lui une étrangère, plus froide, plus ennemie que l'Amazone.

Elle dormit peu, la nuit suivante. Ses propres réactions l'avaient effrayée; elle se trouvait tour à tour la plus malheureuse et la plus insupportable des femmes. Au petit matin, tandis que les premières cloches, sonnées d'une main mal éveillée, se répandaient maladroitement par-dessus les toits pâles et que les chats pelés s'étiraient dans les jardins de Rome, elle décida d'adopter Yves. S'ils l'avaient fait plus tôt, leur amour eût changé : non de poids mais de densité. Un être à aimer en commun... Au moment où le corps la trahissait, elle appelait au secours un allié — et le plus fragile était le plus sûr. Yves... le petit garçon Yves... Mais, pour la première fois, ce n'était pas la mère en elle qui réclamait cet enfant dont elle avait été frustrée : c'était la femme de Jean qui prétendait jeter ce poids, *de son côté*, dans la balance. Yves servait de tare, d'appoint. Comme si un enfant pouvait vivre de cet air-là ! Comme si on pouvait se tromper d'amour sans le mettre en péril... A deux mille kilomètres de Rome, en ce moment, dans une pouponnière grise, un petit être aussi innocent et dénué que ses voisins anonymes servait d'enjeu à cette partie où l'Amour et la Mort étaient des partenaires invisibles et où tout le monde trichait.

Jean dormait. Jean faisait la planche sur un océan de draps froissés, l'avant-bras nu rabattu sur les yeux. Dehors, sur un échafaudage masqué d'osier, des maçons chantaient déjà, pareils à des oiseaux en cage. Il était temps d'éveiller Jean : pour une fois, Jeanne passerait avant la cigarette blonde ! Elle se glissa contre lui si chaud et qui sentait sa tanière de sommeil. Il sourit sans ouvrir les yeux — « Mon amour ! » — et ses mains encore rudes l'emprisonnèrent sans souci de... Mais l'une d'elles heurta la cicatrice et le visage du dormeur parut se couvrir de rides en un instant. Jeanne vit ses yeux bleus dans la pénombre, grands ouverts, et si inquiets. Vite elle parla : « Adopter Yves ! dès leur retour à Paris, il fallait adopter Yves... » Pouvait-elle espérer qu'il accepterait au moment même où il venait de sentir sa fragilité ? Il refusa très doucement, très fermement.

— Mais tu me l'avais proposé toi-même à la clinique! Et à présent que je suis tout à fait rétablie... Mais peut-être ne me crois-tu pas rétablie? demanda-t-elle d'une voix tremblante (de colère ou de désarroi? Elle-même l'ignorait).

Pour toute réponse, Jean se pencha sur elle et posa sa tête à plat sur sa blessure. « Mon amour... » Il sentit, après un instant, une main, hésitante un peu, qui reprenait, elle aussi, sa place dans ses cheveux; puis les malmenait tendrement comme la toison d'un animal familier; puis descendait sur sa nuque et suivait du pouce le double sillon de sa cicatrice. « Je te bénis, pensait Jeanne, pour chaque jour, pour chaque heure de chaque jour, depuis toujours et à jamais... Amen! » C'était une étrange prière; c'était aussi le premier signe de croix qu'elle traçait depuis son opération.

— Mon amour, répéta Jean, puis plus bas : mon amazone...

Jeanne ne reparla pas du petit Yves. Sa seconde guérison commençait.

Quelques jours avant le retour, tandis que Jean s'occupait de retenir des places de train, elle se promena seule dans cette petite ville qu'elle voyait avec d'autres yeux. Des garçons bruyants avaient organisé une partie de balle sur le parvis d'une basilique baroque. Chassés pour un temps, les pigeons alignés sur le fronton suivaient gravement le spectacle. Jeanne allait quitter la place lorsqu'elle s'avisa que le garçon qui gardait l'un des buts improvisés était amputé d'une jambe. Il se tenait sur des béquilles grossières et parvenait à courir, bloquer le ballon, et même le renvoyer au loin. Ses camarades ne le ménageaient pas; il était leur égal en prestesse, en injures, en rire blanc. Lorsqu'il tombait, il se relevait seul. Jeanne ne pouvait détacher ses yeux de cette jambe qui s'arrêtait juste au-dessous du genou. Si peu de chair et d'os manquant — et cependant irrémédiable : le vide grandirait avec le reste du corps. Cet enfant joyeux préfigurait déjà un adolescent à l'écart des autres, des promenades et des bals des autres; un homme marqué. Pour la première fois depuis la clinique, Jeanne prenait pitié d'autrui; un autre malheur oblitérait le sien et cela renouvelait son cœur. Le garçon s'aperçut qu'on le fixait et, se tournant vers Jeanne, il cligna d'un œil en souriant, puis la partie criarde reprit. Ce clin d'œil, Jeanne interdite le reçut comme un signe de ralliement. Il existait donc, entre tous les éclopés du monde, les rescapés, les chiens perdus, une alliance taciturne. Entre tous ceux qui refusent la pitié et réclament seulement, pour survivre, un surcroît d'amour : de cet amour qui les guérissait au nom du Christ « et les boiteux marchent et les aveugles voient, et les sourds entendent »! L'alliance entre tous ceux dont l'âme exigeante transperce l'étoffe usée du corps, ce clin d'œil d'un gamin la révélait à Jeanne, lavait celle-ci de toute humiliation et la revêtait d'une dignité nouvelle. Heureuse, elle ne s'était jamais sentie en communion qu'avec ceux qu'elle aimait; et voici qu'infirme elle se savait appartenir à une communauté secrète, immense, où la Joie accompagnait la Douleur aussi sûrement que l'ombre suppose une lumière. « Et moi je suis venu annoncer la Bonne Nouvelle aux *petits* et aux *pauvres*... » Ces mots, elle les comprenait pour la première fois, les voyait princes sous leur déguisement de mendiants. Et la Bonne Nouvelle, c'était que DÈS CE MONDE les boiteux marchent plus vite vers le royaume de Dieu et que les aveugles le voient les premiers... Et les femmes mutilées, humiliées dans leur chair?

Elle entra dans l'église chercher la réponse. Les premiers lys y jonchaient les autels et embaumaient les statues aux gestes fous. Jeanne y respirait jusqu'aux larmes le parfum de l'éternel Été. Elle pria comme on reprend son souffle, comme on boit. Elle pria pour ceux dont Bernard parlait avec horreur et qui sentent, et qui n'osent pas sentir en eux la graine de la mort. Envers ceux-là qui se trouvaient encore de l'autre côté du mur de la Douleur, une immense compassion l'étreignait. « Mon Dieu, priait-elle, tout ce temps que j'ai perdu, oh! qu'ils ne le perdent pas... qu'ils ne le perdent pas... »

Lorsqu'elle sortit, les enfants avaient disparu et les pigeons affairés et fats avaient repris leur place.

Après chaque dîner, Jeanne et Jean allaient à la fontaine de Trevi comme on se rend au spectacle. Adossés à un immeuble et comme s'ils venaient d'en traverser le mur, Neptune et ses chevaux écumants bondissaient parmi un éboulis de rochers. De violentes lumières doublaient d'ombres mouvantes l'attelage et les pierres. L'eau vive jaillissait des naseaux et des conques, sourdait parmi les rocs, cascadait en un désordre calculé — et toute cette violence expirait à vos pieds en écume sage, comme un enfant consolé suffoque encore un peu. Assis sur la margelle fraîche, avec la sorte d'exaltation qu'on éprouve au premier rang d'un théâtre sans rien qui vous sépare des acteurs, Jeanne et Jean assistaient au spectacle sans cesse renouvelé qu'offrent partout les eaux contrariées. Et la petite place, avec ses gradins et ses balcons, ressemblait, en effet, à un minuscule théâtre. On l'atteignait par des passages aussi sombres et silencieux que peuvent l'être des rues italiennes, au printemps, le soir! Des reflets, des rumeurs parvenaient jusqu'à ces coulisses obscures — puis c'était l'éblouissement, un émerveillement auquel se mêlait un peu de peur, comme devant un fauve en cage : comme si l'attelage allait bondir et la vague se ruer...

La veille de leur départ, alors que chacun d'eux cachait à l'autre sa mélancolie, ils se rendirent une dernière fois au spectacle des eaux. Mais, dès avant la place de Trevi, ils surent que quelque chose y serait changé. Quelque chose? — tout. Car les projecteurs éblouissaient toujours le groupe de marbre *mais l'eau ne coulait pas*. Toute vraie vie s'était retirée; et, de théâtre, la place était devenue musée : aucun spectateur sur les marches, mais des passants indifférents. Tandis que Jean s'interrogeait et questionnait alentour sur les raisons de cette carence, Jeanne dut s'asseoir, le cœur serré, la bouche sèche. Il lui semblait que cet aveuglant désordre de marbre, que ce désert somptueux était l'image de sa vie. « Trop tard... Trop tard... » Ces deux mots lui battaient aux tempes. Il lui semblait — mais pourquoi? mais à qui le dire? — que sa vie, désormais, était une fontaine sans eau.

IV

LA JEUNE FEMME ET LA MORT

Jean retrouva son bureau avec ce qu'il croyait un zèle de bon élève mais qui n'était, à son insu, qu'un grand désir de fuir. Oui, ce métier si léger, ces compagnons nerveux et versatiles, rien ne lui paraissait plus solide, plus rassurant. Jamais on ne l'avait vu aussi acharné au travail; à l'heure le matin, sans heure le soir. Quand on lui demandait des nouvelles de Jeanne, il répondait : « Aussi bien que possible! » et ajoutait — afin de décourager le questionneur — que « c'était du passé » et « qu'on n'en parlait plus ». Autant il avait, dans les débuts, pris plaisir à raconter en détail la convalescence, autant il se montrait bref à présent. Comme si d'en parler encore compromît la guérison de Jeanne, et risquât *d'alerter* le cancer toujours vivant... D'ailleurs, il n'osait plus prononcer ce mot; il repoussait les confidences de Brunet sur sa mère; il jeta les fameux livres et fit taire Bernard lorsque l'autre prétendit reprendre son refrain. Dans les affaires, au moins, on n'en parlait pas! Erreur : le ministère de la Santé commanda une seconde campagne d'information... Jean demanda d'en être déchargé.

Depuis son retour, il avait placé sur sa table de travail une photographie de Jeanne, mais sans le lui dire. Cette présence était comme un secret entre la Jeanne de la photo (celle d'il y a dix ans) et lui-même... Il la regardait de temps à autre, aussi nécessairement qu'un nageur sous l'eau remonte en surface afin de respirer. Un après-midi, Jeanne l'appela au téléphone; instinctivement, il détourna le cadre : les deux Jeanne ne pouvaient donc pas exister ensemble... Tout autre que lui aurait cherché le sens de ce geste singulier. Il alluma une cigarette et (d'instinct, toujours) évita de regarder la photo tant que « l'au revoir » suppliant de Jeanne résonnait encore à son oreille. Comme il ne pouvait s'en défaire et que ce ton l'oppressait d'un vague remords, il donna un coup de fil à n'importe qui, pour affaires.

Tandis qu'il revenait à pied à la maison, c'était la Jeanne de la photo qui l'accompagnait. Et, lorsqu'il appelait « Tilou » en ouvrant la porte, n'était-ce pas elle qu'il s'attendait à voir paraître? Sans doute, puisqu'il tressaillait en apercevant ce visage amaigri, ce sourire intact mais cerné de rides, et ce regard inconnu dont ses yeux bleus reflétaient aussitôt l'expression inquiète. « Comme elle a changé! » pensait-il. — Non, Jean, pas depuis ce matin : depuis dix ans, comme toi-même... Plus belle d'ailleurs : de l'éclat pathétique des roses qui demain seront éparses. Mais cela non plus, Jean ne le démêlait point : il trouvait seulement Jeanne plus belle et ne comprenait pas pourquoi, cependant, sa vue lui serrait le cœur. Comme si chaque jour comptait double ou triple pour elle; comme si lui, Jean, restait immobile et qu'elle s'éloignait irrésistiblement. *Ils ne vivaient plus dans le même temps.* Elle était devenue son aînée, au moment même où elle ne semblait qu'un petit enfant sans défense. Était-ce la tendresse ou quelque peur irrépressible qui la poussait à se blottir ainsi contre lui, à ne plus supporter qu'il choisît un siège éloigné : « Mon chéri, viens près de moi sur le divan... »? Ou peut-être le désir de n'être point regardée en face tant qu'elle n'aurait pas retrouvé son visage d'enfant. La vieille Maria, scandalisée, dut placer les deux couverts côte à côte, ainsi qu'aux premiers temps de leur mariage — ce qui changeait toutes ses allées et venues. Mais, comme un aveugle a besoin de sentir son compagnon tout proche, Jeanne ne s'éloignait plus de Jean. De l'aveugle, d'ailleurs, elle avait pris aussi ce geste humble et exigeant de la main toujours tendue.

Lorsque Jean quittait la pièce un peu trop longtemps, elle l'appelait d'une voix plaintive, celle du téléphone; et lui s'arrêtait, saisi. « Que je l'aime!... » Qui remerciait-il, lui qui ne croyait pas en Dieu, qui remerciait-il (d'un battement de cœur et d'un sourire) d'avoir conservé Jeanne à son amour? Ou plutôt de lui faire don, à présent, de cette autre Jeanne, si fragile que, sans lui, saurait-elle encore vivre? Car elle, qui l'avait toujours protégé (et paraissait reporter sur Jean son amour maternel), voici qu'elle dépendait de lui — et il s'en sentait tout ensemble flatté et frustré. A quarante ans Jean découvrait à son insu l'amour paternel. Il passait d'un amour dans l'autre comme un poisson change de fleuve.

Mais Jeanne, elle, n'avait pas changé; et tantôt elle aurait voulu sortir chaque soir, ne manquer aucun spectacle, essayer toutes sortes de petits restaurants; tantôt, passer des heures blottie contre Jean, sans livre, sans musique, sans cigarette. Elle voulait... elle voulait tout à la fois et tout de suite! Le temps paraissait lui manquer comme l'air. Elle ne supportait plus ces longues heures solitaires et oisives; sa journée commençait avec le retour de Jean et, parfois, elle n'avait pas la patience de l'attendre : elle l'appelait au téléphone, sans raison. Elle se heurtait aux remparts de la standardiste, de la secrétaire, défenses avancées d'un camp ennemi. Jean lui-même, à peine prenait-il pied sur cette terre étrangère, il n'avait plus la même voix. Jeanne se sentait seule au monde, seule dans un monde stupide, peuplé de somnambules qui vivaient comme si tout s'achetait, se vendait, se remplaçait — comme si tout était précieux sauf leur temps. Dans un monde où l'on attendait le soir, le samedi, les vacances, la retraite : où l'on attendait au lieu de vivre...

Depuis la clinique, elle se sentait constamment à l'étranger et n'avait revu ses amies que par convenance. Rien de ce que disait personne ne l'intéressait. Elle avait d'abord mis ce détachement au compte d'une foi épurée — mais non! prier l'ennuyait aussi; Dieu ne lui tenait pas compagnie. Jean, Jean seul... Et pourtant, cette ville absurde qui le lui volait, pourquoi, certains soirs, ce désir aveugle d'en éprouver toutes les distractions : ce que Jean appelait « ne manger que des bouchées doubles » ? Tout ce que, jeunes mariés, ils n'avaient pu faire, faute d'argent, lui remontait en mémoire; et elle prenait, à l'accomplir, une revanche assez triste qui l'épuisait. Et l'humiliait aussi! car les robes du soir posaient plus cruellement que les autres le problème du soutien-gorge. Que de recherches pour égaliser sa poitrine, conserver l'apparence d'une forme, d'une vie ! Et ces actrices aux seins énormes dont Paris se gorgeait alors, ces réputations qui se mesuraient en centimètres de tour de poitrine — ce rappel blessant l'attendait dans chaque cinéma, chaque cabaret et sur la couverture même de la revue qui publiait leurs programmes... La rue, toutes ces rues où le printemps lâchait son contingent de femmes à peine vêtues et d'hommes au regard indiscret : de corps sans âme, l'offensaient. C'est pourquoi (sans que rien le laissât prévoir à Jean) elle ne souhaitait plus, certains soirs, que se calfeutrer loin des autres, hors du temps : faire taire la radio, jeter ces magazines dont la couverture et les pages de publicité n'évoquaient que bustes et bustiers. « A ce siècle ivre de poitrines, il a été donné le cancer du sein... » C'était une phrase pour Bernard, mais Jeanne se la répétait avec amertume. Oui, fermer portes et fenêtres sur ce printemps effronté et rester seule avec Jean (après le bonsoir rogue de Maria qui ne serait pas montée sans l'échange rituel : « Bonsoir, mon petit. — Bonne nuit, Lia. ») Seule avec Jean : qu'il parlât du bureau ou de ces mille riens qui n'ont de sens qu'entre époux, peu lui importait pourvu qu'il parlât — même pas : qu'il fût ! La tête au creux de son épaule, les cheveux contre la chemise aussi soyeuse qu'eux; aussi odorante aussi, mais de cette senteur douce-amère dont elle s'avisait seulement qu'elle devenait, à chaque printemps, celle de Jean. Car voici qu'elle se remémorait les moindres détails de leur vie, nuances, odeurs, instants, avec une lucidité fébrile. Non qu'elle dressât, durant ses heures de solitude, l'inventaire du passé; mais il lui revenait spontanément en mémoire avec une précision presque douloureuse. Elle se répétait alors : « C'est cela, le bonheur... cela, l'amour... » — mais elle sentait que non.

Aussi, dans le même temps, éprouvait-elle une fringale d'avenir et bâtissait-elle avec Jean toutes sortes de projets : croisières, départs, départs...

— Je vais demander un congé d'un an! lui répondit-il un soir en riant — mais pas assez, sans doute, puisque, baissant les paupières, elle demanda gravement :

— Crois-tu qu'on te l'accorderait?

Pour toute réponse, Jeanne aux yeux clos reçut un baiser sur cette lèvre duveteuse et dont les coins s'abaissaient chaque fois qu'elle parlait sérieusement, un baiser qu'elle ne vit pas venir.

Tant de projets enchantaient Jean : ces échafaudages légers lui permettaient de croire qu'un avenir solide se construisait derrière. Dans ce printemps, qui jamais n'avait été plus tiède, n'avait fait si vite oublier l'hiver, on reparla de la petite maison à acheter non loin du Moulin; et d'un chalet à louer dans les neiges; et d'un vieux mas en haute Provence : deux pièces seulement... « — Avec une chambre d'amis! — Est-ce bien la peine?... » Les mots magiques qui servent de soleil artificiel aux gens des villes : Sicile, Baléares, illuminaient les soirs sans lampe où l'heure passait sans que Jean ni Jeanne s'en aperçussent. On plantait beaucoup de graines, ce printemps-là! peut-être afin d'oublier le peu d'épaisseur du terreau... Le bonheur n'existe que menacé. Ils étaient heureux.

Rien de notable jusqu'aux vacances, si ce n'est une singulière visite de Bernard, l'un des rares jours où Jean déjeunait ailleurs. La tête haute et clignant des yeux, Jeanne hésitait à reconnaître le visiteur.

— Pas de chance, dit-elle enfin : votre ami n'est pas là aujourd'hui.

(Il ne répondit pas : « Je sais », mais Jeanne eut l'impression qu'il ne l'ignorait point.)

— « Votre ami ? » Mais n'êtes-vous pas aussi la mienne, Jeanne.

Elle ne répondit que par un sourire et le fit entrer au salon. « Votre manteau ? » — Il refusa de le quitter :

— Je n'ai pas confiance en cette saison !

Tous deux pensèrent à sa définition : « Monstrueux cancer, le printemps ! » et leurs regards s'évitèrent. Lia apporta des flacons et des verres.

— Remportez, Maria, remportez ! ordonna Bernard dans une grande envolée de manches. Je ne bois plus du tout.

— Ce n'est pas ce que je voulais dire, balbutia la vieille.

— Cela se voit, d'ailleurs. Non ? demanda-t-il avec brusquerie en se tournant vers Jeanne qui, machinalement, faisait tourner l'alliance autour de son doigt.

— Oui, vous avez rajeuni.

— Non : changé.

Il demanda à Jeanne de ses nouvelles, mais son regard aigu cherchait lui-même indiscrètement la vraie réponse. « Il est donc venu s'assurer que je suis guérie, pensa Jeanne. Mais pourquoi ? »

Bruno le lui expliqua, quelques jours plus tard, lors d'un de ses passages en tourbillon. « Comment vas-tu ? Viens que je te regarde au jour ?... Bon ! Je t'embrasse et je file... »

— C'est vrai, affirma-t-il, Bernard a changé.

— Comment le sais-tu ?

— Il est venu deux fois me voir à Ivry. (Bruno était vicaire en banlieue grise — « banlieue rouge », disent les riches.)

— Et tu l'as converti ? demanda Jeanne en souriant.

— On ne peut convertir au Christ que ceux qui croient déjà en quelque chose : en Marx, en eux-mêmes, ou en un morceau de bois sculpté !

Jeanne hésita, imperceptiblement, avant de répondre :
— Bernard croit au Cancer.
— C'est vrai. Il croyait au Mal, au Mal vainqueur, inguérissable. Il détestait Dieu — ce qui est une façon de croire en Lui.
— Et maintenant?
— Il y a quelque chose qui l'a ébranlé.
— Ma guérison? demanda-t-elle d'une voix altérée.
— Oui. Si on *en* guérit vraiment, sa théorie s'écroule.
— C'est la fin de la Fin du Monde!
— C'est donc toi qui le convertis, Jeanne, pas moi.
Bernard revint plusieurs fois prendre de ses nouvelles. Il arriva qu'elle fût sortie; Maria remarqua que Bernard en paraissait enchanté. Un autre jour, Bruno le rencontra dans la salle d'un hôpital où lui-même passait voir un gars d'Ivry : Bernard, en secret, visitant des malades inconnus!

A la mi-juin, le printemps prodigue célébra ses noces et disparut. Un été, déjà las avant de commencer, prit pesamment sa place. Jeanne et Jean partirent en vacances. Il n'avait pas réclamé son « congé d'un an »; il ne lui restait même, après le séjour en Italie, que bien peu de semaines. Ils ne les passèrent ni en Grèce ni aux Baléares, mais au Moulin, bien sûr. Jeanne se sentait très lasse; et ses efforts pour le cacher l'épuisaient seulement davantage. Ses vacances qui, comme Marie-Thérèse le lui avait reproché un jour d'humeur, consistaient à se reposer de ne rien faire, ces vacances la fatiguaient bien plus que Paris. Elle-même proposait des promenades ou des « virées » qui tournaient court. Un soir que Jean l'invitait à danser, elle secoua la tête (ses cheveux accompagnaient le geste avec un instant de retard) :
— Notre tour est passé, fit-elle.
« Pas le mien! » se dit Jean qui regretta aussitôt cette

pensée. C'était la première fois qu'il se désolidarisait de Jeanne; cette lâcheté lui fit horreur.

Jeanne retrouva Paris et sa solitude avec un soulagement qui lui aurait paru inexplicable; mais elle avait renoncé à comprendre et même à recenser ses contradictions : elle s'abandonnait à sa pente de l'instant. Par exemple, elle qui, durant ces mois, avait douloureusement regretté le petit Yves, pensa définitivement que Jean avait eu raison : qu'une telle présence, un souci nouveau étaient au-dessus de ses forces — et puis elle n'y pensa plus.

Le matin même du retour, cette odeur d'encaustique qui faisait la fierté de Maria (huit jours de peine pour remettre à neuf l'appartement!) lui donna la nausée. Oui, mal au cœur : comme au « nouveau » la classe en octobre fraîchement repeinte. « Cela passera... » Cela ne passa point. Certains souvenirs (l'anesthésie, la clinique) — bien plus! certaines pensées suffisaient à la porter au bord du vomissement. Lorsque Maria venait lui demander le menu... — Elle finit par lui commander de faire à sa guise.

— Pour ce que Madame mange... remarqua Lia avec un regard plus inquiet que rancunier.

Et il est vrai que Jeanne perdait l'appétit de jour en jour. Elle se dégoûta d'abord de certains plats puis, à force de se rabattre sur les mêmes, de tous les autres. En vain Maria cuisina-t-elle des merveilles. Ce n'était pas qu'elle plaignît Jeanne : elle ne l'avait jamais aimée vraiment. Pas plus qu'un peuple qui raffole de son roi n'adopte la princesse étrangère qu'il épouse. Mais elle gardait de sa paysannerie la hantise d'une femme malade à la maison. Elle se révoltait aussi à la pensée que « son petit » entrât déjà dans les eaux grises du malheur. Enfin, la servante trouvait indécent que la maîtresse fût malade plutôt qu'elle-même; et la chrétienne, injuste que la plus jeune approchât de la mort avant la vieille. De tout cela (qu'elle n'aurait su énoncer) rien ne transparaissait sur le marbre usé de son visage. « Elle me déteste, pensait Jeanne parfois, mais elle m'estime parce que Jean est heureux. Et moi, je l'estime de ne pas m'en vouloir pour cette même raison... »

Jeanne ne mange plus; Jean s'inquiète; elle refuse de se peser — preuve qu'elle maigrit. Et voici qu'elle s'endort de plus en plus tard, et d'un sommeil fragile. Elle absorbe, en cachette de Jean, des somnifères et traîne toute la matinée un esprit brumeux dans un corps engourdi. Cela mine le reste de son appétit. Elle a longtemps résisté; car le jour où elle a pénétré dans une pharmacie (cette odeur, de nouveau!) elle a bien senti qu'elle retournait sur ses pas. Et maintenant elle retrouve, un à un, ses ennemis : fièvres, vertiges, et ces bouffées de chaleur qui la laissent pantelante. « Mais que m'arrive-t-il? se demande-t-elle avec cet aveuglement qui irrite les bien portants. La grippe peut-être? » Elle se persuade que c'est la grippe qui lui fait, en un instant, le front moite, les mains tremblantes et, sous les yeux, cette traînée de cendre. Cet après-midi-là, Jeanne marche jusqu'à la fenêtre qu'elle ouvre tout grand : septembre, monarque vieillissant, voit ses enfants mourir l'un après l'autre. Le soleil se laisse regarder en face. Septembre... « Mon Dieu, prie Jeanne, ne nous laissez pas souffrir dans cette splendeur. Pas souffrir plus que nous ne pouvons le supporter! » Mais déjà elle en est sûre : déjà, l'admirable machine à espérer fonctionne de nouveau. Vases communicants : l'Espoir, jusqu'au dernier moment, montera presque en même temps que la Douleur, toujours aussi haut qu'elle.

Voici que Jean l'appelle au téléphone « ... Sans raison, mon amour : je m'ennuyais de toi. Comment vas-tu? »

— *Une grande faiblesse m'habille*... répond-elle à mi-voix.

— Qu'est-ce que tu as dit ?

Mais il a très bien entendu ; et elle ne le répétera pas.

Lorsqu'il rentre (plus tôt que d'habitude), il la trouve allongée, les paupières cachant le haut des yeux, un air si las...

— Je ne sais pas ce qui m'est arrivé.

Les mêmes paroles qu'il y a dix mois ; mais Jean les a déjà oubliées :

— La grippe, peut-être ? suggère-t-il lui-même.

Le Mal hypocrite est installé entre eux, de nouveau. Avant d'ouvrir la porte derrière laquelle se trouve l'autre, chacun attend un instant encore et, à son insu, se compose un visage, Jean surprend Jeanne à travers la porte vitrée du salon et la voit qui se parle à elle-même. Oui, un troisième personnage habite ici désormais, et ce n'est pas la grippe... Jeanne ne cesse de s'observer et de se sentir observée ; elle s'irrite lorsque Jean est trop attentif ou lorsqu'il ne l'est pas assez. Elle ne l'écoute plus. Toutes ces histoires de bureau, de journaux, de Paris... *Ta frivolité !* lui dit-elle un jour. Elle lui en veut de regarder l'heure, de descendre l'escalier d'un pas rapide : de la laisser seule (alors qu'il lui tarde tant de l'être). Une méfiance grandissante envers son corps ; et, à tout moment, sans que rien l'en avertisse, le besoin d'un répit de plus en plus urgent mais aussi plus précaire : « S'asseoir... s'asseoir tout de suite... Oh ! parvenir jusqu'à mon lit... » Elle doit se cacher de Jean, de Maria, de Bruno, de...

— Madame, c'est M. Bernard.

— Chut, Maria ! Dites que je suis sortie.

Une autre fois, c'est Marie-Thérèse — et comment l'éviter ? — qui lui trouve *très très très bonne mine*. « Je suis donc livide », pense Jeanne. Oh ! tous ces yeux qui vous dévisagent... Mais ses propres yeux, au miroir, sont impitoyables. Jour après jour, Jeanne y regarde froidement cette étrangère devenir une figure de cire, de moins en moins ressemblante. Trois semaines déjà que dure cette « grippe » qu'aucun remède n'entame! Les névralgies, qui n'ont jamais tout à fait épargné son bras « récupéré », ont gagné l'autre et s'y promènent, comme un animal, de l'épaule au poignet. L'humidité du temps, sans doute... Car novembre est là, veuf aux cheveux gris; et déjà, au crépuscule, on est cerné d'un liséré de fraîcheur. Bon! mais ce matin si tiède que les chats étonnés s'étirent au soleil, comment expliquer cette fulgurante paralysie de la nuque à l'instant où Jeanne se lève? — Ah! c'est passé... « Le changement de temps, peut-être... » Et cette main de feu, soudain, qui point son côté et se retire aussi vite?

Ce corps ennemi, Jeanne décide de l'examiner : elle qui, depuis l'opération, évite de se regarder nue, s'y oblige et... Quelle est donc cette grosseur le long de la cicatrice? Elle y porte une main qui tremble un peu. Non, ce n'est pas douloureux — voilà qui la rassure. Mais la première nodosité l'a-t-elle jamais fait souffrir? Jeanne lutte contre sa mémoire : les livres lus, les dires du docteur et sa propre expérience, elle les rejette de toutes ses forces. « Du moment que cette rougeur n'est pas douloureuse... » se répète-t-elle. Mais demain, c'est un noyau — non, une grappe de noyaux qu'elle découvrira sous la peau *de l'autre sein...*

Jean le découvre aussi, dans la nuit, et son front se couvre de sueur en un instant. Mais Jeanne, à ce contact, n'a pas bronché; il se persuade donc qu'il s'est trompé — et comment s'en assurer désormais? Il se tait; elle aussi; chacun d'eux craint que l'autre ne parle. Et chacun fait semblant de dormir et veille, les yeux grands ouverts, le souffle hypocrite. Tard dans la nuit, à sa propre paix, Jean devine pourtant que Jeanne s'est endormie à son côté. Il ose enfin penser.

Le docteur Louville tint trois langages différents : à Jeanne, à son mari (qui l'avait alerté), à son frère.

Résolue à l'égaler en froideur, Jeanne se laissa examiner sans un mot, les paupières baissées.

— Vous ne me faites pas mal, Docteur.

— Croyez-vous que ce soit bon signe?... Il faut réintervenir, le plus vite possible.

Jeanne ne tressaillit même pas.

— A-t-on le droit de vous opérer malgré vous? demanda-t-elle après un silence.

— Pas en France, Madame : le suicide n'y est pas reconnu pour un crime.

— JE NE VEUX PAS que vous m'enleviez le sein.

— Je n'en ai aucune intention.

— Mais...

— Il se peut très bien que ce ne soit qu'un chapelet de petits kystes.

— Non cancéreux?

— Je n'aime pas ce mot-là!

— Non cancéreux? répéta-t-elle.

— C'est très possible; c'est même fréquent. Je veux seulement les enlever et procéder à une biopsie.

— Pendant l'opération?

— Oui.

Elle releva enfin les paupières et, les clignant comme pour aiguiser son regard, elle le planta dans celui du docteur qui baissa les yeux à son tour.

— Et si cela se révèle...

— Nous interromprons, dit-il vivement : je ne ferai rien de plus sans votre accord.

Mais à Jean il dit, au contraire :

— ... Dans ce cas, j'interviendrai aussitôt, avec *votre* consentement.

— Quoi ! vous ôteriez...

— Je n'aurai pas le choix.

— Mais puisqu'elle-même...

— Il est normal que vous teniez davantage à sa vie qu'elle-même. Le réveil sera... pénible. C'est une question d'amour, Monsieur.

Jean voulut se mettre debout et n'y parvint pas. Louville feignit de ne point s'en apercevoir et lui offrit une cigarette.

— Rappelez-moi donc l'adresse de votre beau-frère, le prêtre.

Jean la lui dit d'une voix blanche.

Le docteur convoqua l'abbé. Entre cet appel et son entrée dans le bureau blanc, Bruno n'avait pas cessé de prier. « Et délivrez-nous du Mal... » Voici qu'à ses yeux comme à ceux de Bernard, le Mal prenait une seule figure.

— A qui parler franchement sinon à vous ? lui dit Louville. Je vais opérer votre sœur, de nouveau. Je ne sais pas ce que je trouverai. Il se peut que je doive faire l'ablation du second sein.

— Dans ce cas, dit Bruno très vite, la survie...

L'autre l'arrêta d'un geste : jeta bas, d'un geste, le fragile édifice de statistiques où campait l'espérance.

— Ce n'est pas cela qui m'inquiète, mais l'état général. Même s'il s'agit là de tumeurs bénignes, c'est ailleurs que se produit la métastase.

— Quoi, une... généralisation ? demanda Bruno d'une voix à peine audible.

— Rapide. Très rapide, heureusement.

Bruno regarda ses mains nues, inutiles ; elles tremblaient ; il n'osa pas les joindre devant l'autre.

— Je vous l'avais dit, reprit le docteur en évitant son regard : une chance sur deux. (Il se leva, alla coller son front contre la vitre froide. Pour qui parlait-il ?) Je ne pouvais pas faire mieux... Non, pas mieux !

Il se retourna d'un bloc avec, sur le visage, une expression presque méchante qui parut seulement pitoyable à Bruno :

— Il paraît qu'on n'a pas encore trouvé la cause du cancer, lança-t-il. Eh bien! je la connais, moi : *c'est le temps perdu!* Il est toujours plus tard que l'on ne pense...

Bruno et Jean se retrouvèrent un matin dans la même clinique. Mêmes sœurs, même odeur, même statue; le jardin seul avait changé de décor : revêtu le cilice de novembre. S'y retrouver huit mois plus tard, aussi incertains, aussi anxieux, cela tenait du cauchemar. La vie continuait, entre ces murs blancs, au son des mêmes cloches, au chuintement des mêmes robes.

L'opération fut si brève que Louville, craignant les conjectures des deux hommes, ordonna à sa messagère de commencer par ces mots : « Tout va bien! » Tout allait bien, en effet : kystes non cancéreux. La joie de Jean ne trouvait pas d'exutoire; il aurait voulu rendre grâce, prier — mais ne savait plus. Il ne comprenait pas pourquoi le sourire de Bruno restait si réservé : « Il ne se rend pas compte! » — C'est exactement ce que le jeune homme pensait de lui au même instant... Mais, pour Jean, la page était tournée; un nouveau chapitre s'ouvrait, très long, très paisible. « D'ailleurs, à présent, c'est mon tour d'avoir mal! » C'était une pensée de soldat, une pensée enfantine.

Toute la volonté dont elle était capable, Jeanne, à travers le brouillard écœurant de l'anesthésie, l'appliqua à tenter de remuer son bras. Si elle y parvenait, si elle ne se retrouvait pas, comme la première fois, tout emmaillotée, momie instable, le docteur n'avait pas menti... Lorsqu'elle y parvint et ne sentit rien d'autre qu'un large sparadrap sur son sein intact, « elle poussa un cri de bête », affirma la garde qui crut que la douleur l'inspirait. Oui, du fond de son inconscience, toute réserve abolie, le cri d'une bête prise au piège et qui vient de s'en libérer...

A sa joie de retrouver leur appartement, Jeanne comprit qu'elle avait eu la crainte inavouée de ne le revoir jamais. Ils vécurent quelques jours d'un bonheur plus vif qu'après la première opération. Entre-temps, Jeanne avait pris son parti de sa mutilation; cette fois, elle revenait intacte.

Bien sûr, il y avait toujours cette fièvre, ce dos lacéré de feu : cette Douleur gardienne, une paire de tenailles à la main, qui semblait la guetter sans cesse — si bien que Jeanne souffrait presque autant d'attendre la souffrance. Impossible d'accuser encore la grippe : ce fut donc le « choc opératoire », puis l'abus des médicaments. Car on n'allait pas déranger Louville sur des symptômes aussi diffus! Des médecins de passage prescrivirent donc toutes sortes de remèdes : des alphabets de vitamines et, par millions d'unités, de ces médicaments-miracles dont les noms riment avec « médecine » et dont, l'année d'après, un nouveau chasse l'autre. Ou bien, on avait recours à l'homéopathie et l'on dosait avec minutie d'infimes quantités de ce que, la veille encore, Jeanne absorbait en masse.

Tant d'auscultations, de tension mesurée, de pouls compté; tant de « et, comme cela, est-ce que je vous fais mal? » et, finalement, d'ordonnances illisibles n'empêchaient pas Jeanne d'avoir mal ni son ventre d'enfler tandis qu'elle maigrissait. Elle demeurait couchée des heures durant les paupières closes, le souffle court. A de soudaines crispations, à ce fugitif réseau de rides sur son visage, comme un filet jeté sur l'eau et qui s'y évanouit, on aurait pu deviner l'approche et le passage de la souffrance si Jeanne avait laissé quiconque en être le témoin. Certains jours elle ne sortait de son lit que pour s'allonger sur une chaise longue. « Madame se lèvera-t-elle aujourd'hui ? » — C'était donc devenu cela, « se lever » !... Par la fenêtre de sa chambre, on apercevait dans un jardin voisin un très grand arbre. Il devint le compagnon de Jeanne et son image : car lui aussi se dépouillait sous une main invisible, se faisait transparent; lui aussi était seul. Les yeux fixés sur l'arbre nu, Jeanne attendait la fin de l'hiver comme un pauvre, comme une vieille, comme un oiseau. Elle avait, à tout moment, une connaissance aiguë de son corps. Comme on voit, aux murs de la classe, les cartes des voies navigables ou des chemins de fer, il y avait son squelette, son système nerveux : son corps rouge, son corps bleu, parfaitement nets.

Lorsque Jean rentrait, il marchait sur la pointe des pieds. En pénétrant dans le salon, il sentait aussitôt si Jeanne y avait passé aujourd'hui — mais non! pas plus qu'hier. D'ailleurs, la maison avait changé d'odeur. A quand cela remontait-il ? Depuis quand les vases étaient-ils veufs de fleurs ? et Jean seul à table ? Il ne lui parlait plus du bureau ni de la rue. « Ta frivolité... » La blessure restait encore vive. Ce reproche, le regard de Jeanne avait longtemps continué de le signifier; à présent, il n'exprimait plus rien. Elle ne s'intéressait plus qu'à ses maux et à ses remèdes. Jean s'en irritait : dix ans durant, elle ne s'était penchée que sur ses maux à lui, et voici que désormais elle n'écoutait même plus le récit de ses réussites!

Plus que les changements physiques, ce fut peut-être cette métamorphose qui alerta Jean et le conduisit chez le docteur Louville. Celui-ci l'écouta puis, assez sèchement :

— Mais... vous me parlez surtout de vous-même, monsieur!

Jean resta interdit : « Il a raison! » explorant en un éclair sa conduite depuis l'opération, depuis Florence, depuis toujours.

Le voyant si penaud, le médecin reprit :

— Tout cela est normal. Un grand malade, s'il ne se préfère pas à tout ce qu'il aimait, il est perdu...

— Mais Jeanne n'est plus une « grande malade », n'est-ce pas ?

« Nous y voici ! » pensa Louville et, comme chaque fois qu'il le laissait impuissant, il maudit son métier. A présent, chaque mot comptait...

— Votre femme est toujours en danger.

— Mais puisque...

— En grand danger.

— Alors il faut intervenir, Docteur : opérer de nouveau jusqu'à ce que...

— *Opérer où?* demanda Louville d'une voix si douce, si contraire à son ton habituel, que Jean pâlit. Plus faiblement encore il demanda :

— Vous ne voulez pas dire ?...

L'autre ferma ses paupières et abaissa la tête, deux fois.

— Pourriez-vous... ouvrir la fenêtre ? pria Jean après un long silence.

Il allait s'évanouir. Du moins il le supposa (ce vertige, cette nausée) car cela ne lui était jamais arrivé de sa vie. Ni après ses deux blessures, ni à son interrogatoire par la Gestapo, ni à Dachau, jamais. C'est que la mort n'avait jamais menacé que lui-même ; toujours il avait pu jouer son rôle d'homme : se battre, protéger. Tandis qu'aujourd'hui...

« Pas devant l'autre ! » Cet absurde point d'honneur l'empêcha seul de perdre connaissance. Frissons, tempes battantes et jambes mortes, il éprouva durant quelques instants ce que Jeanne souffrait chaque jour, à chaque heure : ce que Jeanne, en ce moment même... « Jeanne, mon amour, mon seul amour... Oh ! ma vie en échange de la sienne, immédiatement! » Mais à qui proposer ce marché qui était moins une prière qu'un ultimatum?

Le docteur passa derrière lui et lui donna sur l'épaule une bourrade, presque un coup de poing. Rien ne pouvait faire plus de bien à Jean. Ce geste brutal et bienvenu réveilla l'homme en lui : l'insupportable raisonneur, le combattant obstiné. « D'abord, qu'est-ce qu'il en sait?... Je refuse le croire!... »

— Alors, Louville (C'était la première fois qu'il ne l'appelait pas *Docteur*), vous l'abandonnez?

— Je crois que je ne peux plus rien pour elle, c'est tout.

— Puis-je essayer d'autres...

— D'autres traitements? Mais il le faut absolument. (« C'est donc qu'il la juge perdue! » se dit Jean qui blêmit de nouveau.) C'est pour cela que je vous ai parlé : afin que vous ne vous fassiez aucun reproche, quoi qu'il arrive.

— Et si je n'étais pas venu vous voir?

— Mais vous seriez venu, dit le médecin en le fixant.

Jean cacha son visage dans ses mains. Ce n'était pas un de ses gestes, mais il se méfiait de lui.

— Ah! pourquoi m'avez-vous parlé? s'écria-t-il.

— Pour que vous ne perdiez plus un seul jour, murmura Louville. Je ne parle pas des traitements, mais de... Allez, reprit-il d'une voix forte, tous nos jours sont comptés!

— Je ne dois rien changer à notre vie, fit Jean après un silence : il ne faut pas que Jeanne se doute...

— Que vous sachiez mais qu'elle ne sache rien : oui, c'est la condition pour que vous ne perdiez plus une heure l'un de l'autre. J'ai prévenu votre beau-frère, ajouta-t-il.

Jean se leva et gagna la porte en silence. Pourtant, sur le seuil, il se retourna, comme l'innocent condamné :

— J'essaierai tous les traitements, annonça-t-il d'un ton presque menaçant. Tous les traitements. Je me battrai...

Tous les traitements... Piqûres-miracles dont Jean achète les ampoules en secret et que vient faire un médecin taciturne; régimes alimentaires dont l'inventeur habite au fond d'une banlieue boueuse; séances de rayons « pour te remonter, ma Jeanne » mais qui la laissent inerte et comme désintégrée — tous les traitements...

Jean rend les armes : il ne se bat plus; Jeanne est donc perdue. Il ne le croit pas, ne l'accepte pas, mais le sait. Il la voit désormais avec les mêmes yeux que Louville — comment se le pardonner? comment le pardonner au médecin? Pourtant, chaque fois qu'il retrouve Jeanne, il éprouve une seconde de joie infime mais qui le brise : car elle lui sourit; et, à cet instant, il ressent à la fois qu'elle est toute sa vie et qu'elle va mourir.

L'instant d'après, elle se plaint : « Jean rentre en retard... Ce chauffage est étouffant... » Il assume en silence tous les torts. C'est sa faute, bien sûr, si le téléphone sonne sans arrêt, ou si Maria devient sourde! Pareille aux petits enfants, Jeanne le rend, d'un regard, d'un détournement de tête, responsable de tout. Et même de sa souffrance! car ce n'est plus le choc opératoire mais « tous ces sales remèdes que tu m'as fait prendre qui m'ont complètement intoxiquée... » Il opine gravement; mais cela l'irrite, car lui aussi est un enfant que révolte l'injustice. Jusqu'au jour où, l'ayant lu dans ses yeux (qui changent de bleu, lorsqu'il est contrarié), Jeanne cesse de se plaindre, se plie sur sa douleur solitaire : se clôt. Un chien condamné se couche en rond. Jean ne peut supporter cette résignation : tous ces griefs enfermés qui rongent Jeanne, tel un second cancer. Cette fois, sans plus de raison, il se sent coupable...

D'ailleurs, la contradiction le régente désormais. Dès qu'il sort de la maison, le voici partagé entre le remords et le soulagement. A peine a-t-il laissé Jeanne qu'il commence à créer d'elle une image : il remonte le temps, restitue la figure. C'est l'instinct de conservation qui le lui commande car, sans la Jeanne d'alors, que signifie sa vie? La photo de la Jeanne d'alors l'attend sur son bureau, avec le même sourire qu'à la maison — mais un sourire immuable, donc mort. Il y a seulement deux ans, ce portrait était ressemblant; chaque jour était semblable à la veille, ce qui est, hélas! la définition du bonheur. Aujourd'hui...

A mesure que passent les heures de bureau, les heures de papier, grandit en Jean, plus que le désir ou le besoin, *l'angoisse* de retrouver Jeanne. Il n'ose pas téléphoner : il imagine la sonnerie stridente et soudaine dans l'appartement muet, le sursaut de Jeanne. Auparavant, il lui arrivait de regarder l'heure à son poignet en pensant « Déjà! »; maintenant, il consulte sans cesse sa montre : « Quoi, seulement?... » Il quitte sa table sans ranger ses papiers, sans « au revoir, Brunet »; le téléphone sonne derrière lui et Jean ne se retourne pas. Il a hâte et horreur de rentrer chez lui : Jeanne n'aura-t-elle pas changé depuis ce matin? Il sait que son sourire effacera tout, mais pour un instant. Il commence à comprendre qu'un instant, c'est bon à prendre. Et si la vie n'était faite que d'instants?

Un après-midi, tandis qu'un client pointilleux le retenait à l'appareil, son regard tomba sur la photo de Jeanne. « Quoi! pensa-t-il, elle vit et je perds *notre* temps ici! »

— ... Vous comprenez, poursuivit l'autre, il faudrait que mon message publicitaire...

— Excusez-moi, coupa Jean : on m'appelle de l'étranger sur une autre ligne. Je vous retéléphonerai!

C'était vrai, on l'appelait de *l'étranger :* de cette terre inconnue de lui où Jeanne se débat. Il descend, saute en voiture et rentre à la maison sans prendre le temps de passer au garage. Non, pas l'ascenseur! l'escalier, sur la pointe des pieds, un sourire aux lèvres : depuis si longtemps, il n'y a pas eu de surprise entre eux... Maria ne l'a pas entendu; lui-même referme la porte sans bruit et...

Et le voici au centre du vestibule sombre, figé dans une attitude dérisoire, le manteau à demi ôté. C'est qu'il entend, venant de leur chambre, un râle régulier, un gémissement à la fois paisible et désespéré. Il ne comprend pas tout de suite que cette respiration de bête prise, c'est Jeanne. Et, lorsqu'il le réalise, il a un réflexe singulier : il se dirige vers la porte pour repartir. Comme s'il était de trop; ou comme si c'en était trop pour lui — le temps d'un éclair. L'instant d'après, il se rue vers leur chambre, vers le lit. Dans la pénombre, le visage de Jeanne ne se distingue pas des draps livides.

— Jeanne!

Elle ouvre les yeux; alors seulement il la reconnaît.

— Mon amour, mon pauvre amour!

Elle le repousse; mais il a eu le temps de respirer sur elle une odeur inconnue qui lui en dit plus long sur sa souffrance que cette plainte et ce visage convulsé.

— Pourquoi, demande-t-elle d'une voix basse et rauque, pourquoi si tôt?

— Je voulais te revoir... si malheureux loin de toi...

Elle abaisse ses paupières; ses lèvres forment un sourire qu'elle voudrait méchant mais qui n'est que pitoyable tandis qu'elle murmure :

— *Moi!*

Parce que ses yeux sont fermés, Jean ose la dévisager. Son front, plage dans la nuit, paraît plus vaste et ses tempes transparentes. L'ombre occupe déjà ce visage. La Douleur a tiré sur les rênes et les coins de la bouche sont ramenés durement en arrière. Pour la première fois, Jean devine l'ossature commune sous cette figure unique, irremplaçable, et il frémit. Pourquoi se rappelle-t-il brusquement leur première rencontre? et ressent-il de nouveau sa certitude d'alors : « Impossible de vivre sans elle »? Rien n'a bougé dans ce visage clos; sauf le menton qui se met à trembler. « Oh! pense Jean, que ce ne soit pas de chagrin!... » C'est de la colère.

— Laisse-moi! ordonne-t-elle (et son haleine chaude parvient jusqu'à lui.) Laisse-moi comme les autres jours...

— Mais aujourd'hui tu as mal.

— AUJOURD'HUI?

Elle voudrait éclater de rire; cela tourne en sanglots. Ses larmes qu'elle se refuse depuis l'opération, impossible à présent de les retenir! et l'humiliation la blesse plus que son mal. Autant qu'à Jean, elle en veut à elle-même et déteste le monde entier, Jeanne comprise : cela s'appelle le Désespoir. Jean devrait la prendre dans ses bras; il ne sait ce qui l'en retient : peut-être une sorte de respect; peut-être une sorte d'horreur. Il la regarde donc comme si une vitre les séparait. Sans défense contre un chagrin dégradant, Jeanne n'essuie même pas ses larmes ni son nez pollué. A ce moment, Jean reçoit, telle une flèche, la certitude qu'elle va mourir, que rien n'empêchera plus Jeanne de mourir.

— Non! crie-t-il en se jetant à genoux contre elle.

Mais, avec un effort qui lui arrache de nouveau cette plainte animale (qui, tout à l'heure remplissait l'appartement désert), Jeanne se tourne de l'autre côté. Leurs regards ne se touchent plus; Jean ne voit qu'une masse de linge et de cheveux trempés de sueur d'où provient une voix dure et sans âge :

— Va-t'en! Laisse-moi! Tu ne sais pas ce que c'est, avoir mal... Personne... Vous êtes à l'extérieur, tous!... A l'extérieur, répète-t-elle avec une espèce de stupeur, comme si elle découvrait soudain le sens de ce qu'elle vient de prononcer. — Moi je suis seule... Personne n'aime...

Personne n'entre... (Silence. Il tend le bras, touche d'un doigt hésitant cette épaule...) Va-t'en ! crie encore Jeanne. Toute seule ! toute seule !...

« C'est bon, je m'en vais, pense Jean qui claque — pas trop fort — la porte derrière lui. Il y a des limites à l'injustice et à la hargne ! »

Une heure durant, il va arpenter le salon obscur, les bras croisés, la bouche dure, ponctuant ses pensées d'un hochement de tête, d'un geste tranchant, d'un haussement d'épaules. Comme chaque fois qu'il aime moins Jeanne, il songe à la somme d'amour qu'il lui a fournie : « Et lorsque je lui ai acheté, en secret... Et quand j'ai renoncé, pour rester avec elle... Et la nuit entière où je l'ai veillée... »

Tandis qu'il fait ses tristes additions, la nuit tombe tout à fait ; les bruits de la rue changent de couleur. « Et toutes les femmes qui tournaient autour de moi et que je lui ai sacrifiées ! » Voilà un autre chapitre qu'il ne se remémore point sans complaisance. Mais, lorsqu'il a fini de se prouver qu'il est un homme irréprochable, Jean se retrouve insatisfait, confusément coupable. Le chemin va monter dur, désormais ; il y fait ses premiers pas, non sans se retourner fréquemment : « Avoir mal ? Moi aussi, j'ai eu mal — plus qu'elle, sans doute... » Ou encore : « Je ne peux tout de même pas passer tout mon temps à son chevet ! (Il sait très bien qu'il en serait incapable.) D'ailleurs, Louville lui-même... » L'ange continue de lui parler patiemment à l'oreille et Jean renonce enfin à ne penser qu'à lui, à se regarder au miroir de sa Bonne Conscience. Dehors, les voitures passent et se dépassent ; bruits et lumières ; dehors : la vie. Mais dans le salon où Jean tourne en prisonnier, la Mort, le Temps, la Solitude ont pris place en silence. Et l'Amour enfin, celui qui ne recherche pas de raisons, ne sait pas compter, ne regarde pas l'heure, l'Amour reprend possession de cet homme désarmé. Il y a Jeanne, et voilà tout. Jeanne dont Louville... — Voilà la seule injustice!

Étouffant de chagrin, de révolte, Jean va ouvrir la fenêtre et, si elle résistait, il en briserait les carreaux. « Jeanne! Jeanne!... » Il crie ce nom dans la nuit sourde de novembre, dans le tumulte égoïste de la ville. « Jeanne, mon amour!... » C'est sa seule prière et pourquoi ne feraitelle pas son chemin dans le ciel noir, cette voix rauque et couronnée d'épines? Peut-être parce que Jean ajoute aussitôt : « Je saurai bien t'empêcher de mourir, ma Jeanne! » Yves, le petit garçon Yves prierait mieux : en larmes et en silence. « Les hommes d'armes batailleront et Dieu donnera la victoire » parce que, *de plus*, quelqu'un la lui aura humblement demandée...

Lorsque Jean, une heure plus tard, entrouvre la porte de leur chambre, son cœur s'arrête : car Jeanne gît sur le lit, immobile absolument, la tête penchée, le visage tourné vers sa place à lui. Mais le voici rassuré : le drap se soulève doucement; et ce visage paisible où les larmes ont laissé leur sel est celui, si mince, si pâle, de la jeune fille Jeanne à leur première rencontre. Jean s'approche, heureux. Mais un objet brille à ses pieds, et comment en détacher son regard? Jeanne a laissé pendre son bras gauche et, du doigt amaigri, l'alliance est tombée.

Les jours suivants, Jeanne connut une rémission. Cavalier inexorable, le Mal lui laissait pourtant les rênes longues. De son bras valide, elle se coiffa longuement; elle chercha ses fards et se sourit au miroir. Maria étonnée s'entendit commander les repas. Jeanne remit sa montre à son poignet, téléphona au bureau, écouta des chansons à la radio, fit acheter des journaux de mode, et accueillit Jean debout. Il débordait de conseils inutiles : « Surtout, ne prend pas froid! Ne reste pas levée trop longtemps! » de projets : « S'il fait beau dimanche... Et cet été, tu sais où nous irons cet été ? » — Il débordait d'amour, de joie, souriait aux passants et jugeait de nouveau son métier passionnant. Cela ne dura pas même jusqu'au dimanche. Un soir il arriva, un bouquet à la main, projetant d'emmener Jeanne dîner dans un petit restaurant qui... — « Chut ! » commanda Maria au moment où il appelait *Tilou*. Il s'arrêta, respira l'air de l'antichambre et sut quel visage il allait trouver de l'autre côté de la porte. Le Mal avait repris sa place, exactement. Mais, la nuit même, il rattrapait le temps perdu : Jeanne lucide y explorait une constellation nouvelle de douleurs. Et Jean qui dormait paisiblement à côté d'elle ! Vers trois heures après minuit, impossible de respirer à fond : ses poumons refusaient de lui obéir. Comme s'ils avaient attendu, pour se faire inertes et brûlants, que la maisonnée, que la ville entière se fût endormie : que Jeanne restât sans défense... Tard, beaucoup plus tard, elle parvint à s'assoupir. Elle se réveilla presque paralysée.

Lorsque Bruno, qu'une mission avait éloigné de Paris près d'un mois, revint voir sa sœur, il fut atterré de son changement. Il crut n'en laisser rien paraître mais appela Jean aussitôt : Le voir... Oui, d'urgence... Ni à la maison ni au bureau... S'il pouvait, en voiture, venir jusqu'à Ivry ?...

« Ce gosse est extraordinaire, pensa l'autre en raccrochant. Je suis tout de même beaucoup plus occupé que lui ! »

Pour Jean, les occupations d'un homme se mesuraient encore à l'argent qu'il gagnait comme sa *classe* à l'usure de ses chaussures. Il arriva donc assez furieux au presbytère ; Bruno enfila son blouson de cuir :

— Allons marcher : il fait trop chaud ici pour ce que j'ai à vous dire.

Il entraîna Jean à travers des rues grises où les gosses, en jouant, butaient contre eux comme des abeilles dans une vitre. L'un d'eux, en loques, ivre de rire, lui parut ressembler à Yves...

— Vous regardez autour de vous comme si vous étiez à l'étranger, remarqua Bruno.

— Pas toi ?

— L'étranger, on y passe ; ici, moi je reste.

Ils marchèrent en silence ; cela leur rappelait le jardin de la clinique ; tous deux avaient les mêmes pensées et le savaient. « Allons, se dit Bruno, c'est à moi de parler... »

— Trois semaines que je n'avais pas vu Jeanne, commença-t-il laborieusement ; je l'ai trouvé... changée.

— Et alors ? (Jean avait relevé le col de son manteau ; se défendre contre le froid et contre Bruno, c'était tout un.)

— Qu'en dit le docteur ?

— Tu le sais comme moi.

— Il vous a donc parlé ?

— Oui.

« Naturellement, il croit Louville sur parole, pensa Jean avec hargne. Voilà leur fameuse *résignation* : de la lâcheté, oui ! »

— Je vois bien que vous m'en voulez, dit doucement Bruno après un silence, mais de quoi ?

— De rien, mon petit vieux, fit Jean en regardant sa montre. Je me demande seulement pourquoi tu m'as dérangé. Tu sais donc, comme moi, que Louville a abandonné Jeanne. Eh bien ! qu'est-ce que cela change ?

Bruno avala sa salive, s'accorda encore trois pas et dit, en regardant droit devant lui :

— Je dois la prévenir.

L'autre le saisit par le bras et le fit pivoter. Bruno reconnut à peine ce visage où les yeux brillaient comme ceux des personnages de cire.

— Je te l'INTERDIS, Bruno, tu as compris ?

Le jeune homme se dégagea doucement :

— Oui, j'ai très bien compris votre réaction. Mais là, c'est moi qui mène.

— Écoute, reprit Jean en s'obligeant au calme, tu ne sais pas très bien ce qu'on appelle le bonheur. C'est normal : tu as choisi autre chose. Mais moi...

— J'ai choisi le bonheur des autres.

— Pas de phrases ! Tu aimes tout le monde, c'est ton métier. Moi, c'est Jeanne que j'aime ; moi, je n'ai que Jeanne.

— Raison de plus !

— Pour préférer son âme ? Encore une fois, je ne suis pas curé, Bruno. Ce que j'aime, c'est le regard de Jeanne, le sourire, la joie de Jeanne : c'est ça que je veux *sauver*, aussi longtemps que je le pourrai !

— Moi, dit Bruno d'une voix altérée, ce que je veux sauver...

Il dut s'arrêter parce que sa gorge se nouait ; il s'agrippa, comme un enfant, au bras de Jean.

— Ce que je veux sauver, reprit-il très bas — et je donnerais ma vie en échange avec joie — c'est votre amour, pour l'éternité...

Le gosse qui ressemblait à Yves (et courait le long d'eux tel un chien) se plaqua brusquement contre les jambes de Jean, le regarda de dessous d'un air extasié : « C'est toi qui sens bon ? » — et détala aussi soudain. Jean eut un geste vain pour le retenir.

— Bruno... (A son tour, il dut s'éclaircir la voix.) Bruno, mon petit vieux, de deux choses l'une : ou Jeanne est vraiment aussi mal que le croit Louville, et nos jours sont comptés, et je ne permettrai à personne de les gâcher! Ou bien elle va guérir — et j'en suis sûr — et elle a besoin de tout son moral... Je ne doute pas de tes intentions, mais tu n'as rien à faire dans tout cela.

— Une seule question : si vous étiez dans l'état de Jeanne...

— Elle ne te permettrait certainement pas de...

— Si vous étiez dans son état, reprit Bruno patiemment, ne voudriez-vous pas en être prévenu?

— Certainement.

— Vous la méprisez donc?

— Je la protège. Depuis dix ans, je la protège; c'est ma mission. C'est ma fierté, ajouta-t-il plus bas.

— Corps et âme?

— Chacun son métier!

— Alors, laissez-moi faire le mien — et c'est un « métier » que d'aimer les autres plus qu'eux-mêmes, mieux qu'eux-mêmes.

Jean s'arrêta et le regarda bien en face.

— Vous allez dire une méchanceté, fit Bruno vivement : vous avez le regard étroit.

— Pas une méchanceté, une vérité. Tu veux savoir pourquoi je ne vais pas à la messe et j'évite tes pareils? A cause de ce langage : « aimer les autres mieux qu'eux-mêmes », etc. Dans un instant, tu vas m'expliquer que Jeanne doit *accepter* et *offrir* ses souffrances et que cela change tout. Si ton Dieu aime la douleur, continua-t-il avec une sorte de rage, il a son compte avec Jeanne, non? Qu'est-ce qu'il veut de plus? Mon chagrin à moi? Ma vie à la place de la sienne? Mais qu'il la prenne, bon dieu! J'en crèverai...

Ils marchèrent en silence. Sur une palissade, une vieille

affiche de Martine Carol battait au vent. Des gosses lui avaient charbonné des moustaches. Plus loin, à la craie, on avait écrit : J'EN AI MARRE...

— Retournons, dit Bruno, puis : Vous n'allez pas à la messe, mais Jeanne y va.

— Allons donc!

— Pas le dimanche, à cause de vous; mais le jeudi, à une messe d'enfants. Je le sais parce qu'elle se confesse à moi. Et je dois lui porter la communion ces jours-ci...

— Tu me racontes des histoires!

— Sûrement, fit Bruno amèrement : sûrement, j'ai choisi la pauvreté et l'obéissance, j'ai renoncé à tout, je porte cette robe ridicule et je vivrai toujours seul au milieu des gens qui me détestent ou, pire, se foutent bien de moi : tout cela pour « raconter des histoires », pour mentir — sûrement!

— Pourquoi ta sœur m'a-t-elle caché...

— Pour ne pas vous faire de peine. Et vous, pourquoi lui cachez-vous son état? Pour la même raison. Mais son âme passe après. Eh bien! je regrette, pas pour moi.

— Tu n'as pas le droit...

— Au contraire! Je l'ai même acheté très cher, ce droit : je viens de vous le dire.

Parce qu'ils marchaient, les yeux à terre, aucun d'eux n'avait vu monter l'averse qui soudain, devant eux, derrière eux, sur eux, droite, froide, luisante, abattit ses coups de hache. Comme si le ciel avait voulu mettre un terme à leur entretien... Là-bas, les enfants s'égaillaient avec des cris d'oiseaux. La rue, rincée, déserte, semblait rire de tous ses pavés. Ils passèrent en courant devant la palissade que la pluie martelait : Martine Carol gisait à terre et on avait cessé d'en « avoir marre ».

Arrivés devant le presbytère :

— Vous entrez ? proposa Bruno.

— Sûrement pas, dit Jean sans hâte : tout a été dit. Je t'interdis de mettre les pieds à la maison si tu dois parler à Jeanne. Salut !

Ils se regardèrent un instant, essoufflés, lessivés, dérisoires. Puis Jean s'engouffra dans sa voiture dont il claqua la portière. « Il va allumer une cigarette ! » espéra Bruno. Mais non : trop pressé de fuir le gris, le pauvre, le sale, Jean démarra brutalement comme un voleur d'autos.

Dans les jours qui suivirent, le mal parut accorder à Jeanne un nouveau répit. Jean la retrouvait calme et souriante : Elle venait de se recoucher... « Oui, l'après-midi avait été calme, comme hier... *Et toi?* » Elle avait retrouvé ces deux mots qui rendaient à Jean son existence ; elle demandait des nouvelles du bureau, de Brunet, de la secrétaire. Jean respirait sur elle le parfum de toujours. « Elle guérit, pensait-il. Ce sera long. Mais Louville est un âne ; et j'ai bien fait d'intimider Bruno ! » Ainsi reprenait-il confiance, et d'abord en lui-même ; irrité seulement de constater que Maria continuait de circuler dans la maison comme un bateau, raide et sourde.

— Ma Lia, lui demanda-t-il un jour non sans légèreté, qu'est-ce qui ne va pas ?

Elle dévisagea son *petit* avec effarement. « Qu'est-ce qui ne va pas ? » Quoi, il ne s'apercevait donc point que Jeanne était fardée comme une actrice ? Que la douleur scellait de plomb ses yeux ? qu'elle se servait de tous les plats, se sachant observée, mais ne mangeait rien ? Et, bien sûr, Jean ne pouvait pas savoir que, certains soirs, il aurait suffi de la toucher pour qu'elle pleurât, pareille à l'arbre après la pluie. Ni qu'en prévision de son retour elle avalait tant de calmants qu'à tout instant elle craignait la nausée. Mais s'il s'était montré plus attentif à elle (ou elle moins attentive à lui), il aurait pu observer que seuls remuaient les yeux et le visage de Jeanne, tandis que son corps demeurait paralysé.

Un soir, elle tenait ses paupières fermées si fort, si volontairement, qu'il était impossible qu'elle dormît. Elle priait. Mais il demanda : « Tu dormais? — Oui », répondit-elle en rougissant un peu. Il la crut; il avait recommencé de croire l'explication la plus rassurante. Et ce livre nouveau sur sa table de chevet (et qui était les Évangiles), Jean ne s'avisa même pas de sa présence.

Le samedi 22 novembre, l'été donna sa représentation d'adieux. Les rues étonnées recevaient la dernière visite du soleil qui, pareil à l'aveugle retrouvant sa maison, promenait partout ses mains invisibles. Les enfants couraient sur les trottoirs tièdes, oubliant l'heure aussi; et, par les fenêtres ouvertes, les mères retrouvaient leurs cris de printemps pour les rappeler. Des concierges avaient tiré leur chaise de paille devant la porte cochère et, couchés à leurs pieds, les chiens haletaient de bonheur, les yeux clos. Monarques ruinés, les arbres exposaient au soleil leurs loques roux et or; et ceux d'entre eux que le vent avait entièrement dénudés assistaient à la fête, droits et noirs comme des aïeuls à une noce.

Jean décida de rentrer à pied du bureau. « Je reviendrai faire un tour cet après-midi : il y a toujours du travail à finir... » En passant devant une vitrine, il s'aperçut qu'il souriait et, quelques pas plus loin, il s'entendit chanter. « Cela ne m'était pas arrivé depuis... » — Ce calcul ramena sa pensée vers Jeanne et il cessa tout ensemble de sourire et de chanter.

En traversant, avec la prudence des piétons d'occasion, il faillit se heurter à Marie-Thérèse qu'il reconnut d'abord à son parfum amer car tout le reste : vêtements, bijoux, coiffure et fard, avait changé. Elle portait un sac en forme de cassette qui, sous peu, serait sans doute en vogue. Combien de modes avaient passé depuis leur dernière rencontre ? Mais (d'un coup d'œil il venait de le comprendre) Jeanne et lui vivaient désormais à l'écart de toute mode, hors du temps : pareil à ces varechs qui se dessèchent au rivage dans l'attente d'une marée plus haute. Jean contemplait en souriant cette jeune femme qui, elle, était l'écume.

Elle ne lui parla que de Jeanne ; il ne lui parla que d'elle-même. Où allait-elle ? — Déjeuner sur le pouce dans un bar.

— Alors, je vous emmène.

— Je ne veux pas vous empêcher de rentrer à la maison.

— Mais c'est là que je vous emmène !

— Vous n'avez pas peur de...

— De fatiguer Jeanne ? Au contraire : elle va beaucoup mieux, je vous l'ai dit. Cette visite la distraira.

La curiosité l'emportant, Marie-Thérèse accepta. Jean prit son bras, si ferme, si chaud. Elle allait à pas menus, sonores, laissant un sillage parfumé ; c'était la vie même qui marchait à son côté et Jean en ressentait un plaisir brutal et pur, un plaisir animal.

La crainte du ridicule le retint de crier « Tilou » depuis le vestiaire, mais il poussa la porte de la chambre et dit :

— Devine qui je t'amène à déjeuner ?

Avant même qu'elle connaisse la réponse, le sourire de Jeanne se figea et son corps entier lui fit mal ; seule, Marie-Thérèse s'en aperçut. Le fard non plus ne la trompa point.

— Comment vas-tu, ma chérie ?

— Jean a dû te le dire...

Un baiser sur les joues maquillées confirma son diagnostic : une peau de vieille femme et l'os tout proche. Comme toutes ses pareilles, elle possédait un instinct infaillible de tout ce qui relève du temps : précocité, maturité, fanaison — un instinct de jardinier.

— Te lèveras-tu pour déjeuner avec nous, mon amour ?

Jeanne répondit un peu sèchement car cette tendresse, en présence de l'autre, lui semblait impudique.

— Impossible! Je suis déjà restée debout toute la matinée...

Elle savait que Jean la croirait, pas Marie-Thérèse.

Dès qu'ils furent sortis vers la salle à manger, Jeanne se regarda au miroir, les yeux encore remplis de l'image de l'autre et elle se détesta. « Jamais plus... Jamais plus... » En reposant le miroir, sa main heurta le petit livre des Évangiles; elle trouva la force de le saisir et de le jeter dans le coin opposé de la chambre. Ce geste lui arracha un gémissement; le bras, l'épaule et le dos s'enflammèrent et elle dut mordre son oreiller pour ne pas crier. Elle connaissait bien ce galop de la souffrance, ce feu mis au bûcher et dont elle attendait avec une sorte de curiosité patiente qu'il culminât. Ainsi se tenait-elle à tout moment en deçà de la douleur afin d'en rester la maîtresse. Mais, pour la première fois, la souffrance franchit à la fois toutes les frontières. Débordée, submergée par elle, Jeanne était pareille à un petit enfant perdu dans une foule : sans aucun recours. Et Marie-Thérèse qui, à quelques pas d'elle... — Mais eût-il été seul qu'elle n'aurait pas davantage appelé Jean à l'aide : détruit d'un coup la façade si patiemment édifiée, ni révélé ce visage qui, tout à l'heure, au miroir, lui faisait horreur. Au moment où Jeanne pensait perdre la raison à force d'avoir non point mal (elle y était habituée) mais trop mal : au moment où elle sentit qu'elle lâchait les brides pour la première fois et que, devenu le maître, son corps pouvait aussi bien la jeter par la fenêtre, la douleur céda. Elle reculait, pas à pas et, sans doute, demeurait-elle insupportable; mais avoir atteint le sommet et descendre la pente était un tel soulagement que Jeanne connut un moment de cette joie qu'aucun bien portant ne peut ressentir. Un moment. L'instant d'après le Désespoir avait resserré le poing. Comme une mère s'avise, au retour des vacances, que son enfant a tellement grandi qu'il la dépasse, Jeanne savait à présent que son mal était plus grand qu'elle; qu'à tout moment la souffrance pouvait prendre barre sur elle; et qu'elle ne vivrait plus seulement dans la douleur mais dans la crainte. Étrangère à soi-même...

Brusquement, elle regarda l'heure. « Jamais un déjeuner ne durait aussi longtemps! Que faisaient-ils dans cette salle à manger? De quoi parlaient-ils? D'elle-même, peut-être... Ah non! » Elle tendit l'oreille, douloureusement. La moindre rumeur devenait rire; le silence lui était encore plus suspect. Qu'est-ce que Jean et Marie-Thérèse, qu'est-ce que Jean et n'importe quelle femme pouvaient bien avoir à se dire? — Rien, sauf dans la mesure où elle-même était absente. Il y avait un personnage Jean, inconnu d'elle, et qui ne se montrait qu'en l'absence de Jeanne, n'existait que par son absence. Comment s'en avisait-elle aujourd'hui seulement? (Aujourd'hui où elle venait de perdre la guerre contre la souffrance et se trouvait désarmée à jamais?) Mais alors, chaque fois que Jean partait plus tôt, rentrait trop tard...

Elle tenta de lutter contre des soupçons aussi peu fondés. Depuis dix ans, rien ne lui semblait plus trivial que la jalousie : « un sentiment d'opérette ». Elle apprenait maintenant, d'un coup, que c'était une passion de tragédie. Jean n'était-il pas allé, sans motif, visiter Christian Dior, l'autre saison? Il le lui avait même avoué, l'imbécile! Elle sentait bien qu'elle transformait tout en venin, mais cela la soulageait. Désarmée, douloureuse, condamnée peut-être — mais les yeux brillants de haine, en ce moment *elle existait.* Marie-Thérèse n'avait jamais été qu'une intrigante, une chercheuse d'hommes. Pourquoi avoir eu la faiblesse d'accueillir ses confidences, de lui garder son amitié ? Jean le lui reprochait, l'hypocrite ! Et maintenant, ces deux-là riaient ensemble, vivaient ensemble dans la salle à manger, avec la complicité de cette vieille Maria qui la détestait ! Ces deux-là debout, libres d'aller et de venir, d'ouvrir la fenêtre, de respirer à fond, de danser — tandis qu'elle, allongée comme les morts...

Elle ne parvint à se calmer — bien que sa hargne lui fît du bien — qu'en songeant que, dans quelques instants, Marie-Thérèse allait s'en aller et Jean, comme chaque samedi, passer l'après-midi à côté d'elle. « Jean, mon amour... mon seul amour... » Allons, tout cela était stupide ! Un accès de fièvre...

Ils rentrèrent dans la chambre, sur la pointe des pieds, avec l'affection doucereuse des bien portants lorsqu'ils pénètrent dans l'univers confiné des malades. La même onction, l'un et l'autre, les mêmes gestes... Jeanne les écoutait, les regardait, si bien appareillés, avec une sorte d'horreur. Jean parlait du repas, du soleil.

Brusquement elle ne put en supporter davantage ; elle eut pourtant la force de ne pas faire d'éclat :

— Je crois que je vais me reposer, dit-elle seulement.

Marie-Thérèse se leva pour s'en aller.

— Nous allons te laisser, commença Jean. (Les yeux de Jeanne s'agrandirent et prirent une fixité effrayante.) Il faut que je retourne au bureau cet après-midi... Oh ! pas très longtemps, ma chérie.

— Est-ce bien nécessaire ? demanda Marie-Thérèse que l'expression de Jeanne inquiétait.

— Évidemment, dit-il sèchement, sans quoi...

Cette réflexion lui paraissait déplacée. Mais Jeanne ne vit

là que dialogue concerté. Marie-Thérèse s'approcha du lit :

— Au revoir, ma chérie, à bientôt.

Chaque mot ouvrait une blessure. Jeanne tendit brutalement la main afin d'empêcher l'autre de se pencher sur elle et de l'embrasser. La seule pensée de ce contact lui donnait un haut-le-cœur.

Jean s'empressait, aidait Marie-Thérèse à mettre son manteau, lui tendait son sac.

— Tu as vu, Jeanne, comme ce nouveau sac est amusant ?

« Il lui en a fait cadeau ! » pensa-t-elle.

— Très amusant.

— Je descends avec Marie-Thérèse, dit-il allègrement : plus tôt je partirai et plus tôt je reviendrai.

— Jean, cria-t-elle.

Elle allait parler, le retenir, supplier; mais alertée par ce cri, Marie-Thérèse reparut sur le seuil.

— Jean, reprit-elle d'une voix sourde, embrasse-moi... embrasse-moi bien...

Au milieu de l'après-midi, Jean téléphone du bureau. Le timbre résonne sans réponse. « Lia devient de plus en plus sourde, pense-t-il. Mais non, l'appareil était près du lit. Si Jeanne dormait, je devrais l'avoir réveillée à présent... » La sonnerie continue, obstinée, indifférente. « Ou peut-être est-elle sortie : il fait si beau... »

Brusquement il raccroche, laisse tout en désordre et sort, oubliant là son manteau; il descend l'escalier comme au temps du collège, saute dans sa voiture; sa main tremble tellement qu'il ne parvient pas à enfoncer la clef de contact. Enfin ! la voiture est froide; il la force et le moteur cogne — moins fort que son cœur. Il doit baisser la vitre à son côté parce qu'il étouffe. Il s'efforce de ne pas penser; se force à ne pas penser. Et cet ascenseur qui n'en finit pas...

Jeanne est étendue sur le lit, statue de cire, les lèvres entrouvertes, un peu de rose au sommet des pommettes — il le savait. Et ce souffle, pareil au raclement de la vague entraînant les graviers, il l'entendait d'avance. Et il sait que sur la table de nuit... — Non! dans le tiroir, alors?... — Non plus. Sous l'oreiller... Il est sous l'oreiller : un tube de somnifère (celui qu'il a acheté hier soir) entièrement vide. Tragique et nul, comme une douille de munition.

Au lieu de s'affoler davantage, le cœur de Jean reprend son rythme normal : celui qui marque un temps dont chaque seconde compte désormais. Téléphoner au médecin. Il compose le numéro. Jamais le déclenchement de la sonnerie n'a été aussi long... — Ah!

— Service des abonnés absents, qui demandez-vous?... Absent jusqu'à demain soir. Votre nom, s'il vous plaît?

— Mais il n'a pas laissé l'adresse d'un remplaçant?

— Non, Monsieur. Votre nom, s'il...

Il raccroche. Un autre docteur : même réponse. Un troisième : cela sonne en vain. « Ils sont à la chasse, pense Jean qui voudrait les tuer de sa main. A la chasse, les salauds! » Il se rappelle que Bernard possède un ami médecin, très dévoué, très discret.

— Allô, Bernard? Ah! tu es là... C'est Jean. Écoute : il est arrivé quelque chose à Jeanne... Il me faut un médecin, tout de suite, et je n'en trouve aucun. Cet ami dont tu m'as parlé... Non, rien : elle a fait une bêtise, tu comprends...

Silence à l'autre bout du fil; puis la voix de Bernard :

— *Jean, laisse-la.*

— Tu es fou, non?

— Elle a choisi. Elle sait ce qu'elle fait. Tu n'as aucun droit.

— Tu es saoul, Bernard, une fois de plus! Si tu étais là, je te...

Un sanglot passe dans sa voix. Il serre l'appareil à le briser : il ne peut supporter une seconde de plus d'être en liaison avec ce type, de l'entendre respirer. Il raccroche.

— Lia! Lia!

Elle n'est pas dans la cuisine où des casseroles fument paisiblement, où le tic tac d'un réveil... Dans la lingerie, la voici : elle ôte calmement ses lunettes de fer et lisse ses cheveux blancs.

— Quoi donc, mon petit?

— Lia, écoute : il est arrivé quelque chose de grave... (Elle entend mal; il reprend.) Quelque chose de grave à Madame. IL FAUT UN DOCTEUR. Demande à la concierge, aux commerçants, lis les plaques dans la rue — ramène-moi un médecin, Lia, vite, vite! Non, pas de manteau : il fait tiède dehors. Descends tout de suite, Lia, tout de suite!

Il retourne dans la chambre, retire sa veste, entrouvre la fenêtre avec une absolue précision de gestes : c'est l'homme de Narvik, l'homme du Maquis qui agit ici. « La faire vomir, par n'importe quel moyen... » Une cuvette, de l'eau chaude. Il assied ce corps inerte, desserre les dents, force à boire. « Si elle avale de travers, nom de Dieu... » Il tuerait Dieu sur place, si cela arrivait! Cela n'arrive pas. Il besogne ce pauvre mannequin. Un doigt dans la bouche — sans résultat. Deux fois, trois il recommence. Ce n'est pas Jeanne, ce n'est pas Jean : c'est la vie et la mort. Comme il a laissé les portes ouvertes, on entend le tic tac dans la cuisine sonore.

Enfin! Elle vient de vomir une boue blanchâtre, sans ouvrir les yeux. Les spasmes continuent; le corps tremble tout entier : c'est la vie qui revient, et la souffrance avec elle. Jean recommence calmement la même manœuvre. Il a retourné le corps sur le ventre après avoir édifié sur le lit une sorte de bosse avec tout ce qui lui tombait sous la main. Les noyés, on leur fait vomir l'eau en les roulant de la sorte sur un tonneau. Jeanne vomira tout. Une fois, à Dachau, il a pratiqué la respiration artificielle sur un copain six heures de suite. Six heures, dix heures de suite il agira, mais bon Dieu, Jeanne rendra tout son poison!

Un médecin survient, amené par Maria; puis un autre que la concierge alertée a cherché de son côté; puis Bernard avec son ami. Ils n'ont pas le temps de se compter, de s'étonner : Jean les conduit au chevet de Jeanne et leur explique ce qu'il a entrepris. D'un regard, il éloigne les deux vieilles qui disparaissent telles des souris; puis, tandis que les médecins s'affairent, il rejoint Bernard au salon. Col relevé, mains aux poches, la cravate de travers, celui-ci se dandine d'une jambe sur l'autre.

— Pauvre salaud, dit Jean les dents serrées. Tu n'as qu'une excuse et elle est répugnante : tu t'es remis à boire.

— A boire, oui, répond Bernard sans le regarder. J'avais tout misé sur Jeanne, sur sa guérison. Maintenant, je me fous de tout...

— Et, premièrement de Jeanne, hein? Un animal, tu l'aurais soigné; mais elle...

Bernard marche sur lui d'un pas incertain et, bien en face, cette fois (de si près que son haleine incommode Jean) :

— Un animal qui souffre, je l'achève... Je pense à lui, et pas à moi... Je ne joue pas les boy-scouts, moi!

— Fous le camp! commande Jean en le saisissant par les épaules.

Au moment de sortir, l'avocat se retourne brusquement et tend le bras vers l'autre d'un geste théâtral :

— C'était tellement mieux... Tu le regretteras, mon pauvre vieux, tu le regretteras...

Jean retrouve les médecins dont l'un rédige une

ordonnance, l'autre se lave les mains et le troisième range ses instruments.

— C'est vous qui l'avez sauvée, Monsieur. Par sécurité nous allons procéder à un lavage d'estomac. Comme clinique, nous pensons...

— Elle n'est plus transportable, dit Jean. C'est même pour cette raison que...

Il achève d'un geste vague. Il ne va tout de même pas tout leur raconter, non ? Trois médecins, comme dans une farce de Molière ! Plus Bernard, plus Maria, plus la concierge ! Pourquoi ne pas ouvrir la fenêtre sur la rue et crier : « Jeanne s'est suicidée... » ?

— Je comprends, dit le médecin. Je vais passer à la clinique afin qu'on vienne au plus tôt. Mais vous pouvez être tranquille : ses jours ne sont plus en danger. Enfin, je veux dire... bafouille-t-il.

— Je comprends, dit Jean à son tour.

Au moment où les trois médecins se retirent en se faisant des politesses sur le seuil, Bruno arrive essoufflé. « Il ne manquait plus que toi ! » C'est Bernard qui lui a téléphoné ; il a sauté sur sa moto et...

— Le métro était aussi court, bougonna Jean.

— J'y serais devenu fou ! Alors, Jeanne ?

— Gardénal, un tube entier.

L'abbé cache son visage dans ses mains.

— Je l'ai tirée d'affaire ; et puis les médecins sont arrivés.

— Je peux la voir ?

Oui, tirée d'affaire, puisqu'elle souffre en dormant : puisque ce visage impassible tressaille de toutes parts, imperceptiblement, comme un ciel étoilé. Bruno s'agenouille et pose sa figure à plat sur le drap, près de la main blanche ; il ne prie pas, il pleure. Au bout d'un moment, Jean le relève assez doucement et l'entraîne dans le salon.

— Je sais pourquoi tu pleures, Bruno; mais cela ne sert à rien : cela n'a jamais rien réparé...

— Réparé?

— Depuis deux heures je me posais cette question : « Pourquoi? Mais pourquoi? » Tu viens de me donner la réponse. C'est à cause de toi que Jeanne s'est suicidée : parce que, malgré mon interdiction, tu lui as dit qu'elle était perdue. Quand, Bruno? quand es-tu venu? Cet après-midi? Non, ce matin plutôt : je l'ai trouvée singulière à midi...

— Il y a douze jours, dit Bruno lentement.

— Quoi!

— Il y a douze jours, je lui ai porté la communion. Nous sommes restés longtemps silencieux. Je n'osais pas parler. « Qu'est-ce que tu veux me dire, Bruno? » m'a-t-elle demandé en souriant. — « Jeanne... (Il doit s'arrêter et détourner la tête un instant.) Jeanne, tu es en danger. Le sais-tu? — En très grand danger? — Très grand, Jeanne. » Elle souriait toujours mais ses lèvres tremblaient. Elle a repris après un long silence : « Mon petit frère Bruno, tu as bien fait de me donner la communion avant... » Et puis elle m'a demandé : « Est-ce que Jean le sait? » J'ai menti. J'ai dit : « Non. Louville m'a parlé, mais pas à lui... » Je crois que j'ai bien fait, Jean, car son visage s'est transfiguré. « Donne-moi ta main, Bruno : nous allons prier ensemble, comme autrefois... » Nous avons joint nos deux mains droites — c'est ainsi qu'elle me faisait faire ma prière, lorsque j'étais tout petit — et nous avons prié à mi-voix pendant près d'une heure. A un moment, votre vieille Maria est entrée et nous avons joué la comédie du sourire. Comme si c'était à elle qu'il importait de cacher quelque chose; comme si c'était un secret entre nous deux seuls, un jeu d'enfance. Enfin Jeanne a repris : « Il faut que tu t'en ailles, à présent : Jean va rentrer. Donne-moi mon parfum... » J'ai dit : « J'avais apporté cela pour toi. Est-ce que tu le veux ? » C'était les Évangiles. Elle a pris le petit livre et, sans me quitter des yeux, l'a baisé. Puis elle m'a fait signe : « Va-t'en... » Je ne tenais plus sur mes jambes.

— C'était quand ? demande Jean qui respire trop fort.

— Je vous l'ai dit : il y a douze jours. Un lundi matin.

« Si douce et souriante depuis ce lundi-là que je croyais qu'elle guérissait, pense Jean amèrement. Mais alors pourquoi ? »

Au même instant, Bruno :

— Mais alors pourquoi ? Il ne s'est rien passé entre vous à midi ?

— Rien, répond l'autre en rougissant.

— N'a-t-elle pas laissé un mot ?

— Je n'ai pas regardé.

— Allons voir... Allons ! reprend-il en entraînant Jean qui semble hésiter.

En silence, ils fouillent la chambre. Bruno heurte du pied un livre qu'il se baisse pour ramasser : les Évangiles, dont la reliure est à demi arrachée... Il demeure immobile, soudain soucieux, tandis que Jean l'interroge du regard. De la main, il répond : « Sans importance », et lorsque Jean a détourné la tête, il baise le livre à son tour avant de le replacer au chevet du lit. En se retournant, il aperçoit, dans la corbeille à papier, des fragments blancs.

— Jean, murmura-t-il, regardez là...

Jean se penche, récolte les morceaux et les assemble : c'est, prise un dimanche ancien, une photo qui représente Marie-Thérèse, Jeanne et lui au bord d'une rivière.

— Alors ?

— Sans importance, fait Jean d'une voix altérée, puis : Écoute, Bruno, nous ne trouverons rien et nous risquons de l'éveiller. (C'est faux; il le sait.) Rentre là-bas. Je t'appellerai demain pour te donner des nouvelles.

Bruno marche jusqu'au lit, contemple un moment sa sœur endormie, se penche pour lui baiser la tempe et la bénir d'un pouce furtif.

Lui aussi, au moment de sortir, se retourne vers Jean :

— Vous ne m'en voulez pas ?

— Va, va !

Il a hâte d'être seul pour ouvrir le secrétaire, chercher l'album et le feuilleter. Ah voici ! 1955 : une photo arrachée, *la seule où figurait Marie-Thérèse*. C'est elle que Jeanne a déchirée en huit morceaux et que Jean brûle à présent dans le cendrier. « Marie-Thérèse... Mais qu'est-ce que j'ai donc fait de mal ?... » Il ne se demande pas quel mal il a pu faire, mais seulement ce qu'il a fait de mal.

Il revient dans la chambre et s'assied dans un fauteuil pour longtemps, pour la nuit. Il veut rester là, et les yeux grands ouverts, quand Jeanne rouvrira les siens...

Il la considère, étrangère, souveraine. Quand donc l'a-t-il ainsi contemplée endormie, à la fois inexpugnable et sans défense ? — Au Moulin, la dernière nuit des vacances, il y a tant d'années de cela... (Non, Jean : un an seulement.) Il sait que Jeanne ne daignera jamais s'expliquer ; et que ce secret s'ajoutera à tant d'autres, sans doute, auxquels il n'a point de part. Il pense que Jeanne est une grande personne et lui un enfant.

Maria vient fermer les volets et, d'un sourcil froncé et d'un hochement de tête, quête une information.

— Tout va bien, Lia, murmure-t-il. Tout va bien, maintenant : c'était un accident...

La porte fermée et les volets clos, Jean se carre dans ce fauteuil. Toute la nuit, il va veiller deux êtres : sa femme morte et cette femme endormie.

V

« NI LE JOUR NI L'HEURE... »

Il n'y eut pas d'explication; aucun d'eux ne la désirait. Un tel abîme séparait l'imprudence, l'inconscience de Jean et l'acte de Jeanne : quelles paroles auraient pu le combler ? L'amour seul... Les premiers jours, chacun jeta sans réserve tout ce qu'il en possédait — comme l'aéronaute sacrifie son lest entier d'un seul coup. Puis la vie reprit avec, pour l'un et l'autre, cette secrète amertume qui suit les grandes actions lorsqu'elles se sont révélées vaines : l'amertume des anciens combattants. Jeanne se refusait de penser : « J'ai tout de même voulu me tuer à cause de lui... » — « Je lui ai tout de même sauvé la vie ! » pensait Jean. Ce « tout de même » empoisonnait leurs rapports. Il leur semblait *injuste* que la vie reprît sans changement, sans prodige. Parfois, emporté par le tourbillon frivole des affaires, Jean perdait pied. S'il lui advenait alors de se souvenir du samedi 22 novembre, il lui semblait avoir rêvé ces heures. A Jeanne, jamais. Et comment l'aurait-elle pu, elle qui désormais ne quittait plus ce même lit, cette même chambre où rien n'était changé — excepté que tout médicament toxique en avait disparu ? Chaque fois que Jean y pénétrait, il respirait cette atmosphère de prison; et quand il la laissait, il ne pouvait maîtriser en lui l'ignoble allégresse des visiteurs sortant de l'hôpital.

Afin d'ouvrir une lucarne de plus dans la cellule de

Jeanne, il lui apporta un récepteur de télévision. Il espérait sincèrement que les récits qu'elle en ferait le soir pourraient oblitérer son laborieux monologue (car ses histoires de bureau lui semblaient de plus en plus factices). Mais Jeanne se dégoûta aussitôt de ces vivants qui souriaient et gesticulaient sur le petit écran; et qui, surtout, avaient licence d'en sortir, d'*exister*. Elle détestait un appareil qui lui rappelait seulement que, derrière ces murs, on vivait sans elle. La télévision demeura donc dans un coin, aussi grise et morne qu'une salle de cinéma vide. Jeanne tolérait encore la radio, à condition qu'on n'y parlât pas et que la musique fût de celles qui font tomber les murailles. Les chansons lui étaient devenues insupportables, et davantage encore les chanteurs. Parfois, elle arrêtait l'orchestre d'une main brutale et buvait le silence comme un verre d'eau un peu trop fraîche; d'autres fois, il lui fallait cette compagnie, sur-le-champ! et le temps de chauffage du poste lui causait une véritable souffrance. D'ailleurs, après tant d'indifférence, voici que tout lui devenait soudain essentiel ou odieux. Jean le premier.

Deux fois par jour, Jean rentre inquiet, se sentant vaguement coupable. De quoi? — De respirer, de manger : de *pouvoir*. Naïvement, il cherche à minimiser ce monde après lequel Jeanne se languit. « Il fait vraiment froid dehors... Qu'on est bien chez soi!... Les éboueurs font encore grève... » Dès les premiers mots, elle commence à lui en vouloir; il ne s'en aperçoit guère — et, de cela surtout, elle lui garde rancune. Et aussi de s'affairer : « As-tu bien tout ce qu'il te faut, mon amour? » RIEN de ce qu'il lui faut! Et comment Jean lui donnerait-il des jambes, de l'appétit, ou du soleil? Le voici qui l'aide ou la soigne avec une application d'enfant qui se sait observé. « Il joue au petit infirmier! » pense Jeanne avec humeur. Elle se trompe; c'est pire : il devient fonctionnaire dans son rôle. La bonne conscience, le devoir accompli — seuls remèdes à son désarroi — sont des passerelles bien fragiles pour franchir un abîme. « J'ai fait tout ce que j'ai pu ! » : c'est la maxime des bons soldats et des mauvais chefs — la sienne. *Il agit sans espoir*. C'est toute la différence entre le dévouement et la charité; et rien ne blesse davantage. Mieux vaudrait quelquefois l'indifférence !

Lorsque Jean pense aux douze jours qui ont précédé le 22 novembre, il admire Jeanne : « En eussé-je été capable ? » se demande-t-il (car c'est son seul critère). Ce calme souriant qu'il prenait pour un symptôme de guérison n'était donc que de la résignation. *Elle savait...*

Aujourd'hui, il continue d'admirer cette « acceptation »; et Jeanne, qui le lit dans son regard, s'en irrite car tout est changé : à sa résignation a succédé la plus farouche passion de vivre. « Du moment que la mort n'a pas voulu de moi, c'est moi qui ne veux plus d'elle ! » Et encore : « J'étais perdue parce qu'ils m'avaient tous abandonnée : alors je m'abandonnais moi-même... » Vous regardez les vitres d'une maison orientée au couchant : ne dirait-on pas un incendie ? Ce n'est que le reflet du soleil. Un autre soir, elle flambe pour de vrai; mais vous croyez encore que le soleil sanglant l'aveugle. Ainsi Jeanne : ce n'est plus le reflet de Dieu mais la rage de vivre qui éclaire son regard. Comment Jean ne s'y tromperait-il pas ? Où elle espère un allié (« Puisque Louville et Bruno l'ont épargné : puisque lui ne sait pas qu'on me condamne »), elle ne trouve qu'un infirmier modèle ! Un homme qui prend son parti du temps qui passe et ne cherche plus de remèdes. L'aime-t-il encore ? Cette morne compassion est-elle de l'amour ? Il suffirait pourtant, cette fois encore, de quelques mots pour tout sauver et donner un visage au temps qui leur reste, mais qui les prononcera ? Il suffirait que l'un affirmât sa vérité, et que l'autre la crût aveuglément. Entre gens qui s'aiment, la parole est d'or, le silence de sang. Bruno, du moins, Bruno ne pourrait-il... ?

Non. Depuis le 22 novembre et ce geste dont il ne soupçonne pas les motifs, Jeanne n'a pas voulu le revoir. « Madame est trop fatiguée : le médecin interdit toute visite », assure Maria en baissant les yeux. (Mentir à un prêtre!)

La troisième fois :

— Je vous absous pour ce mensonge, dit Bruno avec un sourire triste, mais j'entre.

— Monsieur l'abbé, je...

Il secoue sa cape noire, semant une neige mousseuse qui meurt dès qu'elle touche le parquet. Cette nuit, la neige a investi Paris en silence. Pareille aux troupes d'invasion : les premières vagues détruites au sol; mais si nombreuses, les suivantes, qu'elles ont fini par occuper le terrain!

Bruno entra et, sans une parole, embrassa Jeanne longuement. Que n'avait-elle pas amoncelé contre lui! Contre l'homme de Dieu, elle qui s'était suicidée; contre le messager de Louville, elle qui désormais voulait vivre... Mais tout fondit en un instant, comme la neige.

— Il fallait que tu fusses bien malheureuse pour fermer la porte à ton petit frère Bruno!

C'était une phrase préparée et elle sonna faux. « Ton petit frère Bruno », Jeanne seule avait le droit de dire ces mots; il s'en avisa en les prononçant.

Elle ne répondit pas, laissa reposer de tout son poids sa tête sur l'épaule noire. Que c'était bon de s'abandonner complètement! Avec Jean, plus jamais... « S'il me parle de mon geste, s'il me demande : pourquoi? je perdrai toute cette joie », pensa-t-elle, et cette inquiétude lui gâchait déjà sa joie. Mais il ne demanda rien.

— Jeanne, fit-il seulement, ne me laisse jamais tomber !

Ce n'était pas par générosité qu'il inversait ainsi les rôles. Son bonheur chaque jour, son salut un jour étaient liés à ceux de Jeanne. Depuis le 22 novembre, Bruno ne se sentait plus en état de grâce.

— Quand veux-tu que je t'apporte de nouveau la communion ? demanda-t-il après un long silence.

— Inutile : j'irai moi-même assister à ta messe.

— Debout ?

— Debout bientôt.

Il regarda ce visage ardent et mince : Bonaparte au pont d'Arcole. L'os à fleur de peau attestait la fragile victoire de la vie sur la mort. Il la regarda avec tant de fierté qu'il la crut un instant.

— Louville est donc revenu ? demanda-t-il trop vite.

— Ni lui ni personne, fit-elle avec amertume : Je ne les intéresse plus ! Mais moi je sais que j'ai touché le fond et que je remonte à présent...

Il hocha la tête comme on fait lorsqu'on écoute un enfant. Elle s'assit brusquement dans son lit, non sans une grimace de douleur :

— Tu ne me crois pas ? Tu m'observes !... Eh bien ! j'ai maigri, je suis laide — je le sais !... Et alors ?

— Au contraire.

Et il était vrai qu'elle fût belle : les yeux en feu, la lèvre retroussée et tremblante un peu — une bête cernée... Très belle, mais méconnaissable.

— Est-ce que je serais donc la seule à ne pas savoir ce qui se passe en moi ?

— Non, bien sûr.

— Je me défends maintenant, Bruno. La moitié de mon corps lutte à mort contre l'autre, je le sens. Mais c'est moi qui gagne du terrain, *pas lui !*

Comme Bruno la fixait en silence, fasciné par la maigreur de ses bras et de ces doigts dont les jointures bossaient comme les genoux des enfants pauvres, elle reprit avec un regard ennemi :

— Tu crois aux miracles gratuits, c'est ton métier! On se trouve guéri sur l'instant, sans avoir rien fait pour cela... Mais la volonté, la patience, tu n'y crois pas? — C'est d'une belle injustice!

Il écarta la discussion d'un geste, hésita avant de lancer dans le vide un nouveau cordage — mais quoi! n'était-ce pas afin de poser cette seule question qu'il avait forcé la porte?

— Jeanne, demanda-t-il doucement, est-ce que tu te sens toujours dans l'amitié du Seigneur?

Le visage se fit impassible, comme pour affronter un vent d'hiver.

— Lorsque j'étais « dans son amitié », comme tu dis, je me laissais mourir. Maintenant, je veux vivre... Et si cela ne lui plaît pas, tant pis!

— Ce qui lui plaît, c'est que nous soyons vraiment en paix.

Elle repartit :

— Si l'amitié de Dieu, c'est la mort, j'ai choisi la vie!

— Mais...

— Il est le Dieu des morts, pas celui des vivants.

— Es-tu en paix, Jeanne?

— Non, cria-t-elle, en guerre! Contre vous tous, contre lui, contre moi : en guerre!

— Mais au fond, tout au fond de toi...?

Elle se pencha vers lui :

— Tout au fond de moi, il y a ce cancer, ma seule compagnie... J'aurais pu, à la place, avoir un petit enfant que je sentirais grandir en moi... « Le Seigneur ne l'a pas voulu », ajouta-t-elle avec une onction détestable — et tu voudrais que je fusse en paix avec lui ?

— Tu l'étais quand tu pensais aller très mal ; et maintenant que tu te sens guérir, tu ne l'es plus — pourquoi ?

Elle cherchait une réponse aiguë, mais soudain :

— Oh, Bruno ! s'écria-t-elle, j'ai mal, j'ai si mal...

Il recueillit cet oiseau blanc qui s'abattait, exténué, entre ses bras. Les mains de Jeanne lui parurent froides comme celles des très vieilles personnes. Il chercha à les joindre aux siennes afin de prier ; elle s'y refusa. Bruno la recoucha avec douceur et la borda. Elle avait baissé ses paupières qui semblaient démesurées dans ce visage. Il observa qu'elles étaient devenues mauves et ridées, pareilles à des ailes de chauve-souris. Il eut pitié d'elle — sentiment ignoble. Il se leva donc et marcha jusqu'à la fenêtre. Comme pour s'éloigner de lui-même : de cet homme bien portant qui *se penchait* sur un être condamné. L'arbre ne portait plus que quelques feuilles insouciantes. Si maigre, lui aussi : réduit à l'essentiel, face à l'hiver. « C'est l'image de Jeanne, pensa Bruno : elle et lui, en tête à tête, à chaque heure du jour ; et nous autres, des étrangers — étrangers à la Douleur... » Il se retourna brusquement.

— Jeanne, je ne t'expliquerai pas pourquoi Dieu qui nous aime — QUI NOUS AIME, répéta-t-il avec force — permet la Douleur. Les théologiens ont trouvé à cela de ces fortes réponses que l'on oublie aussitôt après (alors que les paroles du Christ, même si on ne les comprend pas, impossible de ne pas les retenir !) Mais aucun bien portant n'a le droit de raconter cela à un malade. C'est un tout autre langage qui peut s'entendre d'un côté à l'autre de la frontière. Je voudrais le trouver...

Il marchait : cinq pas vers la fenêtre puis autant vers la porte, les yeux fermés lui aussi, les mains jointes à craquer.

— Cette immense Douleur, je sens seulement que c'est le prix de notre liberté. Ce monde est livré à lui-même. Des hommes libres — libres de se perdre aussi bien... C'est le même principe qui fait proliférer les virus et les bactéries : le bacille de Koch et la pénicilline — c'est ça, la liberté...

— Le même principe qui fait grandir les enfants et le cancer, interrompit Jeanne : Bernard a raison.

— Et je sens aussi qu'à chaque instant, dans le monde, toute la joie et toute la douleur s'équilibrent. Mais leur répartition, cette injustice apparente, ce faux hasard sont un mystère. Chaque fois qu'on m'appelle au chevet d'un enfant qui se meurt, je suis assiégé par tous ces visages, tous ces regards. Ils voudraient comprendre; ils savent que la révolte ici ne mène à rien; ils m'implorent.

— Et toi ?

— Je me tais. Incapable de fournir une explication, une consolation vraies. Que pèseraient les paroles à ce moment-là ? — Moins que les larmes. Ils pleurent devant un mur... Un mystère : comme la mort, comme la vie, comme l'amour. Nous sommes bien fiers de notre château fort; mais il est entouré de douves.

« Le Seigneur est venu : il n'a pas expliqué ces mystères; il leur a seulement donné un sens. Jeanne, quand j'étais petit et que je ne voulais pas manger d'un plat, trop amer ou trop chaud, tu le goûtais avant moi, devant moi. Cela ne changeait point son goût ni le mien, mais je le mangeais... Le Seigneur a fait la même chose, une fois pour toutes. Il n'a pas seulement parlé — et ses paroles éclairaient tout; il a souffert. Ce serait impensable, inutile, s'il n'y avait pas, justement, ce grand mystère à apprivoiser. Il a tout souffert avant nous : la pauvreté, l'injustice... l'agonie, ajouta Bruno en baissant la voix. Si nous tenons sa main, nous ne serons plus jamais seuls. Des enfants... Accepter d'être des enfants, jusqu'au dernier jour, volontairement...

Il se tut, poursuivit sa marche d'animal captif. L'écoutait-elle seulement, cette gisante de cire et de marbre qui n'avait même pas relevé ses paupières?

— La souffrance, reprit-il, toute souffrance commence par la solitude. Je ne puis même pas arriver jusqu'à toi que j'aime; ni Jean non plus. Notre chagrin, notre impuissance ne peuvent t'aider qu'en faisant le détour par Dieu. Le chemin le plus court d'un homme qui souffre à un homme qui souffre passe par le Christ. C'est une expérience qu'un milliard de chrétiens peuvent faire chaque jour. Il y a cette jeune fille qui chante le *magnificat;* et puis cette femme qui n'a plus de larmes et tient sur ses genoux le cadavre de son fils unique — et c'est la même. Il y a le *gloria* et puis ce corps gris — et c'est du même qu'il s'agit. Eh bien! il y a notre jeunesse et notre joie; et, dans le même instant, l'agonie des autres qui est toujours l'image de la nôtre. C'est le même mystère. Le Christ agonisant jusqu'à la fin du monde...

— *Il n'a jamais été malade,* dit Jeanne lentement sans ouvrir les yeux.

— C'est vrai. Ni chômeur; ni prisonnier; ni impuissant et désespéré au chevet de l'être qu'il préférait. Mais, à sa suite, des centaines de saints ont parcouru, en son nom, à sa place, ces chemins qu'il n'a pas eu le temps de suivre.

— Je ne suis pas une sainte.

— Qu'est-ce que tu en sais? Qu'est-ce que nous en savons? On ne peut pas « croire un peu », Jeanne. Si tu crois...

— Ah! ne me récite pas le catéchisme, dit-elle avec lassitude. Je le connais.

— Moi, je l'ai oublié! Tout ce qu'on m'a obligé à

apprendre, je l'ai rasé puis reconstruit avec des pierres vivantes... Je sais maintenant que les lanceurs de satellites et les briseurs d'atomes achèvent, sans le savoir, la création de Dieu. Et, pareillement, chacun de nous, lorsqu'il souffre, achève à son insu une œuvre aussi importante, aussi mystérieuse.

— J'ai mal, Bruno ! Mal à crier, presque tout le temps...

— Mais tu ne cries pas.

— Parce que ça ne sert à rien !

— De crier, non ; de ne pas crier, si.

— « Offrir ses souffrances » ? Ah non ! pas ce refrain-là ! Qu'est-ce que cela veut dire ?

— Je ne sais pas bien. Mais « souffrir avec », « souffrir à la place », je suis sûr de ce que cela signifie. Et toi aussi, Jeanne !

Elle tourna la tête à gauche et à droite : comme si un bourreau invisible lui maintenait bras et jambes et que, seul, son visage...

— Je sais que j'ai mal, QUE J'AI MAL... C'est tout !

Bruno s'agenouilla contre elle ; cette fois, elle lui laissa joindre leurs mains — mais elle ne pria pas.

— Tu ne pries pas, dit Bruno doucement. Tu crois ne pas crier mais tu as mal. Et moi, je n'arrive pas à te rattraper...

Après un moment, il reprit :

— Tu te rappelles la parole : « Là où deux d'entre vous seront réunis en mon nom, je serai là. » Il est là, Jeanne...

— Alors qu'il me guérisse !

— Qu'Il te guérisse, dit Bruno d'une voix forte.

Ils attendirent, effrayés et ravis comme des enfants. « Je n'ai jamais été aussi sincère, pensait Bruno : aussi sûr de Lui et peu sûr de moi... Ah ! qu'est-ce que la foi ? »

Quand il eut touché le fond il repartit patiemment,

comme un pauvre qui ramasse ses hardes et ne se retourne même pas.

— Il est là tout de même, Jeanne, affirma-t-il. Ne veux-tu pas faire ta paix ? Il suffit d'un mot ?

— Que j'avoue, n'est-ce pas ? et que je regrette ? Mais je ne regrette qu'une chose : c'est d'avoir raté ! Et la raison de mon geste, je te l'avouerais peut-être si tu n'étais pas prêtre — mais n'y compte pas !

Bruno eut de la peine à parler.

— Je suis donc prêtre avant d'être ton frère, Jeanne ? C'est... (Il sortit son mouchoir et s'essuya le front.) C'est un très grand honneur ; mais jamais personne ne m'a fait autant de mal.

— Je te demande pardon ! dit Jeanne très vite.

— A moi ? Oh, non !

— A toi pour cette parole, et à personne d'autre pour... pour le reste.

Il se leva.

— Je m'en vais. Je t'irrite. Pourquoi m'a-t-il été donné à la fois une telle conscience du but à atteindre et si peu d'adresse pour y parvenir ? Bernard... Jean... toi-même... Pourquoi ?

Il parlait d'une voix très sourde ; mais, sans doute, n'était-ce pas de Jeanne qu'il s'agissait d'être entendu. Il se tourna vers elle :

— Il faut que tu fasses ta paix avec Dieu, tôt ou tard. Cela ne regarde plus que vous ; le dialogue est commencé. Si tu as besoin de moi... (Il regarda ses mains nues puis laissa retomber ses bras avec lassitude.) Besoin de moi pour les gestes, appelle-moi, Jeanne !

Du bout des doigts il lui envoya de loin un baiser. Elle ne répondit qu'en clignant ses yeux.

La neige !... Il l'avait oubliée et la retrouva, ébloui. Ce

frais linceul qui effaçait tout... Oh! dormir... Oh! plutôt mourir que de rester toute sa vie un homme en noir au milieu de cette solitude glacée... Il chercha l'église la plus proche. (Il voulait seulement s'asseoir tout au fond : ne plus penser, mais là.) Elle était fermée.

De cet entretien, Jeanne ressentit un bien-être inattendu. Pareille aux dignitaires mal assurés qui font attendre leurs visiteurs (croyant prouver ainsi leur importance), Jeanne « faisait attendre » Dieu. Sa seule façon d'exister était de résister; ce soir-là, Bruno souffrait plus qu'elle.

Lorsque Jean revint, il la trouva rencognée dans un fauteuil du salon... Elle avait changé de position, de vêtement, de pièce. Il lui en fit des compliments excessifs et qui la fâchèrent. Elle prétendit dîner à table mais elle n'avait ni le goût de manger ni la force de rester assise. Maria, impassible, ne la quittait pas des yeux. Il fallut regagner son lit au bras de cet infirmier trop prévenant. Quand elle l'aperçut de nouveau, ce lit de leurs noces, ce lit où auraient pu naître ses enfants, ce tombeau livide, elle ne put surmonter son désespoir. Jean s'affairait, chien inutile mais fidèle. « Mon amour, mon pauvre amour, qu'y a-t-il? » Allait-elle lui répondre que sa certitude de guérir venait de s'effondrer; que, pour la première fois, passant devant sa glace, elle avait vu la mort en face et toute proche? Pouvait-elle lui répondre qu'elle maudissait Dieu?

Elle fit venir Maria et lui reprocha (devant « son petit » : afin d'humilier l'un et l'autre) d'avoir laissé entrer Bruno.

— C'est cette visite qui m'a épuisée. Ne recommencez plus!

Puis, s'avisant que les draps étaient tout chiffonnés du côté de Jean — mais oubliant que cela l'attendrissait depuis dix ans — elle déclara qu'elle ne pouvait plus le supporter et que, dès ce soir, puisque Jean se montrait incapable d'un effort pour elle, il ferait lit à part. Quoi? Pas de place pour un canapé dans la pièce? Eh bien! chambre à part. Il fallut que Maria sorte des draps et improvise un lit dans le salon.

— Au moins, je laisserai la porte ouverte, implora Jean.

— Non, tu m'empêcherais de dormir.

Bruno, Jean, Maria : quand elle eut ainsi fait le désert; quand, sa lampe éteinte, il n'y eut plus, dans les ténèbres de cette chambre détestée, qu'elle et son mal, Jeanne se donna permission de pleurer. Elle y trouva une certaine douceur, ou plutôt une sorte de *compagnie*. En levant la tête, elle aperçut au miroir le reflet du crucifix qui pendait au-dessus de son lit. « Je le ferai ôter », décida-t-elle. Dans le ciel borgne, la lune fixait froidement le jardin voisin et sa neige intacte. De son lit, Jeanne voyait l'arbre; il ne portait plus une feuille.

*
* *

La semaine suivante, comme un navire entre en eaux profondes, Jeanne sut que sa douleur allait changer. Jusqu'alors son corps était un champ de bataille; elle-même, un empereur fait prisonnier : elle suivait tout, prévoyait tout, mais ne pouvait plus rien commander, empêcher. Elle connaissait parfaitement l'ordonnance et le carrousel de ses souffrances. Elle savait même d'avance (bien qu'à leur début rien ne les différenciât des autres) quelles crises dépasseraient ses forces et la submergeraient. Ces moments-là exceptés, Jeanne parvenait à *rester spectatrice d'elle-même* — ce qui est une bonne définition du courage.

Mais la semaine suivante, elle franchit une étape

décisive : la souffrance ne cessa plus. Comme les planètes passent des clartés d'un astre à celles d'un autre, son corps avait ses douleurs de jour et ses douleurs de nuit. Son corps était l'infini, l'inconnu. Pour la première fois, elle avait l'intuition qu'il fût composé d'un milliard de constellations distinctes. La douleur y circulait d'un monde à l'autre, puis soudain s'amassait ici, lançait des éclairs, incendiait les ruines et fuyait à l'autre extrémité. Mais pour définir ce génie des supplices, quelle pauvreté de mots! Les malades emploient toujours les mêmes, comme les étrangers et, comme eux, renoncent à se faire comprendre. Ils ont alors recours aux gestes : dans toutes les salles d'hôpital, on les voit accomplir les mêmes, quel que soit leur mal. Ce sont les médecins qui connaissent les mots et possèdent le secret des images justes pour exprimer une douleur qu'ils n'ont apprise que dans les livres. Au malade impuissant ils définissent sa souffrance en termes exacts et d'une voix neutre. L'autre se sent soulagé : il n'est plus seul; il prend confiance. Mais celui que les médecins ont abandonné n'a même plus ce recours dérisoire. Pour exprimer sa douleur — mais à qui ? — il ne venait à Jeanne que des termes de forge : tenailles, étau, des coups sourds, un foyer brûlant... Elle s'aperçut, une nuit, qu'elle n'analysait plus son mal; elle en fut à la fois soulagée et terrifiée. Le lendemain matin, elle l'avait oublié. Elle ne s'aperçut pas davantage qu'*elle avait renoncé au temps :* désormais, elle vivait de moment en moment.

Elle engrangeait laborieusement sa souffrance. Elle marchait pas à pas, mais sans avancer, comme dans les cauchemars. Il y aurait bien *quelque chose* au bout de la route! Pas la guérison mais une pause mystérieuse, plus sûre que la guérison. Parfois (et le plus souvent au comble de la douleur) elle reprenait une conscience fulgurante de son unité, de sa continuité. « L'année passée... Il y a un mois... La semaine dernière... » Ces expressions retrouvaient un sens qui la désespérait; car c'était reprendre pied mais sur des sables mouvants. Tout lui semblait la fuir. Elle levait la tête et ce crucifix (qu'elle n'avait pas fait retirer) lui paraissait soudain la seule épave, avec elle-même, qui surnageât à ce naufrage. Parce qu'elle ne le voyait que dans la glace, il lui semblait lointain, démesuré, plus grand qu'elle. Était-ce un objet ou un être? Elle le contemplait face à face, à égalité : comme un lutteur considère un autre lutteur; comme un ami salue son ami qui s'éloigne. Dans ces demi-sommeils, elle le confondait avec l'arbre; cette croix l'attendait dans le jardin. Une nuit, elle se retrouva debout, épuisée, à mi-chemin de la fenêtre...

Dormir; souffrir en sommeillant; croire qu'on veille et s'éveiller, qu'on dort et demeurer lucide : ces états se succédaient au hasard, formant des nuits et des jours indistincts. On n'ouvrait plus les rideaux *parce qu'*il faisait jour : il faisait jour *puisqu'*on ouvrait les rideaux; nuit, puisqu'on allumait les lampes. Jean qui fidèlement, à midi, à six heures, arrivait essoufflé, Jean lui semblait rentrer à n'importe quelles heures.

Lui aussi fuyait le temps, à sa manière : jamais il n'avait été aussi ponctuel, aussi consciencieux. Ses amis du bureau, instruits de l'état de Jeanne, l'admiraient de se montrer aussi assidu; seul Brunet le plaignait, le méprisait presque, de prendre à cœur une besogne qu'il s'efforçait en vain de lui épargner. Il pressentait la vérité : que Jean fuyait dans le futile et le pointilleux. Les veufs inconsolables font d'excellents comptables...

D'accord avec Louville et pour ne point alerter la malade, Jean avait continué d'aller au bureau tant qu'elle demeurait encore elle-même : ainsi ce temps perdu était irremplaçable. A présent, s'il persévérait, c'était par lâcheté; par fidélité envers la vraie Jeanne que l'actuelle détruisait un peu plus chaque jour. Cette femme-ci qui montrait déjà la couleur, le froid, la moiteur de ceux que la Mort a touchés (et parfois, lorsqu'il pénétrait dans sa chambre, une odeur inconnue...) n'était plus Jeanne. Une étrangère qui geignait, délirait, crispait ses mains sur des draps plus chiffonnés que jamais... Il est pénible de voir souffrir une étrangère; cela n'est pas insupportable.

Mais, chaque jour et plusieurs fois par jour, un regard, un geste : cette façon unique de relever lentement les paupières, de rejeter ses cheveux à gauche et à droite lui rendait Jeanne. C'était elle! elle-même qui se mourait ici amèrement... Alors toute la peine qu'il *aurait dû* avoir éprouvée ces heures dernières (et qui s'accumulait donc en secret) retombait d'un coup sur lui; alors il souhaitait mourir le premier, lâchement.

Un soir, parce que Maria l'avait coiffée, parce que le parfum ancien avait chassé d'autour d'elle la fade odeur du mal, parce qu'elle lui souriait, Jean s'arrêta, interdit, les tempes battantes, la gorge serrée. Le passé et le présent se rejoignirent en un éclair : tout ce qu'il perdait, tout ce qu'il souffrirait encore, l'irréparable, l'inévitable, ce mur de marbre noir... Il poussa un hurlement de bête et s'enfuit au plus loin de la chambre : dans la lingerie où Maria cousait, si paisible. Ses jambes ne le portaient plus; il tomba à deux genoux près d'elle et enfouit son visage dans le tablier à l'odeur grise. Il avait mal; mais surtout honte : honte de pouvoir oublier un seul instant ce qu'ils avaient été, ce qu'elle était, ce qu'il serait — honte... Il étouffait si fort qu'il espéra vraiment qu'il allait mourir. Maria passait dans ses cheveux sa main osseuse et froide : « Mon petit... mon petit... » Il dit en suffoquant :

— Lia... elle va mourir... c'est Jeanne, ma Jeanne... oh! ma Jeanne.

Un remords immense, dont elle ne comprenait pas les raisons, envahit la vieille femme. Elle ne trouva à répondre que « Tant qu'il y a de la vie, il y a de l'espoir! ». Mais c'était justement la seule réponse à faire : seule vraie, seule consolante comme tant de lieux communs. « Oui, pensa Jean, la vie : chaque instant de sa vie, il n'y a plus que cela qui compte... » Il se releva.

— Où vas-tu, mon petit?

— Là-bas. Je ne veux plus la quitter.

— Passe de l'eau sur tes yeux, d'abord.

C'était le même conseil qu'autrefois, lorsqu'elle le consolait pour un genou *couronné* et qu'on appelait à dîner. De l'eau sur ses yeux, et un mensonge plausible pour expliquer son cri et sa fuite. Peine perdue! Jeanne somnolait, délirait un peu : parlait à ses bourreaux et n'entendait plus Jean. Il ne saurait jamais ce qu'elle avait pensé tandis que lui-même pleurait son amour deux fois perdu.

Il décida de passer ses journées entières à la maison et demanda au bureau ce congé dont Jeanne et lui plaisantaient neuf mois plus tôt — quoi! neuf mois seulement?

— Bien sûr, Cormier, dit le patron avec cordialité. Et de quelle durée pensez-vous... ?

Il s'arrêta de lui-même; Jean, les yeux agrandis, le fixait.

— Je veux dire... Tout le temps qui... Enfin, le temps que... Bon courage, mon vieux, ajouta-t-il en détournant la tête.

Jean vécut donc sans sortir de la maison, à portée de voix de Jeanne et plus attentif à ses silences qu'à ses plaintes, incapable de supporter celles-ci, honteux de s'y habituer. Son dévouement croissait en même temps qu'une sorte d'horreur. Il aurait voulu la servir en tout, assumer les soins les plus rebutants; elle le repoussait avec une sorte de dureté dont il lui gardait rancune. Moins qu'elle-même toutefois, qui se sentait déchoir à la mesure même de ce dévouement : devenir animal, objet. Tout ce qu'elle lisait dans son regard bleu : pitié, nostalgie, lui faisait honte ou horreur. Elle y calculait sa déchéance plus exactement qu'au miroir. Entre ses compagnons habituels : l'arbre, le crucifix et ce fauteuil (qui ressemblait à un visiteur assis et auquel elle avait fini par prêter existence) elle faisait encore figure d'être vivant. Maria elle-même, si vieille, si sourde à présent, ne la gênait point. Mais Jean aux gestes souples, aux mains chaudes; Jean qui bâillait de faim dès midi, de sommeil dès après-dîner; qui n'en finissait pas de prendre ses repas; Jean qui restait des heures le front contre la vitre (« Eh bien, sors! sors! qui te retient? ») — comment se croire vivante auprès de lui?

Parfois, au contraire, un instinct furieux l'attachait à Jean vivant : à chaque geste, à chaque instant de Jean vivant, comme si cette couleur, cette chaleur fussent contagieuses. Elle était *aimantée*... L'heure suivante, tout sombrait; elle flottait entre douleur et délire. Penché sur ce corps à vif, Jean devinait un brasillement, un hideux fourmillement de souffrances. « Va-t'en, va-t'en! » suppliait-elle. Car, lorsqu'il était là, elle se voyait souffrir : grimaçante, défigurée, acharnée bec et ongles. C'était Florence, le Moulin : c'était elle-même heureuse, enviée qui, par ces yeux, se regardait naufrager.

Sauver sa vie, l'animal en selle l'espérait peut-être — elle n'y pensait plus; mais sauver son amour... Elle regrettait qu'on l'ait arrachée à son suicide; et plus encore de l'avoir tenté à cause de Marie-Thérèse et pas seulement pour sauver son amour. « L'irréparable », ce n'était point son geste mais qu'il fût manqué; et encore plus d'avoir introduit Marie-Thérèse dans un drame qui ne concernait qu'eux. Mais voici qu'il fallait aussi en chasser Jean! Quand ses parents apprêtent l'arbre de Noël, l'enfant devient indésirable et encombrant : on le chasse, et pourtant tout lui est destiné! Il ne comprend pas qu'on le rudoie. Jean non plus ne comprenait pas. Repoussé, rejeté, il devenait amer. Il oubliait que c'était Jeanne, et parfois une voix en lui se demandait pourquoi il perdait son temps au chevet de cette étrangère acariâtre. Mais le fantôme de Jeanne n'était jamais loin et, lorsqu'il se posait sur cette femme exsangue, lui rendant un regard, un sourire, une intonation, Jean tombait dans un désespoir qu'avivait le remords.

Au début, il s'accordait chaque matin un petit temps de marche à pied. Mais, une fois, parce que Jeanne avait murmuré :

— C'est l'heure de ta promenade.

— Je n'ai pas besoin de sortir comme un chien! répondit-il (car il devenait susceptible autant que malheureux) et il y renonça désormais.

Il ne sortait plus que pour les courses indispensables; mais alors traînait dans la rue, flairant, flânant, se distrayant de tout. Il revenait au pas des écoliers. Parce qu'il ressentait la même ivresse de liberté qu'à sa sortie du camp, il lui vint la pensée, bien banale, que la santé était aux malades ce qu'est la liberté aux prisonniers; et lui (qui n'avait jamais été mal portant) parvint ainsi jusqu'à Jeanne. Une autre fois, ce fut en s'écrasant le doigt dans une porte et en *minutant* sa douleur qu'il comprit, pour un moment, ce que Jeanne devait endurer sans cesse. Le reste du temps, même lorsqu'il pleurait de l'entendre gémir continuellement à la manière des colombes, il ne communiait pas avec elle. Ce mur qui sépare le monde des bien portants de celui des malades, la compassion seule peut en faire une cloison de verre. Une certaine pitié ne vise, au contraire, qu'à mieux nous protéger d'eux. Pour crever le mur il faut la sainteté, l'amour sans limites. Comme il arrive qu'un saint, à force d'amour, reçoive les stigmates des blessures du Christ, il nous est parfois donné de souffrir, à l'insu de tous, du même mal que l'être aimé. Un tel amour, parfois, foudroyait Jean. Mais le plus souvent, il vivait misérable à l'abri du mur de verre.

Un après-midi (à une heure où Jean aurait dû se trouver au bureau) Jeanne atteignit sous ses yeux la cime de la douleur en même temps que la disgrâce. Elle le lut si clairement dans son regard d'étranger qu'elle l'appela plus près et murmura :

— *C'est moi...*

Quoi de plus proche que les deux faces d'une médaille ? Or, elles se tournent le dos à jamais... Jean ne trouva, pour répondre, que la même parole :

— C'est moi, Jeanne, c'est moi !

Assourdie par les orgues de la douleur, elle n'écoutait plus. Elle eut encore la force de répéter : « Partir... bureau... » — puis, de nouveau l'enfer.

Ce n'était pas la première fois qu'elle souffrait à ce point, mais seulement que Jean y assistait. Il n'y put tenir et appela le docteur Adelin : cet ami de Bernard qui, le 22 novembre, avait ranimé Jeanne.

— De la morphine, murmura-t-il au premier coup d'œil. Pourquoi ne m'avez-vous pas prévenu plus tôt ?

— Je n'étais jamais présent. Le bureau...

— Mais elle-même ?

— Elle dissimulait.

— Elle a trop de courage, et vous, ajouta-t-il un peu plus bas, pas assez d'imagination.

Trop de courage : elle employa ses dernières forces à repousser toute piqûre. Jean supplia; le médecin raisonna froidement : « Endormir la douleur pour reprendre des forces contre le mal »... Jeanne se laissa vaincre avec reconnaissance.

Il s'assit au bureau pour rédiger l'ordonnance.

— Savez-vous faire une piqûre, Monsieur?

— J'étais infirmier à Dachau.

— Alors, vous les ferez vous-même : elles seront fréquentes.

Comme il prescrivait, d'une écriture de fourmi, un 2° et 3° :

— Que prévoyez-vous d'autre, Docteur?

— Des fortifiants.

— Est-ce bien humain? demanda Jean d'une voix mal assurée. C'est à la douleur seule que vous donnez des forces!

— Je fais mon métier, dit l'autre assez sèchement.

— N'est-il pas de guérir?

— Il est de maintenir en vie le malade, par tous les moyens.

— Même lorsque... ?

Il n'osa pas achever, prononcer lui-même : « lorsqu'il est condamné ».

— Même lorsqu'il pourrait sembler condamné, dit le docteur plus doucement.

Peu après la piqûre, une sorte de paix pareille à la neige enveloppa la maison. Inquiète de ce silence, Maria vint aux nouvelles. Elle considéra longuement ce navire qui pénétrait dans les eaux calmes. Le geste de sa main (qui signifiait : « Il fallait bien en arriver là — mais tant qu'il y avait de la souffrance, il y avait de l'espoir! ») le geste de sa main blanche parut tourner une page.

Jeanne accepta les piqûres; elle apprit vite le rythme de ce flux et de ce reflux qu'il fallait combiner avec ceux de la douleur. Elle appliquait toute sa lucidité à réclamer *à temps* cette anesthésie qu'elle détestait encore parce qu'elle n'en avait point la maîtrise. A temps : avant que l'excès de souffrance ne la défigurât et ne fît renaître ce personnage hideux qui, de jour en jour, oblitérait le sien. Son seul but désormais : ressembler à une Jeanne dont elle n'était plus que l'épure ou le filigrane. A une Jeanne qu'elle jalousait, haïssait parfois, mais dont elle voulait demeurer l'image (comme certaines épouses s'efforcent, par amour, à copier une maîtresse détestée). Mais elle demeurait à la merci d'un miroir ou d'un regard qu'elle surprenait avant que Jean ne l'atténuât. Alors, elle les rejetait en bloc : ce Jean, cette Jeanne et leur bonheur! Elle gâchait exprès leurs souvenirs, prenait un plaisir amer à détruire leur seule richesse. Le calme revenu pour un instant, que de larmes! Larmes dont Jean croyait que la souffrance seule les lui arrachait quand c'était une douleur inguérissable. Car elle ne pleurait pas sur les involontaires trahisons de ce corps mais sur cette abjuration de leur amour dont elle se rendait exprès coupable. Jean la consolait tout de travers. Que valaient ses paroles? Il eût fallu qu'il changeât d'expression, de regard.

Ainsi ce don constant de Jean ne servait à rien mais l'épuisait. « Et moi, qui me consolera? » Comme chaque fois que la mort rôde, l'homme se sentait redevenir enfant. Naïvement il pensa à la mère, perdue lorsqu'il avait sept ans et dont il ne gardait que de vagues souvenirs : parfums et fourrures. Il rechercha des portraits d'elle; ce beau visage lui parut d'un autre siècle et ne lui apporta aucune consolation. Il se sentit alors orphelin, pour la première fois, à quarante ans.

Maria et lui avaient aussi appris à calculer exactement les répits de la drogue : La maisonnée entière vivait suivant l'horaire de ses marées. Jean chercha donc un confident pour ces heures de grâce. Bruno ou Bernard? Mais, depuis le 22 novembre, Bruno n'avait pas reparu à la maison — et tant mieux! Un prêtre est un poseur de questions et Jean craignait celles de Bruno. Le jeune homme téléphonait seulement, à des heures franches : 9 heures, midi et demi — comme le font naïvement ceux qui, après avoir longtemps balancé, se contraignent à appeler. Il posait toujours les mêmes questions (« Souffre-t-elle? Que dit le docteur?... *M'a-t-elle réclamé?* ») auxquelles Jean faisait brièvement les mêmes réponses. « Ne dois-je pas y retourner? se demandait Bruno. Non, c'est à Dieu d'agir. Pas de dialogue à trois : je risque de tout compromettre, une fois de plus... » Deux hommes en lui, et le prêtre empêchait l'autre de courir embrasser, sans un mot, sa sœur agonisante. Parce qu'il priait pour elle et que sa pensée ne la quittait pas, il pensait lui être suffisamment fidèle; c'est l'illusion d'optique des Chrétiens.

Jean choisit donc Bernard pour confident. Il passait le chercher au Palais; on revenait à pied, du même pas, le cartable sous le bras, comme au temps du collège. Sauf qu'ils s'arrêtaient alors dans les pâtisseries, et non dans ces bars où Bernard entraînait Jean aujourd'hui. La chaleur, parfumée de femmes et de tabac, la lumière et la musique douces lui apportaient ce que la morphine procurait à Jeanne en ce moment même : une sorte de dégel. Il comprenait enfin pourquoi son ami buvait. Quelle attention lui prêtait-il, cet empereur déchu dont le regard passait par-dessus sa tête et dont une main faisait inlassablement tourner l'alcool dans son verre, tandis que l'autre tourmentait sa toison? Mais Jean avait-il besoin qu'on l'écoutât? ou seulement de parler haut : de se libérer sans suite, tel un chien qu'on lâche et qui court dans toutes les directions?

— Bernard, disait-il, oh! Bernard, cette chambre, cette serre chaude... Et si tu savais de quel ton, parfois, elle parle de nous, de nos années passées... Comme si elle n'avait plus de lèvres, Bernard : plus que des dents... Le bruit de la cuiller contre ses dents : un objet contre un autre objet... Et l'on dirait que Jeanne ne s'en aperçoit pas... Le malade condamné, comme il tient encore à sa personne!... Et moi, au lieu de m'en réjouir, je lui en veux... C'est ignoble, Bernard, ignoble...

Il livrait pêle-mêle griefs, remords, regrets; et Bernard, assis au bord de ce fleuve, paraissait suivre des yeux d'autres nuages. Il enchaîna pourtant :

— C'est Dieu qui est ignoble, c'est l'hallali de Dieu... Lui recueille les restes : il n'est pas dégoûté!... On ne lui demande pourtant pas grand-chose, s'il existe : de nous faire mourir *proprement,* rien d'autre!... En mars ou en novembre, si Louville était descendu de la salle d'opérations te dire : « Elle est morte sous anesthésie. Elle n'a pas souffert... »

— Tais-toi!

— Allons, tu donnerais tout, à présent, pour que ce fût arrivé.

— Tais-toi! cria Jean de nouveau (et plusieurs clients tournèrent la tête vers eux). Bernard, reprit-il à voix basse, à quoi tout cela sert-il? Nous ne savons rien, ne pouvons rien. Oui, voilà ce que j'ai appris, du moins : que nous ne pouvons rien les uns pour les autres.

Bernard le fixa un long moment, puis but d'un coup son verre sans détourner les yeux.

— Si : agir à la place de Dieu. Le 22 novembre, Jeanne a agi, *agi pour toi...*

— Ne recommence pas, Bernard!

— Elle savait ce qu'elle faisait; elle usait de son droit.

— De son droit?

— Celui de mourir proprement; de ne pas défigurer votre existence.

— Oui, répéta Jean d'une voix altérée : « défigurer notre existence »... Ce n'est pas seulement la vie de chaque jour qui est empoisonnée : cela, je l'accepterais, par fidélité; pas seulement le présent, Bernard, mais tout notre passé, détruit peu à peu... *Qu'est-ce qui me restera?*

— C'est cela qu'elle voulait empêcher, le 22 novembre! Jamais elle ne t'avait donné une aussi grande preuve d'amour. Mais toi...

Jean l'arrêta d'un geste, respira trop fort, hésita encore, puis :

— Non, Bernard. Elle a seulement cru que j'avais fait une bêtise avec une de ses amies...

— Allons donc! ce sont des histoires de gens bien portants. Cette bêtise, l'avais-tu faite?

— Je te jure que non.

— Et tu crois que Jeanne a pu s'y tromper? Elle a seulement camouflé son geste, par coquetterie ou par faiblesse. Elle voulait sauver vos souvenirs et son image — et c'est toi qui l'en as empêchée! toi qui n'as rien compris!

Il y avait, non loin d'eux, une fille qui riait du rire bête des femmes désirées.

— Et puis après? dit Jean en se levant. Qu'est-ce que ça change à présent?

D'une poigne inattendue, l'autre le contraignit à se rasseoir.

— Si elle recommençait, Jean, est-ce que tu recommencerais, toi aussi?... — Ton silence est une réponse. Voilà ce qui est changé!

— Fous-moi la paix avec tes paris stupides! Je me demande pourquoi je perds mon temps avec toi... (Il l'aurait giflé avec plaisir.) Pour toi, c'est une discussion théorique, une palabre de plus! Tu auras passé ta vie à faire de la peinture avec le sang des autres. Ah! tous les avocats me dégoûtent...

Bernard appela le serveur.

— Laisse, fit Jean en essayant de sourire : j'injurie, mais je paye!

— Deux autres fines à l'eau, commanda Bernard. Tu as raison de m'injurier, poursuivit-il calmement : les types qui se noient, on commence par les faire dégorger... Reprenons maintenant. Si Jeanne attentait de nouveau à sa vie pour sauver votre amour et cesser d'endurer un martyre, tu la laisserais faire...

Jean ne dit pas non, mais seulement :

— Il n'y a plus aucun remède à sa portée. Et puis, elle n'en aurait plus la force.

— Elle a encore celle de t'implorer des yeux, je pense.

Jean devint blême et dut poser son verre : sa main tremblait.

— Qu'est-ce que cela veut dire?

— Que l'égoïsme a des limites. Tu n'as pas su t'apercevoir à temps de son mal; la faire opérer et réopérer à temps. Pas su comprendre son intention, le 22 novembre. Sauras-tu traduire son regard s'il te supplie de...

Il s'interrompit.

— De la tuer, c'est ça?

— De l'empêcher de souffrir mille morts avant de mourir; et de détruire tous vos souvenirs; et de ne te laisser que des images insupportables — oui, c'est cela.

— Tu parles un peu trop bien, Bernard. C'est ton métier. Mais répète seulement les mots que tu m'as laissé dire.

— De la tuer, consentit Bernard à voix basse. (Puis, après un silence où la musique douce et les rires enroués des femmes leur parurent insupportables :) — Si le docteur te proposait d'agir lui-même...

— Tu ne le connais pas!

— Tu accepterais! ce cri me le prouve. Tu accepterais que le docteur lui-même... Eh bien! où est la différence?

— Très grande, crois-moi.

— Pour toi, pas pour elle! Mais de qui s'agit-il? Qui souffre, Jeanne ou toi?

— Jeanne et moi, dit Jean d'une voix rauque. Et j'y retourne. Continue seul tes jeux d'esprit! Je te souhaite une bonne soirée...

— Et moi, fit Bernard avec un geste d'acteur, je te souhaite une bonne conscience.

En gagnant la porte, Jean passa devant une femme assise à côté d'un vieil homme; dans son regard effronté se lisait toute son histoire, banale et basse. « Elle est *disponible*, pensa Jean. Elle ne sent pas son corps. La mort, pour elle, c'est une affaire de grand-père ou de cinéma! Je la déteste... » Il se détestait aussi de faire lâchement partie du même clan : d'être plus proche de cette fille que de Jeanne; et il fut heureux de retrouver dehors le vent froid sous un ciel couleur des morts.

A partir du 13 décembre, la drogue cesse de faire son effet; les répits sont de plus en plus fragiles et brefs; la souffrance a rompu tous les barrages. Jeanne, un soir, murmure à Jean avec un geste désignant son corps entier : *La fourmilière...* Le docteur ne vient plus. Quand on lui téléphone, il a un « Alors? » si détestable que Jean ne veut plus l'appeler : il envoie seulement Maria renouveler l'ordonnance. Il connaît la fréquence et la dose à ne pas excéder. Parfois, il la dépasse un peu, puis observe Jeanne avec inquiétude. Mais rien ne change à la surface de cet océan toujours trop furieux ou trop calme. Ou encore Jean ne respecte pas la cadence et, lorsque la souffrance insupportable reparaît trop tôt, lui aussi devance l'heure. Jeanne alors le regarde d'un œil étonné. (Pourtant, il y a longtemps qu'on a supprimé la pendulette sur la table de chevet.) Puis elle baisse les paupières et replonge aux abîmes. Jean la laisse; il ne peut supporter d'assister à ce combat de la Souffrance et du Sommeil : à cette agonie. Lorsqu'il revient, il la trouve sans vie, mais souple et la tête un peu trop penchée : pareille à une fleur privée d'eau. Alors, il s'assied près d'elle et prend dans les deux siennes cette main qui ne les sent plus. Sa tiédeur lui rend l'espoir; depuis dix jours sa joie réside en cette tiédeur. Il fixe ce visage méconnaissable mais paisible : il tente de le fasciner. Comme le peintre qui modifie insensiblement formes et couleurs jusqu'à donner la vie à une pâle esquisse, Jean *recrée* Jeanne. Veillant l'absente, il y a lui, l'arbre et le crucifix; il y a ce silence des objets attentifs (un craquement de bois, un bourdonnement de mouche font sursauter). Le temps est aboli; Jean est « heureux ».

Quand il la voit remuer les lèvres puis agiter sa tête, c'est que, déchaînée, l'autre Jeanne va s'éveiller. Le souffle si paisible se fait râle, puis gémissement, puis cris qu'elle seule n'entend pas. La concierge a dû renseigner les voisins qui se plaignaient. Depuis, ils traversent le palier comme on franchit un gué sur un chapelet de pierres, en évitant de respirer : cette porte, ce paillasson, l'air même est contagieux! S'ils croisent Jean, ils lui font un salut d'enterrement. Lorsqu'il tient la main tiède de Jeanne, il oublie tout cela : il est à Florence, au Moulin, au ciel. Mais dès qu'elle recommence à crier...

L'eau en furie, le feu, on ne peut en détacher son regard parce que, malgré l'apparence, ils ne sont jamais les mêmes. Les cris de Jeanne, si monotones, Jean ne peut s'en distraire un seul instant. Il vit l'oreille tendue et — c'est un tic nouveau — la bouche entrouverte, comme les enfants, pour mieux entendre. Des rides inconnues impriment sur son visage déjà si marqué cette stupeur et cette attente. Il a pris en dégoût toute nourriture compliquée; en silence, le regard fixe, il mange peu et lentement. Maria, revenant pour desservir, le trouve figé dans la même attitude qu'à son départ : le visage incliné en direction de la chambre. Ou bien elle ne le retrouve plus : l'assiette intacte, la serviette jetée sur la table; et, comme autrefois, elle la plie en maugréant. « Il est temps qu'elle meure, pense-t-elle, sinon le petit va devenir malade... » Chaque soir, Jean tombe sur son lit comme un boxeur au tapis. Rien ne pourrait le tirer de ce premier sommeil; mais il s'en réveille après quelques heures, lucide et mal à l'aise dans sa peau, dans ses draps, dans sa chambre. Cigarette sur cigarette. Il entrouvre la porte : Oh! l'odeur fade... Jeanne dort avec une plainte rauque à chaque inspiration. Il prépare d'avance la seringue et l'ampoule. « Tous ces gens qui boivent ou couchent ensemble à cette heure-ci, pense-t-il. La fille de l'autre jour, au bar... » Il tend l'oreille : la souffrance a viré de bord, à côté, puisque Jeanne appelle, puisque Jeanne délire déjà.

— Oui, mon amour, je suis là.

Elle le suit des yeux, sans ciller, avec une gravité d'enfant; mais ce regard, il n'ose plus le croiser depuis que Bernard a dit : « Sauras-tu traduire son regard s'il te supplie ? »

Un cri plus aigu et plus long; Jean se retourne : Jeanne tend ses deux bras vers lui, *les mains jointes*.

— Mon tout petit, qu'est-ce que tu veux ? Qu'est-ce que je peux... ?

— Vite... vite... lit-il sur ces lèvres si tendues qu'elles ne parviennent plus à se joindre, à cacher les dents qui semblent immenses.

Il court chercher la seringue, ne vérifie la dose qu'à demi et fait la piqûre sans regarder l'heure.

Jamais il n'a fallu aussi longtemps pour que Jeanne se calme. Enfin, la voici brisée; et lui-même s'assoupit dans le fauteuil.

Mais il va se réveiller en sursaut : Jeanne, le corps tordu sur lui-même, le visage enfoui dans l'oreiller — Jeanne fusillée, foudroyée... Il se lève, la saisit doucement par les épaules afin de la recoucher; mais elle mord si fort l'oreiller que Jean n'y parvient pas. Quelle heure est-il donc ? Quoi ! le répit, cette fois, n'a duré que si peu ? Elle pleure à présent. « Ses dernières larmes... » Il vient à Jean cette pensée singulière : « Les dernières larmes qui lui restent... » et il ne s'aperçoit pas que lui-même pleure. Jeanne le regarde longuement — « Traduire son regard... » — puis de la tête à trois reprises, elle fait oui.

— Non, non, mon amour ! murmure-t-il très vite, mais c'est à lui-même qu'il répond.

Qu'y a-t-il à comprendre dans ce regard qui, cette nuit, est presque noir ? Ce regard qui, ayant enfin aimanté celui de Jean, l'attire lentement vers la table de chevet, les ampoules, la seringue. « Non... Non... » Jean, parce qu'il la quitte des yeux, a l'impression de la laisser se noyer. Il marche jusqu'au salon, ouvre la fenêtre sur la nuit, se penche dans le vent froid comme un ivrogne met sa tête sous le robinet. Besoin de respirer l'air des autres, de reprendre pied dans ce monde des autres où l'on ne se tue pas, où l'on ne tue pas. Mais dehors, c'est la nuit d'hiver, un désert liséré de givre, un vaste cimetière d'immeubles que veillent de haut des astres indifférents. Pas une lumière humaine ; pas une rumeur, un pas tardif. C'est le cœur de la nuit et il ne bat pas. Jean se sait absolument seul au monde avec cette femme qui hurle de douleur, et ses cris ne réveilleront personne. Oui, le monde entier dort en leur tournant le dos, et le ciel est vide.

Il retourne au chevet de Jeanne et il lui semble qu'elle a déjà changé depuis tout à l'heure. Une phrase de Bernard lui revient en mémoire : « La pourriture n'attend même pas... » Et aussi : « L'hallali de Dieu... » Jeanne changeant imperceptiblement sous ses yeux tel un cadavre entre le dernier souffle et le cercueil ; la douleur réduisant peu à peu la tête de Jeanne comme font les Indiens pour leurs ennemis — est-ce donc l'hallali de Dieu ? Et si les calmants n'accordent plus que des répits de plus en plus fragiles... « Je vais devenir fou, pense-t-il d'abord ; puis : Elle va devenir folle ! » Et, de nouveau, il ressent cette solitude absolue qui est l'approche de la mort. Ni en commando ni au camp de représailles il n'a vraiment vécu à l'ombre de la mort puisqu'il n'était jamais seul. Tandis que, cette nuit...

Les cris de Jeanne se font moins aigus, plus *profonds* :

oui, montant du fond du puits, à présent. Et soudain, entre deux plaintes dont chacune semble devoir être la dernière, Jean entend distinctement : « OUI... »

Il ne veut pas la regarder; elle l'appelle : son regard n'est que supplication.

— Parle, mendie-t-il à son tour, conscient de sa lâcheté. Parle, mon amour...

Mais elle ne peut ni parler ni l'entendre. Son regard seul... — A Jean de le traduire! Et voici qu'elle joint les mains, de nouveau, s'oblige à demeurer immobile sur le dos et baisse les paupières. Une morte... Est-ce au hasard de la douleur qu'elle a pris cette attitude? Mais pourquoi, mais comment s'y obstinerait-elle, sans un mouvement, sans un cri? N'est-ce pas plutôt le seul moyen qui lui reste d'exprimer sa volonté : La paix... le repos... *je le veux*...

Il tombe à deux genoux près d'elle; s'il croyait encore à Dieu, ce geste engendrerait une Présence et Jean cesserait d'être seul; ils seraient sauvés. Mais, tout contre Jeanne, il baigne seulement dans cette odeur fétide qu'aucun être vivant ne respire sans frémir parce qu'elle lui rappelle sa condamnation. « Souviens-toi que tu es poussière. » — Non! pourriture... Cette odeur qu'on enfouit sous la terre, Jeanne entière l'exhale. Il la dévisage, comme encore jamais vue; et voici une tache inconnue, sous la pommette gauche, là où par jeu il l'embrassait toujours (et elle détournait la tête, et les lèvres de Jean ne rencontraient plus que les cheveux de soie...) Cette tache gris-mauve, il ne voit plus qu'elle. Il a même l'impression qu'elle s'agrandit d'instant en instant; et elle signifie supplice, dégoût, trahison, trahison... Et jusqu'à quand? Cette forme squelettique et gonflée : enceinte de sa mort prochaine... Et ces cris — oh! ces cris, jusqu'à quand?

Cet homme se relève brusquement et, d'un pas très sûr, gagne la salle de bains, prend huit autres ampoules, les brise et remplit la seringue. D'une main très sûre. Des gestes précis, un peu saccadés : ceux d'une marionnette. Il va jeter les huit ampoules vides là où on ne les retrouvera pas. A quoi pense-t-il ? Il ne pense pas. (Tandis qu'il déposait l'engin sous ce train allemand, en pleine gare de Nevers, à midi, il ne pensait pas. Il tenait la mort entre ses mains et chaque seconde comptait.) Cet homme revient auprès de Jeanne. Est-ce qu'une cloche ne va pas sonner quelque part ? la radio d'un voisin, le tremblement du métro dans les entrailles de Paris — n'importe quel témoignage des hommes auprès de celui-ci ? « Tant qu'il y a de la vie... » Il regarde Jeanne et murmure :

— Oui.

Puis il fait la piqûre. Elle n'en finit pas. Du fond de son enfer, Jeanne même s'en étonne et tourne les yeux vers lui, lentement. Leurs deux regards; sa main qui s'immobilise un instant. La tache grise...

— Oui, répète-t-il mais d'une voix forte.

Il ferme les yeux pour échapper à l'autre regard et reprend sa besogne. A un certain moment — et n'est-ce pas celui où la dose devient mortelle ? — il sent battre son cœur si fort qu'il doit s'arrêter de nouveau. Pas un bruit au-dehors; pas un seul signe. Il *sait* que Jeanne le regarde, interdite. (L'instant où il a placé l'engin sous le wagon... Le pas de la sentinelle...) Son cœur s'est calmé; il achève.

Il borde Jeanne doucement, sans la regarder, puis va nettoyer la seringue avec soin. A aucun moment il ne lèvera la tête, de crainte de voir son reflet dans la glace.

Sur la table de chevet, il pose la seringue près des deux ampoules vides. C'est fini.

Il s'assit dans le fauteuil et prit la main de Jeanne dans la sienne : deux enfants effrayés qui se tenaient par la main, et qu'allait-il advenir? Jean savait seulement qu'il franchissait l'un de ces passages — et sans doute le dernier — où chaque instant compte; et aussi qu'il lui faudrait en payer le prix. Combien? Quand? Cela, il ne se le demandait point. Il savait aussi qu'il ne quitterait plus Jeanne des yeux, car ces minutes allaient peser plus lourd que les dix années qu'elles achevaient.

Ne pas la quitter des yeux... Et pourtant, il sursautait par instants tel un homme qui s'éveille : tout cela s'était-il réellement passé, ou ne venait-il pas de le rêver? Car, depuis son entretien avec Bernard, il avait plusieurs fois imaginé cette scène et dû la chasser de son esprit. Ou encore, frissonnant comme un voyageur de l'aube, il se demandait depuis combien de temps il était assis là, tenant la main de Jeanne. Ou plutôt : tenu par la main de Jeanne, car celle-ci l'enserrait d'une poigne d'oiseau, impérieuse et fragile. Ses yeux ne quittaient pas son visage et il s'aperçut qu'à mesure que celui-ci s'apaisait, les traits s'en recomposaient : c'était Jeanne, Jeanne de toujours qui remontait à la surface de cette eau calme, mais immobile et pâle telle une noyée. « Ma Jeanne... » Il eut un instant de joie parfaite : le même qu'à sa libération du camp, en retrouvant Jeanne intacte. Mais, cette fois, cela dura le temps que l'iceberg bascule.

— Ma Jeanne!

C'était un cri de terreur. Il l'appelait par-delà les glaces de l'agonie. Mais rien ne bougea dans le visage, excepté une pitoyable tentative de sourire qui se fondit en un tremblement furtif des lèvres mauves. Jean s'affola. Revenir en arrière! il aurait tout donné pour revenir en arrière. Ou même seulement arrêter le cheminement invisible du poison dans ce corps, le seul qu'il eût vraiment aimé. *Impossible!* C'était sa première rencontre avec le fatal, avec l'impuissance absolue. Appeler le médecin? *Inutile.* (Il ne pensa pas que c'était dangereux, seulement inutile...) « Trop tard : plus rien à faire, rien, RIEN! » Il avait déjà prononcé ces mots dans des circonstances tragiques; il comprenait, cette nuit, qu'ils ne signifiaient rien alors... Il pensa se tuer. Une peur ignoble l'en retint : « Jeanne y sera avant moi... » Afin de ne pas trop se mépriser : « Je serai arrêté, condamné, à mort peut-être! » espéra-t-il sans trop y croire. Jeanne, immobile et sereine, le regardait, *étonnée.* Il tenta de sourire à son tour; mais il sut très vite qu'au moindre changement de son visage il ne serait plus maître de ses sanglots. La main blanche serrait la sienne de plus en plus fort. Une étreinte moite... « Si je ne fais pas quelque chose, si je ne parle pas, je vais devenir fou », pensa-t-il. Il parla. A mi-voix, il commença de raconter leur histoire, leur amour. Sa mémoire rendait tout en désordre, comme l'océan ses épaves.

— ... Et la nuit où nous sommes allés tous les deux sur la plage. C'était la grande marée. Et tu m'as dit...

Il jetait leurs souvenirs, pêle-mêle, de plus en plus vite : il le fallait pour alimenter le feu de ce regard qui faiblissait.

— ... Le *padre* de cette vieille église portait une auréole de cheveux blancs. Quand il a compris que nous étions français...

Et lui-même se laissait prendre au piège. C'était hier, c'était demain... Jeanne, oh! Jeanne...

— ... J'étais inquiet; j'ai pris ma cape et je suis parti à ta recherche; mais toi, tu me regardais faire...

Elle le regardait dire. Et ce regard dont la couleur semblait se délaver d'instant en instant (et qui, pourtant, donnait à ce visage sa seule vie), Jean s'aperçut que, depuis toujours, c'était ce regard qu'il aimait le plus en Jeanne, qu'il avait aimé dès le premier instant.

Il lui sembla que la main de marbre desserrait son étreinte.

— Jeanne... Ma Jeanne...

Il l'appela mais très doucement, comme l'on fait pour s'assurer qu'un enfant dort. Elle tressaillit; le regard redevint vivant, pour un instant, comme l'océan sur lequel passe l'éclat du phare.

— *Reste,* dit-il.

Les lèvres remuèrent. Il crut lire : « Pourquoi ? » Il se persuada qu'elles prononçaient : « Merci... »

— Jamais aimé que toi, dit-il encore. Personne d'autre... Non, personne d'autre, reprit-il avec force.

Il n'osa pas prononcer le nom de Marie-Thérèse; alors il répéta :

— Personne, mon amour!

Le regard se faisait absent. Il jeta dans le feu, d'instinct, sa dernière provision :

— Yves... le petit Yves...

Elle l'entendit car, de nouveau, elle bougea les lèvres et son regard se ranima.

— *Notre* petit Yves, fit-il et il se pencha pour l'embrasser. Il crut — mais non! c'était la vérité — respirer son parfum de toujours qui flottait autour d'elle, qui soudain remplissait la chambre. Alors il se mit à pleurer sans la quitter des yeux : de longues larmes qui sinuaient dans les rides de son visage. On avait ouvert les vannes et, par tous les canaux, l'eau prenait possession de ce champ aride.

Au prix d'un effort immense, Jeanne souleva — non!

traîna sa main le long du drap, puis de son vêtement, puis de son visage et traça sur elle le signe de la croix.

— Bruno ? cria Jean atterré, tu veux Bruno ?

Elle baissa les paupières en signe d'acquiescement et ne les releva pas — trop faible... Le cœur battant car un autre abîme s'ouvrait devant lui, Jean courut au téléphone. Il mit longtemps à composer le numéro : sa main tremblait. « Personne ne répondra à cette heure-ci, se disait-il. Ou un curé qui dormira debout... Ou bien... »

— Allô ! allô ! (La voix de Bruno, pressante, précise.)

— C'est toi, Bruno ?

— Jean ? Vite ! Alors ?

— Viens, Bruno. Viens tout de suite !

— Elle n'est pas... ?

— Non.

— Elle m'a demandé ?

— Oui.

— Elle a encore sa connaissance ?... Répondez !... Allô, répondez !

— Non, dit Jean.

Il entendit un véritable cri de douleur, puis plus rien. Il parla encore — dans le désert : Bruno était parti sans raccrocher l'appareil.

Il revint près de Jeanne. Ses yeux étaient toujours clos ; pourtant elle respirait calmement, faiblement. Il n'osa pas relever du doigt ses paupières. Aurait-il supporté de nouveau son regard ? son absence de regard ? Parce qu'elle conservait ses yeux fermés, il se sentait moins coupable. Elle dormait. Oui, Jeanne dormait. Avait-elle jamais crié de douleur, griffé ses draps, mordu l'oreiller ?... Quelle heure était-il ?... Quel âge avait-il ?... Le jour se lèverait-il jamais ?...

Il se mit à marcher, sur la pointe des pieds, harassé, respirant comme un vieux, et la tête vide. Combien de temps ?

Un coup de sonnette aussi vif qu'une piqûre d'abeille éveilla ce somnambule. Il courut ouvrir.

— Tu ne dormais pas, Bruno ?

— Depuis deux nuits.

Il ôtait son blouson tout en marchant et le laissa tomber n'importe où sur le chemin de la chambre.

— Mais elle est morte, Jean !

— Quoi ?

Ils s'abattirent en sanglotant, chacun d'un côté du lit, chacun cachant son visage dans l'une des mains froides.

Bruno se releva presque aussitôt et prononça l'absolution d'une voix très forte afin de s'empêcher de pleurer ; puis il commença de dire les prières des morts. Soudain :

— Et le médecin, Jean ? Il faut téléphoner au médecin...

Le ciel tournait au gris quand le médecin arriva transi, pas rasé. Il serra très fort la main de l'un et de l'autre, sans une parole. Puis il s'approcha de Jeanne. On entendait sa respiration un peu trop rapide, parce qu'il s'était hâté, puis un autre souffle qui était celui de Jean. Il examina les ampoules puis la seringue, à la lumière, par transparence, longuement. Jean ne perdait pas un seul de ses gestes ; et Bruno ne quittait pas Jean des yeux. Le médecin fronça les sourcils, faillit parler, puis jeta un regard sur le prêtre et reposa la seringue.

« C'est moi-même qui appellerai la police, pensait Jean. Dois-je le lui proposer ?... Pourquoi ne réclame-t-il pas la boîte d'ampoules?... Pourquoi ne me demande-t-il pas...? »

— Avez-vous de quoi écrire, Monsieur? demanda le médecin à voix basse.

VI

JOURNAL DU SURVIVANT

Bruno conduisit à son lit Jean qui se laissait mener comme un aveugle; puis il veilla seul, le reste de la nuit, à genoux.

Lorsqu'au matin Jean apparut, honteux d'avoir dormi, lorsqu'il aperçut le lit, un tel désespoir l'empoigna que Bruno qui voulait ménager son orgueil se retira. Ce qui apaisait l'un désespérait l'autre : que celle qui reposait là fût Jeanne, enfin parfaitement reconnaissable. Telle qu'un sculpteur l'eût représentée dans le marbre : avec cette différence inexprimable qui existe entre la plus parfaite ressemblance et la réalité. Le fantôme d'un sourire restait posé sur ses lèvres. Selon qu'on regardait le visage d'ici ou de là, selon que la lumière jouait avec l'immobile, on discernait plus ou moins ce sourire fragile et si mystérieux qu'il eût disparu si Jeanne avait ouvert ses yeux. Jeanne, guérie, intacte, souriait à d'autres...

Bruno et Jean se relayèrent à son chevet pour épargner à chacun de pleurer en présence de l'autre. Durant ses heures de veille, Jean se perdait dans la contemplation du visage blanc : et tantôt il trouvait dans ce calme une justification de son geste; tantôt il suffoquait de désespoir — plus jamais! plus jamais!... — et la pensée qu'il en fût le responsable faisait vaciller sa raison. Alors, pour reprendre pied, il s'obligeait à revoir dans ce même lit l'être torturé, défiguré, qui s'y mourait la veille; il substituait un monstre à cette statue et retrouvait une paix fragile. A tout instant, comme un homme qui marche à la lisière d'un toit, il perdait l'équilibre et se jetait, tout entier, de l'autre bord. Il remettait tout en question : la Vie, la Mort, le dernier regard de Jeanne, son ultime et incompréhensible balbutiement... Il reprenait anxieusement les mêmes évidences, les mêmes hypothèses pour parvenir enfin à se justifier. Alors, durant ce répit si précaire, il pouvait cesser de penser et seulement contempler Jeanne retrouvée et perdue, Jeanne définitive. D'instinct, il se refusait à évoquer toute image de leur passé, toute imagination de son propre avenir : cette mort était le présent; seconde après seconde, il vivait dans ce seul présent. Il s'était assis dans le désert et il attendait.

Par instants, comme une blessure oubliée vous élance, lui revenait qu'aux yeux des hommes il était coupable, aux yeux des hommes un assassin. Que le médecin n'aurait pas dû signer bonnement le permis, mais que la présence d'un prêtre au chevet de la morte lui avait donné confiance. Que lui-même était seulement en sursis : tant que le corps resterait ici, une enquête demeurait possible : il suffisait de compter les ampoules de la boîte, de l'interroger, de... — Son front se couvrait de sueur. Car, à mesure que le temps passait, Jean, qui n'avait jamais douté qu'il dût payer son geste comptant, prenait peur. La peur la plus basse : pas celle de la mitraillette et de l'uniforme; celle de la convocation, du type en civil et sans arme qui vous interroge. La peur du papier, la peur des mots, lui! Il en ressentait une telle humiliation que plusieurs fois, il décida d'aller sur-le-champ se livrer à la police, afin de se réconcilier avec lui-même — mais il n'en fit rien. Mort de honte, si on lui avait découvert qu'il attendait impatiemment l'inhumation pour pouvoir enterrer en même temps sa peur.

Cette impatience ignoble, Jean lui attribuait une autre cause : la terreur que ce beau visage ne changeât. Car les traits de Jeanne étaient revenus effacer d'horribles images, mais à quel prix! Et comment supporter qu'à nouveau cette figure s'altérât sous ses yeux? « La pourriture n'attend même pas... » Il chassait cette phrase et certains souvenirs, comme, sur une route nocturne, un voyageur solitaire s'interdit de certaines évocations parce que sa raison y sombrerait. Mais, tandis que le jour tombait, Jean observait avec angoisse ce masque d'ivoire où quelque chose semblait aussi décliner. Puis les larmes affluaient, brouillant sa vue, et il s'y laissait porter avec soulagement; mais bientôt, la gorge serrée, il essuyait ses yeux et dévisageait longuement Jeanne impassible. Cette tache grise, sous la pommette gauche... — La pommette gauche! Jeanne, oh Jeanne!... Une vague immense submergeait de nouveau le pauvre navire, et toute peur, toute prévision se trouvaient noyées par ce désespoir toujours neuf. Le regard de Jeanne... La voix de Jeanne... Plus jamais!... Ses cheveux de soie étaient donc devenus cette étoffe immobile et terne à laquelle il n'osait pas toucher! Ses mains si vives, ce moulage de plâtre aux ongles mauves?

— Mon petit...

Maria venait d'entrer; ou peut-être l'observait-elle depuis un long moment.

— Mon petit, il faut fermer les persiennes : c'est le soir.

Il l'avait refusé jusqu'à présent : la sensation que, ses volets clos, cette chambre deviendrait déjà un cercueil.

— Tu laisseras la fenêtre ouverte, Lia.

— Mais tu vas prendre froid, mon petit...

Il s'agissait bien de lui! « Jeanne n'existe déjà plus pour Maria », pensa Jean, et il détesta cette vieille femme étrangère qui survivait à tous les siens.

Maria apporta la bougie qu'elle avait préparée depuis le matin mais que Jean refusait aussi; et la flamme vacillante commença de prêter au visage de cire une fausse vie qui tortura Jean. Il y retrouvait, par moments, le sourire tremblant qui ne s'adressait point à lui; et, par moments, cette ultime expression de stupeur qui lui semblait le dénoncer. Dans cette pénombre mouvante, l'accablement aidant, il croyait revivre son geste; ou plutôt qu'il était encore le maître de l'accomplir ou non. Puis la réalité prenait figure, d'un seul coup, et Jean recommençait de craindre; puis de se rassurer bassement : « Allons, son acte demeurait un secret entre cette bouche close et lui! » (Bouche close? Non : entrebâillée sur des dents parfaites mais mortes — comme une maison abandonnée dont la porte est restée entrouverte...)

— Qui est-ce?

Maria entrait, Bruno entrait. Il fallait se défier d'eux; de tout le monde; de soi-même : de ce besoin de dialoguer autrement qu'avec une effigie de cire. De ses rêves aussi, lorsqu'il parvenait à s'endormir entre ses veilles : car, deux fois, il se dressa sur son lit en criant : « Ce n'est pas vrai! » Une fois Maria, l'autre, Bruno accourut. On le plaignait à l'instant même où il se méprisait : où, dans son rêve, il niait lâchement. Jean tressaillait aussi chaque fois qu'on sonnait à la porte — l'un de ces Officiels indifférents, mandatés pour prendre un air contrit : gens de l'église ou des pompes funèbres, inconnus hier et qui, soudain, avaient la haute main sur Jeanne, la prenaient en charge et reléguaient Jean comme un enfant.

Ce désespoir, cette honte, ce supplice durèrent jusqu'à l'heure où les employés de la mort, avec leur grosse étoffe et leurs chaussures de policiers, montèrent accomplir leur besogne taciturne. Maria les suivait en tout, les yeux brillants de cette insatiable curiosité qu'éveille ce qui touche à la mort, surtout chez ceux qui se rapprochent d'elle.

Jean assista aux derniers apprêts, immobile, debout : au garde-à-vous, ainsi qu'il est prescrit quand le tribunal militaire vous condamne aussi bien que lorsqu'on vous décore. Il s'appliquait à demeurer parfaitement *absent,* de crainte que le barrage ne cédât. Il remettait à plus tard de revivre, instant par instant, ces minutes uniques qu'il se bornait à « enregistrer ». Pour d'autres raisons, Bruno s'était prescrit le même devoir d'impassibilité. Côte à côte, cet homme livide et cet autre qui semblait n'être que son ombre, pareils à un promeneur qui s'est arrêté devant un mur blanc sous la lune haute...

Impassible... — pourtant, lorsque les inconnus saisirent à quatre mains le drap pour placer au cercueil son fardeau et que celui-ci apparut souple : lorsque Jean vit le corps de Jeanne remuer avec les gestes de Jeanne endormie, et sa tête s'incliner sur l'épaule, et les cheveux la suivre avec cet instant de retard qui, vivants, faisait leur grâce — il s'abattit sur les genoux. Ce n'était pas l'attitude du croyant mais l'accablement de la bête traquée, cerf ou taureau, qui renonce à la lutte. Il aurait voulu mourir sur place. Doucement et fermement Bruno le releva. La dernière chose qu'il vit fut, au doigt si blanc, l'alliance d'or; puis l'un des hommes noirs replia le drap (« Bien lisse, ainsi qu'elles les aimait »...) Il recouvrit prestement le visage, du geste trivial et familier d'un maître d'hôtel apprêtant ses serviettes — et le visage disparut... Jean sentit la poigne de Bruno qui le retenait durement. Mais non, il ne bougerait pas! Car, à cet instant précis, il sut que le visage de Jeanne l'attendait ailleurs. Il ne le croyait pas, ne se le racontait pas : *il le savait*.

Dehors, il faisait un temps de grande marée. Un vent chargé de larmes froides traversait la ville en aveugle. Jean, qui n'était pas sorti depuis plusieurs jours, le reçut en pleine face et dut détourner la tête : il suffoquait. « Moi non plus, je ne suis pas ici! » songea-t-il aussitôt; et cette étrange pensée le protégea contre les tentures noires, l'homme au chapeau melon et la voiture lente. Avant de pénétrer dans l'église, il leva les yeux pour s'emplir de ciel le regard. Les nuages y fuyaient avec une hâte panique, s'arrachant aux traînards dans un farouche et silencieux combat. Ils laissaient les morts enterrer leurs morts, les nuages! Jean regarda ce ciel gris, vivant, pathétique « Tu y es bien à ta place! » pensa-t-il; et sans doute le murmura-t-il, car Bruno lui jeta un regard anxieux.

Une petite fille s'approcha, essoufflée, succombant sous le faix d'une immense couronne couleur de sang. Elle s'en débarrassa au pied d'un des hommes en noir et repartit en courant. Elle sautait, pour jouer, d'un pied sur l'autre et Jean la suivait des yeux. Elle devint une toute petite silhouette blanche sur fond de ville, sur fond d'hiver. Jean soudain pensa à Yves et des larmes très chaudes lui montèrent aux yeux; elles n'allaient plus cesser... Les orgues, les lumières tremblantes, les gestes du prêtre le ramenèrent au pays de son enfance et des messes de Noël : aux seuls temps où il fut vraiment heureux puisqu'il ne se demandait pas encore s'il l'était. *Libera me, domine...* Ce géant blond, au premier rang qui se levait et s'asseyait si docilement sur l'ordre onctueux du bedeau n'était qu'un enfant perdu — le frère d'Yves. Et c'est de cela qu'il pleurait; à certains combles de douleur, pleurer sur soi devient la seule consolation. Il avait réussi à bannir absolument la pensée que sa Jeanne fût allongée sous ce bois aveugle, ces draperies noires, cette froide voûte. Elle respirait calmement dans le vent fou; elle sommeillait dans ce ciel tourmenté — libre, Jeanne! libre comme la petite fille qui courait encore...

C'est seulement lorsqu'il entendit, pendant la Consécration, l'orgue jouer de Bach la Cantate que Jeanne préférait : *Jésus, que ma joie demeure,* qu'il s'avisa que quelqu'un avait dû se charger des formalités et ordonner toutes choses et que ce ne pouvait être que Bruno. Lui avait vécu tel un enfant parmi les grandes personnes : on s'occupait de tout à sa place. Il en ressentit plus d'humiliation que de gratitude. Il observa Bruno : ses paupières constamment baissées comme celles de Jeanne, ses lèvres qui remuaient sans cesse et, par moments, semblaient — mais non! souriaient vraiment... De cette ressemblance avec Jeanne, de cette paix aussi, Jean conçut une jalousie amère.

Le moment venu des condoléances, ils se rangèrent tous les deux contre le mur comme devant un poteau d'exécution, et Jean s'aperçut alors que l'église était pleine. Amis d'autrefois, parents oubliés, les gens du Bureau — c'était sa vie entière qui défilait lentement, vêtue de noir et si changée. Il se sentit soudain très vieux, ayant vécu son temps : il se voyait au miroir de tous ces visages usés. Ceux qui avaient de la peine ne disaient rien; les autres ne parlaient que d'eux-mêmes :

« Je ne me serais jamais douté... J'ai eu un coup en l'apprenant... » — « Et si vite! » fit une vieille. Jean pensa à ces mois, ces jours, ces heures : à cet océan sans fin. Ils disaient « La pauvre petite » en parlant de cette Jeanne qui, à présent, était devenue leur aînée. Et aussi « Je la revois toujours... » — mais chacun la voyait différente. Il y avait là de ces vieilles au nez rouge, aux yeux noyés, qu'on ne rencontre que dans les enterrements et qui ont « bien connu » des parents que vous-même ne connaissiez point : contemporaines de tous vos morts. Elles s'abattaient contre Jean ou Bruno, des vagues noires contre un rocher, et les mouchoirs jaillissaient aussitôt comme l'écume.

Parmi cette odeur fade de larmes et de vêtements de deuil, Jean sentit approcher un parfum vert, amer : Marie-Thérèse. Cette présence lui parut indécente; elle signifiait : « Nous deux, du moins, sommes vivants! » Jean qui, jusqu'alors, dérivait entre ciel et terre — et plus près de Jeanne que des autres — reprit pied et, pour la première fois, se sentit survivant : *coupable*. Il ferma les yeux, se refusant de regarder Marie-Thérèse. Elle dit seulement : « Jean... Oh! Jean... » et lui prit les mains. Les siennes étaient chaudes, rassurantes. Puis le parfum amer s'éloigna; et de nouveau ce fut l'encens, la cire et les larmes : l'odeur même de l'Église pour ceux qui ne croient point.

Bernard ne parut pas. Jean ne comprit pas aussitôt pourquoi il en éprouvait un tel soulagement — mais voici : contre toute logique, il lui semblait que seul l'avocat pouvait deviner son secret et que ce regard noir l'eût mis à nu. L'immense couronne de fleurs écarlates veillait à la place de Bernard, couchée aux pieds de Jeanne en chien de tombeau. Il n'était pas venu parce que le supplice et la fin de Jeanne avaient achevé de l'abattre et qu'il ne pouvait plus supporter l'apparat funèbre. Il l'expliquait à sa manière dans une lettre que la petite fleuriste avait oublié de remettre, qu'elle venait enfin de sentir, dure et carrée, dans la poche de son tablier et de jeter dans un égout afin d'effacer toute trace de son étourderie.

Maria avait préparé le lit dans leur chambre : celui où Jeanne était morte et où, la veille encore, gisait sa statue. Jean ne s'en approcha point. S'y étendre lui aurait fait horreur, et il se persuada que c'était par respect : que dormir où elle avait tant souffert eût été sacrilège. Il conserva son canapé dans le salon et offrit le grand lit à une œuvre charitable à la condition qu'elle le fasse enlever aussitôt. Demain? Non, sur l'heure! Il le regretta le jour suivant : ce vide criait l'absence de Jeanne. La chambre était devenue infirme; il la condamna et décida de ne plus rien changer dans l'appartement. Il y marchait sur la pointe des pieds, redoutant d'ouvrir certaines portes, tressaillant aux craquements du parquet : Qui passait?

— Ah! c'est toi, Lia...

— Et qui donc voudrais-tu que ce soit? répondit-elle un jour, sans penser à la dureté de cette parole.

Jean s'asseyait à son bureau — mais pour quoi faire! Dans un décor, dans un musée, comment vivre? Le courrier s'amoncelait sur la table de l'entrée. Jean ne pensait même pas qu'il lui fût destiné. Il semblait attendre quelqu'un; oui, il vivait *en attendant*.

Maria qui s'effaçait, qui semblait honteuse d'être, l'appelait pour les repas.

— Hein?... Ah oui!

« Tiens, pourquoi du potage à déjeuner? » se demandait-il. Mais c'était le dîner.

Le soir, il allumait un feu qui lui tînt compagnie. Cette présence vivante le fascinait, le rendait enfin insensible à tout sauf à l'instant chaleureux. Quand la flamme baissait, une certaine angoisse l'étreignait qu'il refusait de reconnaître : celle de l'autre nuit, lorsque le regard de Jeanne se vitrifiait comme une eau se congèle. Il jetait du bois, précipitamment, et son cœur se calmait. Il arriva plusieurs fois que le sommeil l'engourdît dans ce fauteuil même et que, la bouche amère, il se réveillât auprès d'un feu mort, à l'heure où le ciel prend une couleur de cendre.

Un soir, il jeta dans ce feu toutes les lettres reçues, sans les décacheter. C'était un geste affecté, le premier. Peu à peu, après les jours accablés, il reprit conscience du temps et retrouva ce spectateur familier de chacun : soi-même. Et sans doute cette compagnie le sauvait-elle du désespoir; mais il le ressentit comme une lâcheté. Il évitait de se regarder dans les glaces, d'ouvrir les lumières. Le lendemain de l'enterrement, il avait touché le peigne de Jeanne : quelques cheveux blonds s'y trouvaient pris encore... Il crut que son cœur allait éclater et résolut de ne plus toucher à rien. Il vivait dans sa tanière à la façon d'un chat : ne pouvant tenir en place, marchant précautionneusement d'ici à là en contournant les objets. Il fuyait tout vestige de Jeanne afin de rester fidèle à son image encore vivante ailleurs, et fragile, si fragile... Mais non! C'était lui-même qu'il croyait ainsi protéger de la mort : du contact, de la contagion de la mort. L'instinct du survivant, l'ignoble instinct de conservation...

— Lia, qu'est-ce que tu fais? Ne touche à rien!

Elle rangeait les vêtements de Jeanne; sans descendre de son escabeau elle le regarda en silence puis :

— Il faudra bien mettre de l'ordre, mon petit.

— Ne touche à rien!... Je... je le ferai moi-même.

— Tu sais bien que non, dit-elle doucement.

— Moi-même... un jour... Laisse, laisse...

En pleine nuit, parfois, lorsqu'il ne pouvait pas dormir, il allumait le poste de radio qu'il avait placé à son chevet. Aucune émission, à cette heure, mais une sorte de ronronnement qui lui suffisait : demain, à cette place, d'autres hommes parleraient — des vivants comme lui... Accablé de fatigue, privé d'air, il s'endormait à n'importe quel moment. En le cherchant pour le repas, Maria le trouvait affalé contre sa table de travail, sans travail. Les premières fois elle avait craint le pire : à présent, elle le bordait avec des couvertures comme on enveloppe une statue.

Il ne regardait au-dehors que par la croisée de leur chambre : l'arbre et le gazon froid. Cet arbre qui devenait son témoin et son portrait après avoir été ceux de Jeanne agonisante; cet arbre inutile, dépouillé et qui attendait en silence. Jamais il ne s'approchait des fenêtres qui donnaient sur la rue : le spectacle de cette agitation lui fit d'abord horreur, puis plutôt *peur*. Car en lui grandissait la certitude qu'il avait « débrayé » du monde et ne parviendrait plus jamais à y reprendre place. Peu lui importait, au début : il était du côté de Jeanne, hors du temps; mais voici qu'à présent il flottait entre deux mondes dont chacun lui devenait aussi étranger, aussi redoutable. Un exilé...

Il ne pleurait pas; sauf parfois en écoutant de la musique : alors un grand torrent descendait des montagnes; ou encore lorsque Maria lui adressait la parole et qu'il fallait répondre. Mais quand il demeurait enfermé en lui-même, sans rien entendre ni rien dire, la source ne coulait plus — non pas tarie : gelée. Ainsi se comportait-il au rebours de tout ce qu'il avait imaginé durant l'agonie de Jeanne. Il s'était vu pleurant sans cesse, relisant des lettres, dévisageant les photos, inventoriant les robes : faisant, à travers larmes, la chasse aux souvenirs tandis qu'ils étaient chauds. Mais ce rocher, cet étranger muré dans un musée où tout l'effrayait — non, il n'aurait jamais cru le devenir! — S'en avisait-il seulement?

De l'agence, on téléphonait pour prendre de ses nouvelles, demander quand il pensait revenir (et même s'il pensait revenir). Sans réponse : Maria était sourde; et Jean d'abord n'entendait pas, puis ne pensa pas que cet appel lui fût davantage destiné que le courrier; puis il refusa de répondre. Plus tard, il coupa la sonnerie comme il avait jeté les lettres au feu; et il entrait dans ce geste autant d'affectation que de peur : Bernard, Bruno, Marie-Thérèse, les gens du Bureau — pas une voix qu'il ne craignît d'entendre! Pareil à l'enfant qu'on réveille et qui résiste encore, Jean refusait d'écouter tout ce qui venait des hommes. D'abord parce qu'ils étaient vivants, donc les ennemis de Jeanne; ses propres complices qui lui rappelaient la commune honte de survivre; et aussi des concurrents dans ce monde où il retournait désarmé. Un soir, il comprit enfin qu'il voyait aussi en eux ses juges; et le souvenir de son geste, enterré depuis tant de jours, ne le quitta plus.

Jeanne morte avait été pour lui comme une voile minuscule qu'on suit des yeux au large : tant qu'on ne détourne pas son regard un moment, on peut espérer ne point la perdre; mais si l'on cille une seule fois... Tant que Jean avait vécu hors du temps, comme elle, il n'avait pas quitté Jeanne des yeux. Cela avait duré près d'une semaine; et Maria le croyait fou. Mais le jour où il avait rompu ce pacte (où il avait eu faim, regardé l'heure, cherché la date, jeté un coup d'œil vers la rue) il en avait aussitôt payé le prix : la peur de vivre. Celle du convalescent, du prisonnier libéré, de l'homme qui change de situation : cette appréhension qui suffit à flétrir toute joie. Par exemple, il s'habillait n'importe comment; un matin, il songea qu'il devait se vêtir de noir : c'est qu'il venait de perdre *vraiment* Jeanne. Et aussi : tant qu'il lui suffisait de fermer les yeux pour la voir souriant, les larmes étaient gênantes; mais le matin où il commença de pleurer sans repos, c'est qu'il ne pouvait plus la faire à volonté revivre dans les ténèbres de sa mémoire : c'est qu'il venait de cesser d'être un compagnon pour devenir un veuf.

Ces habits noirs et ces yeux rouges rassurèrent Maria. Enfin, son petit rentrait dans le jeu : endossait ce personnage traditionnel qu'elle connaissait depuis l'enfance, et lui permettait à son tour de jouer son rôle. « Il faut manger, force-toi un peu... Et prendre l'air... Ne va pas tomber malade, à présent! Il ne manquerait plus que ça... » Maria allait enfin pouvoir placer les répliques habituelles; jusqu'au jour où sans méchanceté, elle prononcerait le : « Allons, à quoi ça sert de pleurer ainsi? Ça n'a jamais ressuscité personne! » — maxime ignoble qui marque l'instant où le survivant commence d'irriter les autres et doit, par convenance, redevenir un vivant comme eux. Il y avait huit jours que Jeanne était morte; Maria put enfin pleurer et crut donc, de bonne foi, qu'elle avait davantage de chagrin. En vérité, elle n'en avait éprouvé que jusqu'à ce jour : tandis qu'elle se cachait, tandis qu'elle avait honte d'exister aux yeux de Jean.

En retournant parmi les vivants, Jean retrouva la peur qui est leur marque authentique. Sans cesse il revoyait son geste et s'épuisait en hypothèses : « Si je n'avais pas agi, combien de temps aurait-elle pu survivre? » Il ne se demandait pas au prix de quelles souffrances; il ne pensait plus qu'à lui, à vivre en paix avec lui-même. Il demanda à Maria de lui acheter les journaux; il écoutait avec anxiété les informations de la radio : il n'attendait, il ne craignait (il était le seul homme au monde à le craindre) qu'une seule nouvelle : « Le cancer est vaincu. »

Maria prit sur elle de faire revenir ce médecin du quartier qu'elle avait cherché en hâte le soir où Jeanne s'était suicidée. Endoctriné par la vieille femme, il entra avec le faux sourire de l'aumônier qui vient prendre des nouvelles d'un moribond athée. Mais Jean se laissa docilement examiner, observant lui-même avec curiosité cet étranger qui avait un plan de journée, regardait l'heure, signait des papiers. Le médecin lui parla paternellement de sa santé; Jean l'interrompit :

— Docteur (et c'était la seule question qui l'intéressait) combien de temps aurait-elle pu survivre encore si...

Il s'arrêta, se troubla.

— Si quoi? demanda doucement le médecin.

— Si... si son organisme avait été plus résistant.

L'autre leva les bras au ciel :

— Ne parlons plus de cela, Monsieur! Chassez cette pensée de votre esprit : c'est une délivrance qu'elle souhaitait.

— Qu'elle souhaitait? Vous en êtes sûr?

« Pourquoi me saisit-il ainsi le bras? » se demanda le médecin qui se dégagea sans brusquerie.

— Souvenez-vous, Monsieur : vous m'avez fait appeler lorsqu'elle-même a tenté de... de fuir ces souffrances qu'elle ne pouvait plus supporter.

Il ne comprit pas pourquoi un rappel aussi évident paraissait transformer son interlocuteur.

— Docteur, demanda encore Jean, croyez-vous que l'on ait trouvé le moyen de guérir le cancer?

— Dans les journaux, on le découvre à peu près chaque semaine! Mais je ne crois pas — non, reprit-il en soupirant, je ne crois pas que ce jour soit si proche...

Il ne comprit pas davantage pourquoi son pessimisme redonnait vie à ce regard absent. C'est qu'en deux phrases banales cet inconnu venait d'innocenter Jean. Jamais médecin ne lui avait fait autant de bien que celui-ci qui besognait sur une ordonnance des fortifiants dont il savait que l'autre négligerait peut-être de les acheter, sûrement de les prendre. Après avoir hésité, il ajouta au bas de la feuille : « Sortir au moins une heure par jour. »

Maria l'emmitoufla comme un écolier et, penchée par-dessus la rampe, regarda descendre ce convalescent, ce vieillard dont le pied éprouvait chaque marche et qui faisait halte à tous les paliers. A le voir soudain si vieilli, elle se sentait plus jeune. Sur le seuil de l'immeuble, Jean s'arrêta, fasciné par tous ces humains qui se hâtaient — il faisait froid — chacun vers un but inconnu; qui se dépassaient, se croisaient sans se dévisager ni même paraître se voir : un regard de cheval entre d'invisibles œillères. Jean demeura longtemps immobile au bord de cette mer agitée, puis y pénétra sans plaisir. « Sortir au moins une heure par jour »...

C'était jeudi et les trottoirs résonnaient du pas d'hiver des enfants. 6 janvier : les fêtes étaient passées sans que Jean, navire perdu, en eût seulement vu brasiller les feux aux côtes lointaines. Mais les gosses étrennaient bruyamment leurs jouets neufs : on pourchassait l'Indien, on scalpait le cow-boy en pleine rue; et Jean regardait sans envie ni tendresse ces petits qui se massacraient à grands cris mais ne savaient pas encore que l'on meurt. Il s'avisa qu'il n'avait jamais fait une seule promenade sans Jeanne, sinon pour la rejoindre — et cette pensée le rendit plus seul encore. A quoi bon observer, retenir? A qui en ferait-il le récit tout à l'heure? Il s'aperçut aussi que, chaque soir, il racontait à Jeanne les plus menues rencontres; et qu'ainsi lui seul parlait au dîner. Elle se taisait parce que son sourire, et son regard, et les mouvements de sa tête, constituaient une réponse suffisante. Son sourire... son regard... Jean comprit qu'il pleurait à ceci qu'il ne voyait plus son chemin : pleurait sans bruit, sans heurt, comme une fontaine de village, la nuit.

Il s'échoua dans un jardin public, refuge des solitaires, des sans défense. A suivre du regard ceux qui passent, l'homme assis sur un banc reprend de l'importance : il est le rocher; eux autres, les navires. Au spectacle des passants, Jean fut saisi d'une grande pitié : Bernard avait raison! La mort, en chacun d'eux, avait déjà choisi sa place et construisait son nid — à leur insu. Tandis que lui avait acquis des yeux pour voir et demeurait encore *aimanté* par la mort. Il les prenait donc en pitié mais aussi en horreur, ces inconnus tous contagieux...

En face de lui, un gros homme s'assit sur un banc et, les sourcils levés, commença de limer ses ongles avec une grande application. Du nœud de ses bottines à la façon dont son chapeau était posé, tout en lui exprimait la satisfaction, l'assurance, les habitudes. Jean s'aperçut avec stupeur qu'il le *détestait*; voilà un sentiment qu'il n'avait plus jamais éprouvé depuis douze ans : depuis les uniformes gris et les bottes noires. Il détestait froidement ce type qui se croyait heureux; et ces deux femmes fardées qui passaient en riant; et toutes ces vieilles qui n'étaient vêtues de noir que pour se camoufler contre la mort. Car le deuil ne signifie plus rien, passé un certain âge, sinon que l'on survit injustement! Des gens en deuil, il en remarquait partout à présent, avec un singulier dépit : celui du nouveau décoré qui dénombre soudain tant de rubans à tant de boutonnières. Allons, il était impossible que tous ces inconnus souffrissent autant que lui, que leur morte fût aussi irremplaçable que... « Jeanne, Oh! Jeanne... » Le gros homme avait levé les yeux et le regardait pleurer, stupidement. Jean se leva, s'éloigna, s'assit sur un autre banc, et dissimula son visage dans ses mains.

Peu après, il sentit comme deux oiseaux qui se posaient ensemble sur ses genoux. Il ouvrit les yeux sans hâte, à la manière de Jeanne : un tout petit enfant était parvenu jusqu'à lui au prix d'efforts qui l'essoufflaient encore et se maintenait, château branlant, agrippé à ces deux forteresses noires, les genoux de Jean. Ses mains écarquillées, on aurait dit deux étoiles de mer. Il regardait Jean, la tête un peu penchée sur le côté, avec une stupeur toute ronde. Jean vit, sous la cagoule blanche, le fruit rouge et ferme de ses joues et ses yeux de faïence bleue, pareils aux siens mais qu'aucun océan amer n'avait encore dévalés. Et il sentit une douleur singulière lui crisper la gorge et les maxillaires : il souriait. Pour la première fois depuis des mois, il souriait et quelque chose de pétrifié craquait en lui. Un petit bras engoncé, trop court, se tendit vers le visage triste. Jean baisa cette paume sans lignes : il n'y avait aucune place pour la mort dans ce petit enfant : son contact guérissait. Jean se mit à lui parler très doucement : des mots sans suite — ceux qu'il disait à Jeanne; et ils revenaient à la vie, intacts, comme des herbes au dégel...

— Excusez-le, Monsieur!

L'enfant lui fut enlevé à deux bras par une jeune femme dont il ne vit même pas le visage. Le regard bleu se posait déjà sur d'autres merveilles : un arbre mort, un cadavre d'oiseau. Jean se releva, différent. Les fleuves les plus boueux ont une source; tous les êtres possèdent un regard. Remonter à la source... Le dernier bastion que la Mort attaque : le regard... Oh! faire provision du regard des autres... En traversant le jardin à grands pas, en retrouvant la rue, il se répétait ces humbles vérités qu'il venait d'apprendre d'un enfant qui ne parlait pas, qui marchait à peine...

« Qui ne parlait pas, qui marchait à peine » : Cette pensée le frappa brusquement, puis cette autre : *Yves doit parler et marcher à présent!...* Depuis combien de jours n'avait-il pas pensé à Yves?

Il se hâta, l'esprit tout occupé par cette image; il se croyait moins seul — il se trompait.

Comme il traversait le pont des Arts, qu'un fleuve de vent sur qui flottaient les mouettes débordait de toutes parts, il vit un vieil homme en loques assis sur un banc et comme adossé à l'hiver. Jean croisa ce regard qui ne demandait rien et prit sur lui d'approcher et de proposer de l'argent; l'autre ne fit pas un mouvement. Jean glissa le billet dans la vieille main, dans la poche sale. Le vieillard lui fit signe de venir plus près et, lorsque le visage toucha presque le sien (cette broussaille grise où les yeux, deux mares oubliées, reflétaient le ciel), il murmura très bas, honteusement :

— On ne devrait pas vieillir, Monsieur.

Le lendemain, Jean téléphona au bureau qu'il y retournerait lundi. Ce répit de trois jours qu'il s'accordait encore, c'était moins pour en profiter, comme un écolier à la veille de la rentrée, que pour se préparer tel un convalescent. Il se força à lire, à écrire, à répondre au téléphone. Ce qui lui coûtait le plus? Demeurer assis longtemps: il se sentait de plomb. Il décida de se rendre au bureau à pied : peut-être parce que la vue de tous ces vivants anonymes le tirait de son puits de solitude; ou plutôt parce que, lorsque hier il avait voulu conduire la voiture, il avait trouvé sur le siège une paire de gants que Jeanne croyait avoir perdus. En les portant à ses lèvres, il les avait respirés et... — non, il ne prendrait pas la voiture.

La première matinée de travail fut éprouvante. Chaque fois que quelqu'un lui serrait la main ou seulement le regardait, ses yeux se remplissaient de larmes. Ces « veuves humides » dont il se moquait autrefois, voici qu'il leur était devenu semblable. La marée restait haute, et le débordement toujours proche. A l'un de ces moments d'une émotion dont il n'était plus le maître, il se vit dans une glace et ne reconnut pas ce visage *désarmé*. Non, jamais plus il ne pourrait se battre, ou même tenir sa place d'homme...

Au travail, il montra une application d'écolier. Brunet lui passa les consignes avec une patience fraternelle; Jean l'écoutait gravement. Et tantôt il y voyait les règles compliquées d'un jeu futile; tantôt, comme à la guerre, un appareil d'une simplicité enfantine mais dont les résultats étaient imprévisibles et graves. Il assista avec une indifférence étonnée aux crises de colère, d'espoir, d'enthousiasme de Brunet et des autres. Quoi! durant quinze ans, lui aussi avait pu se passionner pour des formules ou des idées? plaider avec cette fougue? parler « d'impératifs », invoquer sa propre « expérience »? Durant quinze ans... Aujourd'hui, on le poussait sur scène dans son habit tout noir et il avait oublié son rôle. Comment reprendrait-il jamais sa place dans cette comédie? Il s'y appliquait cependant avec une bonne volonté qu'on ne lui connaissait point et qui lui valait un surcroît de ménagements. Brunet le tutoyait avec précaution et, plus d'une fois, lui dit *vous*. Brunet posait sa pipe et l'observait longuement.

— Cormier, pourquoi clignes-tu des yeux en reculant la tête ?

— Moi ? Cligner... Comment dis-tu ?

— Regarde !

Et Brunet, le gros ours, se mit à imiter Jeanne « prenant ses distances ».

— Arrête ! cria Jean — puis il surmonta sa colère, sa tristesse, pour demander :

— Je fais cela, moi ?

— Oui. Et tu tiens les yeux fermés, et tu relèves les paupières lentement, pourquoi ? Tu ne te sens pas bien ?

Jean le rassura d'un signe de tête et retourna brusquement dans son bureau. Le téléphone sonna ; Jean le décrocha sans répondre. Il croisa ses bras sur la table, son visage sur ses bras et pleura sans retenue. Des larmes douces, les premières : voici qu'il ressemblait à Jeanne, qu'il prenait ses manières, que le visage de Jeanne se servait du sien pour revivre... Il se sentait pardonné. Dans le creux de son bras, dans les ténèbres de cette grotte humide, il vécut avec Jeanne — non pas souffrante et défigurée, mais soupirant, souriant, espérant. Il entendit sa voix ; au plus près de cette étoffe noire souillée de larmes, il sentit son parfum. Jeanne vivait : parmi tous ces employés, ces visiteurs, Jeanne seule vivait.

Lorsque, brusquement inquiet de ce que Brunet ou les autres pouvaient penser, Jean releva la tête et que cessa l'enchantement, les bureaux étaient vides. Les lampes désertées n'éclairaient plus, dans chaque pièce, qu'un monceau de papiers et, sur les tables, le désordre de chacun soudain pétrifié. Une vieille femme balayait dans le couloir.

Mais rares sont ces instants de grâce. La convalescence de Jean suit le même rythme que l'agonie de Jeanne : ses rémissions à lui sont ces *visites* inattendues, imméritées et de plus en plus espacées. Plus souvent, il s'effare d'avoir pu oublier Jeanne durant tant d'heures. Il s'en avise tandis qu'il rentre satisfait d'un entretien chez un client; ou encore lorsque arrive l'heure de quitter le bureau : lors, le vide absolu de son existence et la fragilité de ses échafaudages l'accablent d'un seul coup. Il préfère rester au travail que de retourner dans sa maison orpheline; mais la vanité même de sa besogne n'est-elle pas une autre insulte envers Jeanne? *Elle vit, et moi je survis seulement...* Il se répète cette pensée, cette certitude qui lui est venue du dehors, sans qu'il l'élabore. Il rentre chez lui, heureux d'avoir froid en chemin, honteux d'avoir faim ou sommeil. Pourtant il ne dormira pas. Plus besoin de regarder l'heure lorsqu'il s'éveille en sursaut chaque matin : quatre heures. Il s'est persuadé, sans raison, que c'est l'heure exacte à laquelle il a accompli son geste, l'autre nuit. C'est sa première pensée; et il lui faut, chaque fois, retrouver les mêmes arguments pour se protéger du désespoir : reconstruire la digue, pierre à pierre. Il a poussé son canapé à la place de leur lit : le voici allongé, sans défense, à l'endroit même où gisait Jeanne. Parfois — et ce n'est pas un jeu mais une sorte de rite — il essaye de revivre l'agonie de Jeanne : il s'interdit de respirer; il voudrait souffrir le martyre. Qu'atteignait-elle, en étendant son seul bras valide? Que voyait-elle, sans bouger? (Le reflet du crucifix dans la glace.) Comment appelait-elle et pouvait-on l'entendre?

— Jean! Jean!

Les yeux fermés, il s'appelle lui-même dans la nuit d'une voix qu'il voudrait ressemblant à celle de Jeanne.

— Mon amour... mon pauvre amour...

Il joue les deux rôles. Et, lorsque l'image de Jeanne lui échappe, il ose rappeler les derniers souvenirs, ceux qu'en d'autres moments il a tant de mal à effacer : les lèvres mauves, la tache grise sous la pommette... Tout plutôt que l'absence!

Ou encore il se lève, allume toutes les lumières afin de conjurer on ne sait quelles ombres, et va lui-même délivrer ses fantômes. Il ouvre l'armoire de Jeanne, en sort chaque vêtement — mais ce ne sont plus les mêmes : des cadavres de vêtements. Il les vaporise du parfum de Jeanne. (Il est allé en racheter, et la vendeuse n'a pas compris son trouble et sa hâte...) Il déplie le linge de Jeanne, y enfouit son visage. Oh! qu'il regrette amèrement de ne jamais avoir conservé les lettres de Jeanne. Ce sont les siennes seulement qu'il retrouve soigneusement classées, rangées au bas du chiffonnier. Il s'y aventure avec l'espoir d'y trouver son visage à elle...

— Non! lui seul s'y étale : un Jean méconnaissable et qu'il en vient à haïr. « Mais pourquoi m'aimait-elle? » se demande-t-il un soir. C'est qu'il vient de toucher le fond; c'est qu'il n'a jamais autant aimé Jeanne... Il le lui crie dans cette chambre close, dans cette nuit plombée : du fond de son cercueil.

Il a cherché partout, avec plus de crainte que d'espoir, un *Journal* que Jeanne aurait pu tenir à son insu; rien. Mais, parce qu'une des vieilles dames de l'enterrement lui a demandé « une photo très ressemblante » pour le *memento* de Jeanne, il a osé revoir page par page chacun des albums. Et il s'aperçoit que, depuis dix ans, c'était Jeanne qui, presque toujours, prenait les autres en photo; et que sur les rares clichés où elle apparaît, elle ne sourit pas. De nouveau, il ne rencontre ici que lui-même : jovial, posant, présentant complaisamment ce qu'il croyait être son meilleur profil — lui, lui, lui! Soudain, parmi les images d'un été ancien, une place vide, une photo arrachée : celle où figurait Marie-Thérèse. Il lui faut quelques instants avant de se rappeler, avant que la vague ne le renverse : le 22 novembre, les trois docteurs, et ce secret entre Jeanne et lui qui jamais ne sera éclairci. Pour la première fois, il ne pense plus : « Ce n'était pas ma faute : je n'avais rien fait! » mais : « Comme elle a dû souffrir! ». Il cherche fébrilement l'image la plus ressemblante et c'est devant cette Jeanne-là qu'il affirme tout haut :

— Je n'avais rien fait de mal, je te le jure... Jeanne, tu me crois? Tu dois me croire : rien fait de mal...

Mais ces paroles évoquent surtout le parfum amer de l'autre et ses mains si chaudes.

— Je la déteste, reprend Jean d'une voix sourde. (C'est lui qu'il déteste.) Veux-tu que je ne la revoie jamais?... Je ne la reverrai jamais.

Il y a un tiroir rempli d'ouvrages inachevés. Jean le laisse entrouvert avec une espérance enfantine qu'il n'oserait même pas formuler. Comme si l'on tendait des pièges aux fantômes!... Mais, au fond du tiroir, il découvre cette layette que Jeanne tricotait en silence tandis que Bernard et lui faisaient les beaux esprits. Elle n'a donc pas eu le temps de la donner? Puis des chaussettes d'enfant; une petite jaquette de laine; des gants ornés du même dessin que ceux tricotés pour Jean l'autre hiver. Que de soins pour cette famille inconnue! — Mais, perdu parmi ces lainages, un papier fripé laisse Jean interdit : POUR YVES.

Ainsi lui préparait-elle à l'avance les habits qu'il mettrait en grandissant; ou peut-être espérait-elle, de saison en saison, que Jean accepterait enfin l'adoption et n'avait-elle pas le courage de donner à d'autres les effets devenus inutiles. Jean les prend avec précaution, comme s'ils étaient vivants, et retrouve le geste de Jeanne : il tient les petits vêtements à bout de bras et les considère en clignant des yeux. « Voilà... Elle imaginait à leur place le petit Yves. Et moi je lui demandais, moi l'imbécile : Ça ne t'intéresse donc pas, ce que raconte Bernard ?... » Oh ! le temps perdu, les paroles perdues... Oh ! Jeanne...

Maintenant il n'éludera plus le drame d'Yves. Il lui faudra, là aussi, se fabriquer un arsenal de bonnes raisons, les regrouper à chaque assaut : « Que Jeanne était déjà trop fatiguée pour s'occuper d'un tout petit... Que ce souci n'aurait fait que hâter son mal... Et que serait devenu l'enfant durant les derniers mois ?... » Drame d'Yves, drame du 22 novembre, drame de la dernière nuit — cette fois, c'est l'attaque générale. Jusqu'à l'aube, Jean n'aura plus qu'un recours, qu'une alliée : la « photo très ressemblante », la seule où Jeanne lui sourit.

D'autres nuits, c'est à s'endormir (non à se rendormir) qu'il ne parvient point. Les derniers cris de Jeanne, les images insoutenables l'assaillent; ils oblitèrent la radio et la télévision. Impossible de se tenir dans cette chambre où, vingt jours plus tôt... — Impossible aussi de s'en éloigner. Toutes portes ouvertes, l'appartement entier demeure une cellule de prisonnier. Reste la fenêtre... Une bourrasque vivante lui jaillit au visage, telle une bête. Que lui rappelaient-elles, cette croisée ouverte, cette averse si fraîche ? — La rue des Pyrénées, l'après-midi chez le guérisseur... Peut-être alors était-il temps encore... Jeanne... Il aurait tout donné, ce jour-là, pour la sauver — et premièrement sa vie! Pourtant, ils avaient laissé le silence s'installer entre eux et le temps passer, le temps passer... Oh! si coupables... « Elle autant que moi! » — Contre le désespoir qui l'étouffe, il ne trouve pas d'autre défense que celle des enfants : « Elle autant que moi! »

— Peut-être Lia est-elle encore dans sa cuisine? murmure-t-il.

Il y va, cœur battant, comme un petit garçon qui prend peur dans une maison déserte. Mais tout est noir et seul y résonne l'immuable tic tac du réveil pour qui toutes les heures se valent. Maria dort déjà, après avoir comptabilisé quelques indulgences pour cette pauvre Madame.

Jean retourne à la fenêtre — à cette même fenêtre d'où, la nuit terrible, il cherchait en vain une lumière, un signe de vie dans la ville morte. Presque au coin de la rue se trouve un bistrot modeste; et, derrière ses vitres, Jean aperçoit des formes humaines : elles font des gestes, elles sont sûres de vivre — il les envie. « Et pourquoi n'y descendrais-je pas?... » De temps à autre, lorsqu'il est sur le point de naufrager, un tel sursaut de liberté stupide le sauve, pareille à la dignité des pauvres. Oui, il va éprouver une sorte de joie en descendant l'escalier, en tendant son visage à la pluie, en poussant cette porte embuée. Le bistrot débonnaire le regarde par-dessus ses lunettes. Il y a des amoureux d'hiver assis dans la salle, assez tristement; et des bonshommes qui se racontent des coups avec des mines de conscrits. Jean s'assied à part.

— Et pour Monsieur?

— Un viandox.

Le patron traîne ses pantoufles jusqu'au réchaud, puis jusqu'à la table et retourne d'un pas égal à son journal, à son cure-dent. Quand il a repris place, son gros chien se traîne du même pas jusqu'à Jean et quête impérieusement des caresses. C'est la première fois que quelqu'un, de nouveau, fait appel à lui; et Jean en est reconnaissant à cette masse de poils que trouent deux yeux et une truffe noire également humides. Il le caresse des deux mains là où les chiens aiment de l'être : à la naissance des oreilles. Qui s'en lassera le premier? Le chien qui somnolait de bonheur ne comprend pas pourquoi cet homme le repousse soudain et change de regard. Un ivrogne, lui aussi? C'est que brusquement Jean le déteste pour cette chaleur même qui est la vie : le déteste de vivre, vieille bête inutile. Comme il lui arrive de haïr en bloc tous les voyageurs de son compartiment dans le métro : ces « gens » qui grognent qu'on respire mal et se plaignent de la chaleur. Ah! s'ils savaient ce que c'est, voir étouffer l'être qu'on aime, sentir les mains qu'on aime devenir froides... Tous ces gens qui trouvent naturel de vivre, il les déteste; et cependant, c'est pour n'être plus seul qu'il les a rejoints dans ce métro : pour prendre sa part de la bonne chaleur humaine. Comme demain soir, et chaque soir, désormais, celui que le bistrot surnomme déjà « Monsieur Viandox » (et dès qu'il l'aperçoit, il se traîne jusqu'à son réchaud) s'assiéra à la même table, appellera le vieux compagnon aux yeux mendiants, afin de lui voler un peu de cette chaleur merveilleuse, détestable.

A la maison, existe un autre chien fidèle qui, lui aussi, ne parle qu'avec ses yeux : Maria. Insensiblement, inconsciemment peut-être, elle a changé d'emploi. Tout ce que Jeanne avait dû lui retirer dix ans plus tôt (non sans des orages que l'une et l'autre avaient su cacher à Jean), la vieille le reprend à présent : les comptes, les courses, les menus. Comme elle avait, d'elle-même, su prévenir le médecin, voici qu'elle convoque le plombier ou le peintre sans en parler à son patron. Elle règne humblement; et lui ne s'en avise que trop tard, quand le siège est fait. Mais il en éprouve une satisfaction assez lâche : il se sent un enfant; et peut-être n'a-t-il jamais cessé de l'être... Il mettra longtemps à comprendre que Maria prend ici une revanche confuse; et lorsqu'elle lui répète : « Mon pauvre petit, tu n'as jamais su t'organiser », il ressent à la fois l'affront fait à Jeanne et sa propre veulerie.

— Jeanne, du moins, savait s'organiser! répondra-t-il un jour, puis il se cachera pour éclater en sanglots; car jamais encore il n'a pu sans larmes prononcer tout haut ce prénom.

Au soir de sa première promenade, il demande brusquement :

— Lia, si nous avions un petit enfant à la maison?

— Tu as un petit enfant, toi? gronde-t-elle.

— Mais non!

Il lui rappelle le petit Yves. De surprise, elle doit s'asseoir : « Ah! c'est bien le moment! » puis se relève pour plaider — et Jean retrouve dans sa bouche tous les mauvais prétextes qu'il fournissait à Jeanne avec une véhémence qui n'avait d'autre but que de le convaincre lui-même. « Allons, se dit-il, j'en reparlerai plus tard... »

Plus tard? A-t-il donc oublié le petit enfant du jardin public? Oublié qu'Yves marche et parle déjà? — « Yves m'attendra », pense-t-il. Oui, comme Jeanne passait sa vie à l'attendre. « Tu es en retard aujourd'hui, mon chéri. » : c'était sa phrase, quelle que fût l'heure... A quoi sert donc ce cœur qui bat, ce rappel incessant et anxieux, si l'on perd le sentiment de chaque seconde unique, irremplaçable? Pauvre Jean qui, les yeux fermés, se raconte en souriant le jour où il reviendra chercher le petit Yves dans la salle blanche...

Un matin de février, Jean reçoit de la vieille dame une douzaine d'exemplaires du *memento* de Jeanne. L'une des faces est couverte de citations pieuses qu'il lui semble entendre murmurer d'une voix sifflante de bigote; mais, sur l'autre, la photo si ressemblante de Jeanne, ils l'ont estompée, bordée d'ouate : ils ont trouvé le moyen d'en faire une morte. « Ma louve... ma statue... ma biche... » Pour lui rendre la vie, il l'appelle à travers ces nuages avec leurs mots magiques. Il reconstitue autour de ce visage les décors de leur bonheur : Jeanne à la mer, à Florence, au Moulin — comme dans ces découpages d'enfant où la même tête prend sa place dans des scènes différentes.

« Vous qui l'avez connue et aimée, souvenez-vous dans vos prières... » CONNUE ET AIMÉE... Ces mots si souvent lus, il les reçoit tout neufs. « Qui l'a connue et aimée mieux que moi? se demande-t-il; mais dans le même temps : L'ai-je vraiment aimée?... L'ai-je seulement connue?... »

Depuis sa mort, il fait anxieusement l'inventaire; détective aux yeux rougis, il cherche les secrets de Jeanne et ne trouve que des évidences : elle ne chantait plus... elle parlait à peine à table... elle ne souriait pas sur les photos... Il y avait une autre Jeanne et jamais il ne la connaîtra : Jeanne des profondeurs, Jeanne des heures sans lui. La vraie peut-être... « Avait-elle des familiers? Qui interroger qui la connût vraiment? Maria vivait auprès d'elle plus d'heures que moi... » Cette pensée l'enrage. Il en fait grief à tout le monde : à Lia, au bureau, à Jeanne qui acceptait ce temps perdu. A lui-même surtout qui prenait toute la place : qui étalait sentiments et pensées comme un marchand à la sauvette. Oh! le silence, la retenue, la réserve de Jeanne... « Vous qui l'avez connue et aimée... » Et s'il en était ainsi de tous les êtres? Des étrangers, condamnés à la solitude, au malentendu. « Pourvu, du moins, que personne d'autre ne l'ait mieux connue, mieux aimée... Bruno peut-être? »

— Lia, tu ne trouves pas singulier que le frère de Madame n'ait jamais téléphoné?

— Mais... il a souvent appelé.

— Pourquoi ne me l'as-tu jamais dit?

Pourquoi? — Le sait-elle? D'instinct, malgré son respect de la soutane, elle ne veut point d'intrus dans son royaume. Elle fait, sans malice, la plus cruelle des réponses :

— Je pensais que tu préférais rester seul, mon petit.

Bruno est venu, enfin, prendre un repas. Il est entré dans l'appartement avec précaution : ce mélange d'inquiétude et de rassurement du chien qui retrouve la maison des vacances. Chaque objet lui est douloureux et doux à revoir. Les premières paroles échangées ont été navrantes : « Comment allez-vous?... Et toi?... Alors, mon vieux? » Aucun d'eux n'a, pourtant, prononcé l'offensant « Quoi de neuf? ». Bruno trouve Jean changé; sur ce visage plus creusé que jamais (« Je lis dans les lignes de ton visage! ») il découvre une expression si neuve qu'il ne la définit pas aussitôt : l'humilité. Plus trace de cette satisfaction complaisante que les étrangers prennent pour une preuve de bonheur. Jean écoute, à présent; observe les autres; ne regarde plus l'heure. Ses phrases ne commencent plus par « moi »; et, quand il pose une question, il en attend vraiment la réponse. Bruno se trouve intimidé en sa présence comme il l'est toujours devant un pauvre.

— Et le dimanche, Jean, que faites-vous?

— Je promène l'animal.

— Mais vos amis...?

— Mes amis? répète l'autre en hochant la tête. C'est pourtant vrai, j'en possède un : ce vieux chien, sur le trottoir — regarde!

— Et Bernard?

— Il n'est même pas venu à l'enterrement.

— Il croit que la mort est contagieuse... Si Jeanne avait guéri, reprend Bruno plus bas, toute sa vie en eût été changée. Il croit que le... cancer (il a hésité à prononcer le mot) est inévitable, et inguérissable.

— Il est inguérissable, dit Jean d'une voix forte : nous avons tout fait pour guérir Jeanne, tout!

Bruno abaisse lentement ses paupières, comme le faisait sa sœur. Il pense « Oui : tout fait, mais trop tard! »

— Votre ami Bernard vient de faire parler de lui, reprend-il. L'avez-vous lu dans les journaux?

— Je ne lis plus les journaux.

— Il a pris l'initiative d'une pétition nationale pour protester contre l'interdiction du F. 217 en France.

— F. 217?

— C'est un produit qui, paraît-il, supprime presque instantanément toute douleur.

— Toute douleur? répète Jean d'une voix blanche. Même celle du cancer?

— Je ne sais pas, répond l'autre vivement et, d'instinct, il ajoute : Sans doute, pas! La presse exagère toujours...

— Quoi! ce remède existait et on n'avait pas le droit de s'en servir? C'est criminel!

— Pas si cela doit abréger la vie du malade. Ce n'est pas un remède : c'est un stupéfiant.

— Tais-toi, Bruno! Tu ne sais pas ce dont tu parles...

— D'ailleurs, Bernard a obtenu la levée de l'interdiction.

— On en trouve donc maintenant?

— Oui.

— On en trouve MAINTENANT! crie presque Jean, et Bruno qui l'observe ne sait pas s'il va éclater de rire ou fondre en larmes.

Il enchaîne très vite :

— Jean, n'avez-vous pas tenté de revoir ce petit garçon... Yves?

L'autre tressaille à ce nom, ferme les yeux, sourit.

— Pas encore.

— Ne perdez plus de temps, Jean.

— Allons, le temps ne compte plus pour moi désormais!

— Pour vous, peut-être, mais... ne perdez plus de temps, répète Bruno lentement en posant la main sur son bras.

Ce fut en regardant par la fenêtre de sa chambre que Jean apprit l'approche du printemps : un halo vert inhabituel autour de l'arbre; indistinct, à peine discernable comme un certain sourire sur un visage. La tiédeur paisible qu'on ne trouvait, ces derniers mois, qu'en rentrant à la maison, voici qu'à l'inverse il fallait sortir de chez soi pour en jouir. En allant à pied au bureau, Jean sentit une tristesse affreuse l'envelopper en même temps que cette brise si jeune : il lui semblait trahir Jeanne à chaque pas...

Les mouettes, sur le fleuve, prenaient un vol de colombes. Les passants légers se dévisageaient avec surprise; les chiens flairaient ce monde d'odeurs nouvelles; et les enfants, qui ne connaissent pas encore leurs saisons, jetaient sur ce pays inconnu des regards circonspects de grandes personnes. « C'est la saison des vivants, se dit Jean, et Jeanne est morte... ET JEANNE EST MORTE!... » Il avait pensé que le reste de sa vie serait un perpétuel hiver. Il descendit dans le métro pour fuir ce soleil, tout ce vert, ces sourires — se rapprocher de Jeanne. « Quel temps fait-il là-haut? » lui demanda le poinçonneur. Même ici, dans ces caves où Paris garde ses réserves de grise mine et d'haleine triste, le printemps avait donc pénétré. Allons! impossible de fuir : l'herbe poussait dans les cimetières; des millions d'oiseaux ivres essayaient leurs ailes et leur voix; et les femmes avaient déjà changé de corps. Le printemps torrentiel emportait tout sur son passage; mais Jean, rocher aveugle et sourd, résistait. Ses habits noirs lui étaient devenus odieux. Pourtant, il s'en vêtait chaque jour, avec la joie grave du prêtre endossant la chasuble. C'était son sacrifice à Jeanne, sa prière du matin. Dans la ville convalescente, il y aurait au moins cet infirme obstiné. De quel droit se serait-il senti plus léger, rajeuni : guéri, tandis que Jeanne...? De quel droit les projets chasseraient-ils de son esprit poreux les souvenirs? Qu'y avait-il donc de changé entre Jeanne et lui? — Alors, qu'importait le reste du monde?

Le printemps, autrefois, c'étaient les promenades de nuit en voiture découverte, l'exploration des petits restaurants en plein air. C'était la fuite vers le Moulin, le samedi à l'heure où les autres déjeunent; et le retour, à l'aube du lundi, quand le printemps dort encore dans des draps frais. Le printemps, autrefois, c'étaient les robes neuves (ou oubliées), les écharpes de Jeanne — et il s'interdisait aujourd'hui de les revoir, de les toucher, crainte d'y prendre quelque joie... Jeanne, au printemps, changeait même de gestes, ses cheveux de toucher, et son corps de parfum. Et maintenant, la ville entière s'enivrait de nouveau, plissait les yeux au soleil, écoutait l'oiseau — et Jeanne demeurait dans le froid. En hiver, au soir tombant, Jean se sentait perdu dans la ville : rejetée par lui-même. Il vivait, déchiré, ne pouvant échapper à la joie unanime, le corps allègre, le cœur serré : pareil à la barque qu'une ancre invisible retient loin des vagues réjouies.

Jusqu'ici, il avait supporté les saisons de sa mémoire : ses alternances de désespoir et d'oubli, ses déserts et ses sources; mais à présent que le monde entier conspirait contre elle dans ce carnaval du printemps, il aurait voulu ne pas quitter Jeanne un seul instant. Tout ce qui n'était pas le désespoir lui semblait trahison, lâcheté. Comme il avait déjà refusé les consolations habituelles : amis, voyages, travail acharné — il repoussait d'instinct le printemps et cette page que le Temps impatient tourne sans savoir si nous l'avons achevée. Il marchait, les yeux à terre; il fermait les fenêtres. Mais celui à qui n'échappait aucun parfum épars, comment n'aurait-il pas respiré partout la vie retrouvée? Pour lui qui, ces mois derniers, plongeait ses mains dans l'eau chaude durant des minutes entières afin de fuir le froid de l'hiver, de la mort, comment chasser cette tiédeur?

Une nuit qu'il ne pouvait dormir, il s'accouda à la fenêtre. L'arbre, enchanté d'oiseaux, frémissait. Dans le même instant Jean fut assailli de chaleur, de chants, de parfums; et il lui vint soudain la certitude irrésistible que *si Jeanne avait vécu jusqu'à ce printemps, celui-ci l'eût sauvé*. C'était plus que faux : absurde. Mais peut-être justement ne s'en persuadait-il qu'en raison de cette absurdité même : afin de s'accabler. Trois pieds d'eau, on peut s'y noyer quand on le veut vraiment! « Si Jeanne avait vécu, ce printemps l'eût guérie » ? C'était l'avoir tuée deux fois...

Dans la cour du Louvre, qu'il traversait chaque jour, un clochard avait installé son bivouac : une poussette aux roues borgnes et deux grands sacs remplis de mystère sur lesquels il s'était allongé pour dormir au soleil. C'était un homme jeune dont le visage ne portait aucun stigmate de vice ou d'ivrognerie : plutôt un rescapé dormant sur l'épave de ce qu'il avait pu sauver du désastre. Il arrive parfois qu'une parole ou une vision vous serre le cœur sans qu'on puisse en démêler aussitôt les raisons. Ainsi, Jean ne comprit qu'après l'avoir dépassé pourquoi jamais il n'oublierait l'inconnu endormi : à sa main encore blanche brillait un anneau d'or... L'alliance brillant sur une main inerte, n'était-ce pas la dernière image qu'il gardait de Jeanne ? tout ce qu'elle emportait de lui dans son engloutissement ? A cette main-ci, l'anneau était sans doute tout ce qui surnageait de son naufrage. Le visage endormi semblait pourtant heureux. « Ruiné, fidèle — heureux », pensa Jean; et il envia cet homme qui, du moins (son visage l'attestait) *ne se reprochait rien...*

La mode, ce printemps-là, rendait les femmes plus provocantes que jamais et — ce qui redoublait leur attrait — elles semblaient l'être à leur insu. Les vêtements de Jeanne vieillirent d'un seul coup; les morts se démodent vite. Jean, humilié, fit don à un Vestiaire de tout ce que contenait l'armoire — à l'exception des petits lainages d'Yves.

Avec ce printemps, Jean retrouva un compagnon inopportun : son corps. A l'allégresse du survivant avait pourtant succédé une méfiance croissante envers ce corps si fragile. Sur le mal inévitable qui nous rongeait tous, sur la tricherie du Ciel, Jean pensait comme Bernard. Il se voyait investi par le cancer : on en parlait dans chaque magazine; des savants prétendaient en avoir décelé la cause, découvert le remède; des détenus américains s'en laissaient inoculer le germe. Oui, Bernard avait raison : c'était la fin du monde, non pas fulgurante mais fétide.

Cependant, au seuil de ce printemps, Jean redécouvrit le merveilleux, périlleux oubli de la mort. De nouveau, elle lui devint ce qui n'advenait qu'aux autres. Il retrouva son corps, la joie de prendre des bains, de faire sa culture physique devant la fenêtre ouverte, de se frictionner, de se regarder au miroir. Il retrouva ce corps avec ses exigences. Maria n'y voyait que l'appétit — signe de santé, de guérison et de consolation aux yeux des simples — et s'en réjouissait doublement : comme nourrice et comme cuisinière. Mais il y avait d'autres appétits auxquels il eût juré pouvoir résister et qui, pour sa honte, tournaient à l'obsession. C'était cet instant de l'année où toutes les fleurs semblent uniques et durables. A la plus disgraciée des femmes sa jeunesse conférait de l'éclat, et la pensée de ne jamais l'approcher serrait le cœur. L'âme et le corps se confondaient dangereusement; c'était avril. A les regarder, si désirables presque toutes, Jean ressentait un plus grand remords que du vivant de Jeanne : comme s'il fût moins libre; comme si son absence à jamais lui imposât une fidélité plus exigeante. Lorsque son esprit commença à discuter ce paradoxe, à y revenir, à formuler des hypothèses, il sut qu'il jouait avec le feu et il y prit plaisir : c'était se sentir vivre. Il parvint même à se persuader, le soir aidant, que la fidélité était affaire de cœur et d'esprit, et qu'on pouvait sans dommage lâcher les bêtes et les laisser courir devant. Séparer le corps de l'âme, cela s'appelle la mort, dans tous les cas; il feignit de l'ignorer.

Un matin — mais il l'avait résolu de nuit — il téléphona à Marie-Thérèse pour l'inviter à dîner. Elle n'avait pas pensé cinq fois à Jeanne depuis l'enterrement; mais, en répondant à Jean, elle songeait à elle bien plus qu'à lui... Elle ne se trouva donc pas libre ce soir-là; une autre fois, non plus; la troisième, elle accepta. Après le dîner, dans la nuit attentive et tiède, elle insista pour que Jean ne la raccompagnât point. Mais son parfum était le plus fort...

Lorsqu'il repartit, quelques heures plus tard :

— Vous êtes sûr que vous ne me détestez pas? demanda-t-elle.

Il ne répondit que par un sourire qui lui coûtait. Mais tout lui coûtait : il aurait voulu être au désert, à la guerre.

— ... Et que vous n'allez pas *vous* détester? ajouta-t-elle.

Il partit sans un mot de plus, avec un geste gracieux qu'elle crut sincère tant elle avait besoin de ne pas se détester elle-même.

Jean passa éveillé le reste de la nuit. Il se refusa le droit de pénétrer dans leur chambre et celui de dormir, même par terre, dans le salon. Peut-être aussi voulait-il jouir jusqu'à l'aube de ce remords qui, du moins, changeait la face de son désespoir. Cette fois, il était seul coupable, sans excuses, sans recours. Pas seulement un assassin : un déserteur.

Entre le dernier et le premier chant des oiseaux, il eut le temps d'instruire son procès. Il marchait en parlant tout haut; et il comprenait pourquoi ceux qui vocifèrent seuls dans la rue ont si souvent l'air de se justifier : ils plaident devant eux-mêmes leur propre défense. Mais Jean s'appliquait, au contraire, à dresser son réquisitoire. Il avait supprimé Jeanne pour lui éviter des douleurs qu'elle ne pouvait plus supporter. En accomplissant ce geste interdit, il en acceptait le risque : certain d'être arrêté par la police la nuit même. Et maintenant? Il demeurait en liberté (et quel usage en faisait-il!) un homme qu'on respecte et qu'on plaint. Le « crime parfait »... Quelle différence avec l'époux qui tue sa femme pour se débarrasser d'elle ? Il lui semblait — et cette pensée l'arrêta interdit, cœur battant — *que tant qu'il n'avait pas payé, les souffrances de Jeanne continuaient...*

Des lumières, à présent, jalonnaient les maisons : elles étaient autant de regards. Dans la ville endormie, des hommes déjà se levaient; il leur devait des comptes. Et Jeanne, quelque part, les yeux ouverts...

Lorsque sa décision fut prise, il en éprouva un tel soulagement que, loin d'y voir une preuve de son bien-fondé, il commença d'en douter et la remit en cause. Il se croyait pusillanime; il était devenu scrupuleux. Il fit, de nouveau, le tour de ses ruines. — Non, il n'y avait décidément qu'une seule issue...

Cette décision le réconciliait avec lui-même. L'ayant prise, il osa retourner dans la chambre. L'arbre s'étirait dans l'aurore maussade; une neige légère — la dernière d'une saison qui avait vu mourir Jeanne — tombait sans espoir. Jean la regarda et pensa : « Mon Dieu, si je pouvais avoir des cheveux blancs... » (C'était sa terreur, autrefois.)

Il s'assit au bord du lit intact. Il regrettait que ce ne fût plus celui où Jeanne avait souffert; où, *grâce à lui,* Jeanne avait cessé de souffrir et retrouvé, pour l'éternité, son vrai visage. Il lui parla tout haut :

— Mon amour, je vais te rejoindre comme je le puis... Et tu me pardonneras tout à la fois. Je paierai tout, d'un coup...

Il se rappela, avec une précision d'agonisant, un cantique de son enfance : « Plus près de toi, mon Dieu... » Il n'avait jamais pu le chanter sans que sa voix se brisât, l'entendre sans que ses yeux se remplissent de larmes. Il eut la brusque révélation, la certitude qu'il était, qu'il serait toujours ce même petit enfant. « Plus près de toi, ma Jeanne... plus près de toi, enfin... » Il s'allongea sur ce lit en pleurant; le petit garçon Jean s'allongea là en pleurant. Personne ne viendrait le consoler. Mais de quoi? — C'était des larmes de joie. Lorsqu'elles furent taries, il lutta contre le sommeil : il voulait vivre lucidement cette paix si nouvelle.

Les rumeurs du jour le ramenèrent à la vie, aux autres; il fallait faire face aux conséquences de sa décision. Et d'abord qui devait-il en aviser? — Ni Lia ni Bruno; personne qui pût l'en dissuader. Bernard? — Bien sûr; mais sans aucun détail. « Prends ta meilleure épée et suis-moi!... » Cette phrase d'un de ses romans de jeunesse lui paraissait la clef même de l'Amitié. Bernard le suivrait-il ainsi, sans l'interroger? — Sinon, il agirait seul.

Il changea de vêtements et froissa les draps afin de ne pas intriguer Maria. Il l'éviterait; tous ceux qui pouvaient lui poser des questions devenaient ses ennemis. Il fit sa toilette avec le même soin qu'au jour de ses noces. Il se sentait aussi allègre et grave que ce matin-là.

Lorsqu'il appela Bernard au téléphone (« Ta meilleure épée et suis-moi! ») l'autre, surpris, absous de son propre silence, se perdit en explications, en demandes. Jean le laissait parler sans répondre ni même écouter. Il sentait que, ce matin, ses paroles ne lui appartenaient pas entièrement et qu'il n'avait pas le droit d'en gaspiller une seule. Un certain rite était entamé. Le silence... Il regardait, par la fenêtre, la neige si patiente. Lorsqu'il fixa le rendez-vous : — « Quoi? » s'écria l'autre, mais Jean coupa court à sa surprise.

Comme il s'y rendait, la neige redoubla soudain, agressive, tenace comme un messager qui veut se faire comprendre et personne n'entend son langage. « C'est toi, pensa Jean qui ferma les yeux, je sais que c'est toi... » Sur ses paupières, ses joues, ses lèvres il recevait ces baisers frais et furtifs qui le purifiaient. « Je marche vers toi, mon amour... ».

Bernard le rejoignit sur le seuil.

— Allons!

— Pas avant que tu ne m'aies expliqué...

— Tout à l'heure.

— Mais enfin qu'est-ce qui se passe?... Écoute, je ne réponds de rien si tu ne me dis pas d'abord...

Mais déjà Jean gravissait l'escalier de pierre sans se préoccuper que l'autre le suivît. Il ne cessait d'entendre en lui cette voix lancinante : « Il est encore temps de t'en retourner... Il est encore temps... encore temps... » Mais, plus forte que tout, une hâte presque douloureuse d'en finir. Ils débouchèrent dans une vaste galerie où les avocats se croisaient, pareils à des bateaux aux voiles noires. En voyant les gardes en uniforme, Jean tressaillit. « Il est encore temps... » Ce fut Bernard qui remplit la fiche que tendait l'huissier. Puis il fallut attendre devant la double porte, dans le silence hypocrite de cette pièce aux meubles bourgeois. Il y avait là une gravure représentant *Les Moissonneurs dans les Marais pontins*. Jean ne l'oublierait jamais.

Bernard avait renoncé à questionner et même à regarder Jean qui put l'observer à son tour : « Comme il a changé!... Ai-je autant vieilli que lui? — Tant mieux. »

La porte s'ouvrit enfin et l'huissier les fit entrer. « Il montre encore des égards pour moi, pensa Jean amèrement. Tout à l'heure... »

— Asseyez-vous donc... Comment allez-vous, mon cher Maître. Et... que puis-je pour vous, Monsieur?

Les deux hommes se tournèrent vers Jean avec un même regard attentif et froid. Il attendit encore un peu, puis s'entendit prononcer très calmement, très lentement :

— Mon nom est Jean Cormier. Ma femme est morte il y a quatre mois : exactement dans la nuit du 17 au 18 décembre. Elle était atteinte d'un cancer. C'est moi qui l'ai tuée pour abréger ses souffrances...

VII

LE ROUGE ET LE NOIR

Jean attendait depuis plus d'une heure. Déconcertés par cet accusé auquel on n'avait pas retiré sa cravate et qui ne transportait pas avec lui l'odeur de la prison, les gardes paraissaient seulement lui tenir compagnie, plus gênés que lui-même. L'un d'eux, mal rasé, le front bas, avait l'air du véritable accusé. L'autre adressait à Jean des sourires en regardant sa montre : « C'est long! » Ainsi font les voyageurs d'un compartiment pour lier conversation.

Oui, très long. La bouche sèche, le ventre incertain, Jean pensait à l'acteur qui attend que la salle se remplisse. Et c'était bien cela : une salle de spectacle à la porte de laquelle le public avait fait queue dans les rires et la bousculade. Des micros devant les principaux personnages, le spectacle était sonorisé. On s'entassait au promenoir, femmes d'un côté, hommes de l'autre. « Poussez pas! » C'était le métro, la foire, le cinéma gratuit... Pourtant, les premiers rangs, devant la chaire encore vide, ressemblaient plutôt à ceux d'une classe, mais où les écoliers les plus sages, magistrats, avocats et leur famille se fussent assis derrière les mauvais élèves. Car chroniqueurs et dessinateurs avaient déjà envahi leurs places de faveur, y bavardaient bruyamment ou préparaient leur petit matériel d'écoliers. Une journaliste posa sur la table un sac de bonbons. Était-ce vraiment la liberté, peut-être même la vie d'un homme qui se trouvaient en jeu ?

Bernard prit place au banc des avocats, fit des signes d'amitié aux gens de la presse et promena sur le public des yeux dominateurs. Tous ses gestes semblaient amplifiés par la robe noire.

Un coup frappé à la porte : « La Cour ! » Un commandement : « Présentez, armes!... » Dans le bruissement des robes rouges et noires, le Président entra, suivi de ses deux assesseurs et de l'Avocat général. Son regard froid s'assura du public, des militaires, de la presse. Un bref instant, chacun se sentit coupable.

— Faites reposer les armes... Asseyez-vous... (Il se découvrit.) L'audience est ouverte... Gardes, faites entrer l'accusé Cormier...

Un vent de curiosité agita les spectateurs. Les vrais amis de Jean sentirent leur cœur battre et se rencognèrent, tandis que les autres se levaient légèrement afin de mieux voir. « Assis ! » cria-t-on. Le Président frappa du plat de la main sur la chaire et dit sèchement :

— Je ne tolérerai pas le moindre incident, le moindre murmure. Vous n'êtes pas venus assister à un spectacle. La seule attitude compatible avec un tel procès est le respect et la dignité.

Les mauvais écoliers bossèrent du dos. Bruno regarda ses mains nues et ferma les yeux tandis que cinq cents visages se tendaient vers le box des accusés. Jean y parut. Bernard qui s'était tourné vers lui le vit si pâle et les yeux si brillants qu'il murmura :

— Calme, mon petit vieux, calme...

Un journaliste à l'oreille fine prit des notes; ses voisins copièrent.

— Vous vous appelez Cormier, Jean-Marie-François. Vous êtes né à Paris, le... Vous êtes chevalier de la Légion d'honneur...

Jean inclinait la tête sans un mot. Il ne regardait pas le Président, ni les journalistes, ni personne d'autre que Jeanne. Jeanne écartant du revers de la main le rideau blond de ses cheveux, baissant lentement les paupières, souriant.

— ... Vous êtes chef de publicité à l'Agence... Votre domicile...

(Jeanne redressant et reculant sa tête en clignant des yeux : « prenant ses distances »... Tournant son alliance autour de son doigt... Jeanne...)

— Huissier, veuillez procéder à l'appel de messieurs les Jurés.

Jean ne comprit rien à ce qui se passa : ces jetons qu'on laissait tomber dans l'urne, tirait au hasard, déchiffrait; ces récusations, ces mises en garde... Il avait l'impression d'assister à un jeu solennel : rouge et noir, impair, passe et manque. Il s'avisa soudain qu'il n'y avait pas, qu'il ne pouvait pas y avoir un seul enfant dans cette enceinte. Il vit des inconnus prendre place gravement de part et d'autre des juges.

— Vu la longueur possible des débats, un juré supplémentaire...

Ce dernier nom seul frappa Jean : il lui semblait que c'était l'homme du Destin, celui dont l'avis inclinerait la sentence — mais il ne regarda pas son visage.

— Devant Dieu et devant les hommes, vous jurez de n'écouter ni la haine, ni la crainte, ni l'affection...

« Quelle *affection* puis-je attendre d'eux ? pensa Jean. Je suis seul, seul comme une bête qu'on pourchasse... »

Oui, ce mélange de rite et de jeu était celui de la chasse à courre ; et ces deux étrangers qui lui faisaient face portaient la livrée rouge des chasseurs.

« Je le jure... Je le jure... » — Chacun répéta la formule avec son propre accent. Puis le greffier se leva, ajusta ses lunettes et bredouilla l'acte d'accusation :

— ... Cependant les douleurs se font plus violentes, plus fréquentes. La malade...

Quoi ! C'était de Jeanne qu'il osait parler, Jeanne dont il exposait l'agonie devant tout le monde ! Jean se pencha en avant, s'agrippant à la rambarde. Bernard, qui ne le quittait pas des yeux, posa sa main sur l'une des siennes qu'il trouva glacée. Il aurait pu dire : « Tiens-toi tranquille ! » ou « C'est toi qui l'as voulu... » Il murmura seulement :

— Je suis là.

L'accusé Cormier se rassit docilement sur son banc, entre les deux statues en uniforme, et put cesser d'écouter. « Bernard s'en occupe... C'est Bernard qui s'en occupe... » se répétait-il. Une immense lassitude montait en lui comme la mer au creux d'une grotte.

— En conséquence, le nommé Cormier, Jean, quarante ans, est accusé d'avoir, à Paris, dans la nuit du 17 au 18 décembre... Attendu que ces faits constituent le crime prévu et réprimé par les articles 295, 296, 297...

Le greffier se rassit ; il pouvait redevenir un spectateur, plus blasé que les autres : sa partie était achevée. Le Président s'apprêta à jouer la sienne. Il approcha de lui le dossier, le feuilleta du geste dont le prêtre tourne les pages du grand missel puis se tourna vers Jean — et tous les regards avec lui : « Maintenant, pensa Jean : c'est *maintenant...* »

Depuis plusieurs mois, il ne pensait qu'à cet instant; et il se sentit, d'un coup, soulagé de le vivre enfin et surpris de ne pas trembler. La veille seulement, il avait prévenu son patron, Brunet, Maria. C'était encore trop tôt : en une nuit et cinquante coups de téléphone, tous ses amis, la Profession entière connaissaient un secret que sa mise en liberté provisoire et la discrétion de Bernard et du juge d'instruction avaient permis de conserver six mois.

Lorsque le Président l'interpella, Jean se mit d'instinct au garde-à-vous et ce seul geste lui rendit sa force. Douze ans plus tôt, devant les officiers en uniforme noir, il avait ainsi comparu plusieurs fois et son impassibilité l'avait sauvé du pire.

Ce président aux yeux froids n'était point son ennemi; au contraire : il l'appelait « Monsieur » et s'efforçait d'oublier les deux grades; mais pouvait-il oublier le public ?

— Monsieur, disait le Président, vous vous êtes marié le 21 juin 1945. Tous les témoignages de l'instruction concordent : Mme Cormier et vous formiez un ménage modèle. Aussi loin qu'on remonte dans vos antécédents...

C'était donc leur besogne depuis six mois : enquêter sur sa vie. Lui-même, en un instant, remonta à la source. Ses professeurs... les paysans de son village de vacances... ses camarades de guerre... ceux du bureau... et Lia, bien sûr : les gens de police les avaient tous interrogés à leur manière doucereuse et qu'ils croient rassurante. Jean se sentit humilié d'avoir été ainsi investi à son insu. Il comprenait enfin certains regards, certaines questions posées avec une feinte désinvolture; et aussi ces lettres singulières arrivées soudain du fond des provinces, du fond des temps. Quel aveuglement que le sien depuis six mois — quelle humiliation !

On vit seulement son visage s'empourprer; et le Président s'y méprit :

— Ne croyez pas, Messieurs, dit-il en s'adressant aux jurés mais sans les regarder (il ne quittait pas l'accusé des yeux) qu'il entre de la complaisance dans ces éloges. J'établis les faits, voilà tout. Vos camarades de déportation, poursuivit-il, ont gardé le souvenir d'un homme loyal, fraternel et d'un courage indomptable — le type même de l'officier français...

C'étaient, à l'insu du magistrat, les termes de sa dernière citation : on avait lu ces mêmes phrases avant de lui remettre les insignes de la Légion d'honneur. Il se tenait au garde-à-vous comme aujourd'hui, beaucoup plus ému qu'aujourd'hui; Jeanne le regardait, les yeux brouillés de larmes, le sourire tremblant. Jeanne...

— ... Madame Cormier est opérée une première fois le 12 mars... Le professeur qui pratique l'intervention...

Le Président s'exprimait désormais au présent; sa voix avait changé de ton; et Jean l'écoutait avec une attention douloureuse comme un homme désarmé qui entend s'approcher l'ennemi. « C'est toi qui l'as voulu ! » se dit-il et il fit effort pour dissimuler un ricanement proche des larmes comme en ont les enfants que personne n'aime.

— ... Une seconde intervention prend place le 7 novembre de la même année...

Tout ce que Jean avait enfoui dans le grenier de sa mémoire, un étranger en faisait froidement l'inventaire, l'étalait au grand jour. « C'est bien cela, n'est-ce pas ?... Vous reconnaissez bien qu'alors... ? » — Oui, oui, tout cela était exact mais mort, vu derrière une vitre ! Indéniable, et pourtant... Il abaissa sur Bernard un regard désemparé.

— Répondez à M. le Président, dit Bernard. Nous reconnaissons tous les faits.

— Monsieur le Président, fit Jean d'une voix qu'il dut affermir, comment pourrais-je nier des circonstances que je suis venu révéler spontanément à la Justice?

Dans le silence du public, il s'était creusé un nouveau silence, attentif, aimanté; Jean eut la sensation d'être pris dans un trou d'air.

— Je dois cependant vous demander, pour messieurs les Jurés, de m'aider d'exposer les faits.

— Monsieur le Président, reprit Jean d'un ton altéré (et il entendit murmurer : « On n'entend rien! » comme au théâtre), je vous serais reconnaissant de parler seul et de ne pas m'obliger...

Il ne put continuer et baissa lentement les paupières, comme Jeanne. « Pourvu qu'aucune larme... » — C'était sa seule pensée.

Bernard enchaîna :

— La Cour comprendra l'émotion de mon client et se souviendra, en effet, que c'est de lui-même, par un sursaut de cette loyauté que M. le Président évoquait tout à l'heure, qu'il a fait l'aveu de son geste.

Un peu contrarié de devoir poursuivre un monologue, le Président reprit son récit. Lorsque Jean rouvrit les yeux, il vit ceux de sept jurés attachés à lui; mais il lui sembla qu'ils avaient changé de regard et que plus d'un baissait les paupières à son tour afin d'éviter le sien.

— Dans la journée du 22 novembre, Mme Cormier attente à ses jours en absorbant une dose excessive de somnifère. Aucun indice ne permet d'attribuer à une cause particulière cette tentative de suicide. Je dois vous demander, Monsieur, si vous-même...

— Jeanne... commença-t-il, mais il se reprit : Ma femme souffrait trop.

Pourquoi se rappela-t-il à ce moment que, de tous ceux qui devaient exprimer ici un jugement ou une opinion, il était le seul auquel on n'eût pas fait prêter serment ? « Elle souffrait trop... » — Au sens où les jurés l'entendraient, cette réponse ambiguë constituait un mensonge. Mais quoi, il n'était pas coupable le 22 novembre ! Le temps d'un éclair, il en voulut de nouveau à Jeanne de sa méprise...

— C'est vous-même qui, ce soir-là, avez sauvé votre femme avant même que les médecins, appelés par vos soins, n'aient le temps d'arriver et d'intervenir. (Tourné vers les Jurés, Bernard opinait de la tête avec excès. Jean eut honte de cette comédie.) Cette attitude, reprit sévèrement le Président, ne rend que plus incompréhensibles les faits auxquels nous arrivons maintenant. Le mal suit son cours. Les douleurs deviennent terribles, les crises de plus en plus fréquentes. Les cris de Mme Cormier sont entendus des voisins, de nuit comme de jour. Le docteur Adelin, qui témoignera tout à l'heure devant nous, prescrit de la morphine. Nous avons retrouvé son ordonnance...

— Mon client, rectifia Bernard, vous a remis son ordonnance.

— C'est exact. La voici. (Il la tendit au conseiller son voisin.) Elle prévoit des doses limites et une fréquence précise des piqûres. Celles-ci, bientôt, deviennent impuissantes à enrayer la douleur. Cependant, vous n'appelez pas le médecin, vous ne lui demandez pas si ces doses peuvent être augmentées sans danger — pourquoi ?

— Je savais qu'il ne pouvait rien de plus. (C'était Bernard qui lui avait dicté cette réponse ; il la regretta aussitôt.)

— Lui-même nous dira, à la barre, s'il n'existait alors aucun moyen thérapeutique de calmer ces douleurs. Nous sommes le 17 décembre. Une crise plus violente encore saisit Mme Cormier...

C'est plus que Jean n'en peut supporter : il cache son visage dans ses mains. Les dessinateurs s'empressent de fixer cette attitude et les journalistes notent tous la même phrase. L'autre poursuit son récit d'une voix posée, celle d'un homme qui n'a rien, n'aura jamais rien à se reprocher :

— Alors vous saisissez la seringue avec laquelle vous faites les piqûres prescrites. (Lui-même saisit cette seringue que le greffier avait sortie du grand cercueil de verre des pièces à conviction.) Sur la table de chevet ne se trouvent, comme d'habitude, que deux ampoules. Vous vous rendez dans la salle de bains, vous en prenez huit autres — HUIT AUTRES, répète-t-il en élevant le ton.

Mais Jean ne l'écoute plus; une merveilleuse pensée lui est venue à l'esprit : « Yves... » Ni le Président, ni le Juge d'Instruction, ni les Inspecteurs ne connaissent l'existence du petit garçon Yves. Lui, du moins, ne sera pas mêlé à cette curée... Au moment même où on le dépouille de tout, Jean s'aperçoit qu'il possède un secret, un allié. Il peut de nouveau montrer son visage : faire face. Les jurés surpris y lisent un calme qui les impressionne : cet homme est en paix avec sa conscience, alors qu'eux-mêmes sont déjà partagés. Mais alors pourquoi s'est-il livré à la justice ? — peut-être, justement, parce qu'il est sûr de sa droiture, de son amour. Il est sûr, lui — pas eux. Leur front se plisse; comme un oiseau de nuit lourdement s'envole à un autre, le Doute vient de passer en silence d'un homme à ces sept-là.

Cependant, le Président imperturbable poursuit son récit. Il voudrait bien que Jean racontât lui-même son geste; mais il n'obtiendra de lui qu'une approbation docile : une inclinaison de tête à l'évocation de chacun des faits, rien de plus. Jean a croisé les bras « dans une attitude de défi » note un journaliste de vingt ans. Mais non, c'est pour dissimuler ses mains : depuis un instant, il est persuadé que l'assemblée entière fixe ces mains dont le Président décrit si froidement les gestes.

— Ensuite seulement, vous songez à appeler votre beau-frère qui est prêtre. Il accourt aussitôt; et c'est lui qui constatera le décès et pensera à prévenir le Dr Adelin. Lorsque celui-ci arrive à son tour, il voit, au chevet d'une malade qu'il savait condamnée, son mari en pleurs et un prêtre. Il ne songe pas que la mort puisse être suspecte et dresse l'acte de décès. Ainsi, personne d'autre que vous ne connaîtra la vérité jusqu'à ce que, trois mois plus tard, dans un élan de loyauté dont messieurs les jurés devront tenir compte, vous veniez de vous-même passer des aveux complets à M. le Procureur de la République.

Il se tut un instant, un instant de plomb, interminable. « Ils sont tous contre moi... » pensa Jean. Il croyait que c'était l'hallali; il ne savait pas qu'un autre chasseur, en face de lui, apprêtait ses armes. Il fut presque reconnaissant au Président de reprendre la parole :

— Il me reste, Monsieur, à vous poser une question essentielle. Vous avez cru pouvoir hâter la mort de votre femme pour lui épargner d'insupportables douleurs, enfreignant ainsi les lois divines et humaines. Pouvez-vous, du moins, nous assurer l'avoir fait avec le consentement tacite ou exprès, antérieur ou actuel, de la victime ?

Il leva la main pour empêcher Jean de parler aussitôt :

— Mon devoir est d'attirer votre attention sur l'importance décisive de cet élément pour la suite des débats.

La veille encore, Bernard avait supplié Jean de répondre d'un mot. « Rappelle-toi notre entretien et ta fureur lorsque je t'ai conseillé l'euthanasie. Or, quelques jours plus tard, tu... suivais mon conseil. C'est donc qu'il s'est produit un fait nouveau : c'est donc qu'elle-même t'a exprimé, comme elle le pouvait, qu'elle y consentait... Bien plus! qu'elle *réclamait* ton geste... C'est cela qu'il faudra répondre demain lorsque le Président te demandera... » Jean l'écoutait en silence; mais il savait déjà qu'il dirait seulement la vérité et qu'elle ne s'exprimait point en un mot. N'était-ce pas pour cela qu'il se trouvait ici, de son plein gré? Afin que d'autres hommes lui affirment : « Elle-même le désirait. Vous avez bien fait. » Et parce qu'il ne pouvait pas davantage répondre seul à cette question que vivre sans cette réponse.

Bernard se tourna vers lui, les sourcils arqués par l'attente puis froncés par l'inquiétude. Les trois juges, les sept jurés le fixèrent aussi anxieusement car ils avaient déjà compris que le sort de Jean se jouait sur les paroles qu'il allait prononcer. L'Avocat général lui-même leva le nez de ses papiers, retira ses lunettes; et la foule retint son souffle parce que chaque mot allait compter. Mais Jean n'en sut rien. Il avait fermé les yeux pour mieux en appeler à sa mémoire. Après tant d'autres nuits passées à la recherche des gestes, des paroles et des moindres soupirs de Jeanne cette nuit-là, il tremblait, au moment décisif, d'en oublier un seul.

— Comme chaque nuit, je me suis réveillé peu après minuit. Jeanne dormait encore. Et soudain j'ai entendu qu'elle m'appelait. Doucement d'abord, puis d'une voix haute, très haute. (Il crut l'entendre de nouveau; il parut suffoquer.)... Elle délirait un peu; j'ai préparé la piqûre, ainsi que chaque soir... Non! Je l'avais préparée d'avance. Attendez... oui : je suis allé chercher la seringue. A ce moment, elle a crié de nouveau — mais si fort... J'ai couru : elle me tendait ses deux bras, les mains jointes...

C'était si douloureux, si imposant, cet aveugle qui, phrase à phrase, amenait au jour son secret que Bernard lui-même, dont il bouleversait les plans, l'écoutait la gorge serrée.

— ... Je lus sur ses lèvres : « Vite... vite... »

Un juré, qui portait le deuil, plaça la main devant ses yeux.

— ... Elle me regarda longuement puis, par trois fois, de la tête, me fit « oui »... (Il y eut une rumeur dans la salle.) Je le jure! dit Jean d'une voix forte.

Il se tut, mais ses lèvres remuaient. Le Président faillit reprendre la parole, puis se ravisa. Et, de la même voix sourde, Jean poursuivit son récit. Le temps, dans cette salle, avait pris la même densité, la même lenteur que dans la nuit du 17 au 18 décembre; et les fenêtres donnaient aussi sur une ville morte.

— ... Cette fois j'entendis distinctement : « Oui »... Puis elle joignit les mains, ferma les paupières et s'obligea à demeurer immobile sur le dos, comme une morte... Alors, j'ai... — Vous savez ce que j'ai fait... Voilà.

Il répéta « Voilà », comme pour lui-même, ouvrit les mains dans un geste d'impuissance, puis se rassit. Le Président sursauta : jamais accusé ne s'était assis de la sorte avant la fin de l'interrogatoire. Pourtant, il ne lui fit aucune remarque. C'était la première fois qu'il se trouvait en face d'un accusé *bien élevé;* ou plutôt : la première fois qu'il s'avisait que l'homme dans le box pût être aussi bien élevé que lui-même. Et il eut l'intuition que sa fonction était encore beaucoup plus ardue et hasardeuse qu'il ne le pensait...

L'Avocat général, qui ne se posait pas les mêmes questions, commença à s'étonner d'un silence qui se prolongeait et il le manifesta en tambourinant sur sa chaire.

— Monsieur, reprit doucement le Président, la Cour se doit de vous poser encore une question : Pensez-vous, en conscience, que les faits douloureux que vous venez de nous rapporter aient constitué, de la part de votre femme, un acquiescement ou même une provocation au geste que vous avez commis ?

Jean se releva d'un coup, les yeux grands ouverts, et se pencha hors du box vers ses juges :

— Mais... c'est justement ce que je suis venu vous demander, répondit-il.

Le Président en demeura bouche bée. L'Avocat général leva au ciel ses manches rouges : un accusé qui ne se présentait devant la justice que pour lui faire dénouer ses problèmes — le monde à l'envers !

— Messieurs les jurés apprécieront, ne put-il s'empêcher de murmurer.

C'était déjà fait, mais nullement comme il l'entendait. Le Président se tourna vers ses voisins :

— Messieurs les jurés ont-ils des questions à poser à l'accusé Cormier ?

Il l'appelait ainsi afin de reprendre pied et de prouver à l'Avocat général qu'il était aussi choqué que lui-même. Les jurés secouèrent la tête.

— Je donne la parole à M. l'Avocat général.

L'homme à la robe rouge se renversa dans son fauteuil, passa sa main sur son visage comme s'il s'éveillait puis, se tournant vers les jurés :

— Le ministère Public voudrait faire préciser un point à l'accusé. Madame Cormier était catholique, catholique pratiquante.

Jean ne put réprimer un mouvement de surprise.

— L'Instruction est formelle, reprit l'Avocat général. (Il avait les intonations grasseyantes et solennelles des tragédiens.) L'accusé ne pouvait pas l'ignorer. Je m'étonne, dans ces conditions, qu'il ait pu penser que la victime demandait, ou même acceptait ce « suicide par personne interposée ». Et aussi, ajouta-t-il vivement de crainte qu'on ne lui coupe la parole, que l'accusé ait laissé la victime mourir sans l'assistance d'un prêtre, puisque *c'est trop tard* qu'il a averti son beau-frère.

Alors seulement il se tourna vers l'accusé, comme pour profiter de son désarroi. Pour Jean, l'instant d'avant, le procès était achevé : il avait tout dit; la suite, jusqu'au verdict, ne le concernait plus. Mais cette question (et d'autres suivraient peut-être) ouvrait une porte secrète sur un paysage inconnu. Ce qui l'angoissait, dans la remarque de l'Avocat général, était moins de ne savoir comment y répondre que de ne pas l'avoir à temps formulée lui-même. Il baissa la tête, attendant on ne sait quel secours.

Mais déjà Bernard s'était dressé devant lui, rempart d'étoffe noire :

— Nous ne répondrons pas! Et nous demandons à la Cour de s'opposer à de telles questions qui constituent un véritable viol des consciences...

— Maître, dit l'Avocat général qui ménageait théâtralement des temps dans ses phrases, vous ne pouvez empêcher que l'aspect religieux du problème soit évoqué ici. Il est essentiel.

— Peut-être, mais il ne relève pas de l'appréciation de la Cour!

D'un geste encore élargi par sa manche noire, Bernard désigna le mur presque nu derrière les juges :

— Je vois bien un cadre, ici, mais que contient-il? — Rien, plus rien!... Depuis un demi-siècle on a retiré le crucifix qu'il entourait afin, précisément, de marquer l'absolue neutralité de la Justice.

Les représentants des journaux de gauche prenaient des notes avec application.

— Messieurs les Jurés ont cependant prêté serment, tout à l'heure, « devant Dieu et devant les hommes »!

— Survivance purement formelle et dont...

— La Cour, interrompit le Président, autorise à ne pas répondre à cette question. Désirez-vous en poser d'autres, monsieur l'Avocat général?

— Une seule. Pouvez-vous dire à messieurs les Jurés pourquoi vous avez attendu trois mois avant de vous livrer à la Justice?

De nouveau, on eut l'impression que les cœurs s'arrêtaient de battre.

— Je ne me sentais pas coupable, dit Jean.

Son avocat s'empressa un peu trop de triompher :

— Plus d'un se demande même, au contraire, pourquoi Jean Cormier est finalement venu se constituer prisonnier...

— Doucement, Maître! fit le Président. Quel que soit le verdict qui sera prononcé, l'euthanasie demeure un crime défini et puni par le Code pénal. L'accusé était coupable au regard de la loi et, comme tel, devait se présenter devant la Justice.

— Au regard de la loi, monsieur le Président, pas de sa conscience.

— De sa conscience, répéta l'Avocat général en martelant chaque syllabe. Et il en a fourni la preuve lui-même en se constituant prisonnier, alors que son acte était demeuré secret.

Bernard parut prendre l'univers entier à témoin.

— Ainsi, la loyauté de mon client, et peut-être son excès de loyauté, ses scrupules de conscience lui sont imputés à charge. Où est la Justice? Où est l'Honneur?

— Vous plaiderez tout à l'heure, Maître, dit sèchement le Président. La Défense a-t-elle des questions à poser ?... Non ? — Monsieur l'Huissier, veuillez faire entrer le premier témoin.

Un inspecteur de la police vint rendre compte de son enquête sur les faits. C'était, après l'acte d'accusation et l'interrogatoire du Président, le troisième récit qu'on en faisait. Puis le Dr Adelin fut appelé.

— Dans la nuit du 17 au 18 décembre...

Lorsqu'il eut achevé une déposition qui n'apportait rien de neuf, Bernard lui fit préciser que, le 22 novembre, Jean avait bien sauvé sa femme.

— Et s'il n'avait pas agi aussitôt, de lui-même ?

— Nous serions probablement intervenus trop tard.

— A cette époque, Mme Cormier était-elle condamnée ?

— Sans aucun doute.

— M. Cormier le savait-il ?

— Certainement.

Bernard eut un geste éloquent à l'adresse des jurés.

— Merci, Docteur. Cette précision était capitale.

Le médecin légiste succéda au Dr Adelin. Il expliqua pourquoi, d'accord avec son confrère, il avait estimé inutiles l'exhumation et l'autopsie. Il parlait d'une voix neutre et sans un regard. Un artisan consciencieux, taciturne, dont les cadavres constituaient la matière première. Jean, de toutes ses forces, pensait à Jeanne vivante, VIVANTE... Mais il ne put respirer librement qu'après que l'autre fut sorti.

L'Huissier introduisit ensuite un expert psychiatre avec lequel Jean avait eu quelques entretiens qui, en d'autres circonstances, lui auraient paru comiques. C'était un tragédien manqué ; on le vit bien dès sa prestation de serment. Il occupa longtemps la barre pour faire, d'un ton supérieur, un portrait banal de l'accusé. Il se prenait, de toute évidence, pour un collaborateur immédiat de Dieu le père. Il employa des termes peu compréhensibles pour conclure que Jean Cormier était entièrement conscient, donc responsable.

— C'est bien de l'accusé ici présent que vous venez de parler ?

Il jeta, pour la première fois, un regard à Jean. (Cela faisait partie du rite.)

— Oui, monsieur le Président.

Puis il se retira en s'inclinant assez bas comme si on l'applaudissait.

Quand le Greffier appela Bruno, Jean sursauta. Le jeune homme s'avança non pas vers la barre mais dans la direction de Jean qu'il ne cessait de fixer. Le Président l'interpella doucement et le témoin parut se réveiller.

— ... Toute la vérité, rien que la vérité. Levez la main droite, dites : Je le jure.

— Je le jure.

De nouveau, en entendant cette voix qui rejoignait en lenteur et gravité celle de Jeanne, Jean tressaillit.

— Veuillez faire votre déposition...

— Dans la nuit du 17 au 18 décembre...

Ces mots par lesquels débutaient tous les témoignages, cette formule qui semblait faire partie du rituel de la cérémonie, Jean sentit soudain qu'elle désignerait à jamais la ligne de faîte de sa vie : « la nuit du 17 au 18 décembre »...

La déposition de Bruno fut la plus brève. Sa défiance envers les magistrats croissait avec la sympathie que lui témoignait le Président. C'était tout à fait injuste, mais il n'y pouvait rien.

— Monsieur l'abbé, demanda le Président, lorsque

vous êtes arrivé, lorsque vous avez trouvé votre sœur morte, n'avez-vous pas pensé que ce décès fût suspect?

— Jeanne était condamnée depuis des mois, répondit Bruno faiblement.

Le Président perçut son avantage et poursuivit :

— Mais ne vous est-il pas venu la pensée que votre beau-frère avait pu... hâter cette mort?

Il se fit un silence. Jean releva la tête; ses tempes battaient.

— Si, répondit Bruno.

Il sentit que Jean le regardait désespérément : mais il n'osa pas tourner la tête.

— Et vous n'avez pas jugé utile de faire part de vos soupçons à la police?

— A la police! s'écria Bruno.

Le Président tourna quelques phrases pour exprimer qu'un devoir parfois douloureux... — Mais Bruno qui, en ce moment, n'écoutait que lui-même, l'interrompit :

— Je ne le pense pas.

— Vous n'y avez pas pensé, rectifia le magistrat.

— Non, répéta Bruno, je ne le pense pas.

On entendit quelques rumeurs que le Président réprima en frappant sur la table.

— Monsieur l'Avocat général?

— Vous n'avez pas cru devoir faire part aux représentants de *l'Ordre* (il appuya sur le mot) de votre présomption en ce qui concerne...

— Ce n'était pas une présomption mais seulement une pensée.

Le visage du représentant de l'ordre exprima douloureusement qu'il n'aimait pas être interrompu.

— Comment se fait-il, du moins, que vous ne vous en soyez pas ouvert à l'accusé?

Bruno comprit un peu tard le danger : ces gens le considéraient comme un auxiliaire de leur justice. Il eut un haut-le-corps :

— Il me semble, répondit-il assez sèchement, que cela ne concerne que lui et moi.

— Il n'empêche...

— D'ailleurs, je gardais confiance : s'il avait une dette, il la paierait tôt ou tard.

L'Avocat général eut un geste d'impatience et se rencoigna dans son fauteuil.

— La Défense a-t-elle des questions à poser au témoin ?

Bernard fit signe que non. Mais avant que le Président ait pu ajouter une parole, l'accusé éleva la voix :

— Bruno, appela-t-il doucement, Bruno, regarde-moi...

C'était de cela seulement qu'il avait soif depuis des heures : un vrai regard d'homme. Car Bernard lui-même jouait un personnage et demeurait en scène.

Bruno n'eut pas le temps de composer ce regard, et l'autre y vit cette navrance qui, depuis hier, ne le quittait plus et l'avait tenu éveillé cette nuit. « A cause de toi, Jeanne est morte sans avoir fait sa paix avec le Seigneur. Pourquoi m'as-tu appelé trop tard ? Ils t'accusent d'avoir tué son corps : il était condamné. Mais son âme ? »

Jean y lut lentement : « Tu as tué Jeanne ! »

— Et aussi : « Tu m'as tenu six mois hors de ton secret... »

Il n'y avait plus que ce regard qui comptât pour Jean. Ni le public, ni les magistrats, ni le danger qu'il courait : rien que ce regard qui, à son tour, se noyait de larmes.

Ils se fixèrent en silence. Chacun voyait de l'autre une silhouette brouillée, confuse. Eux seuls, dans cette salle — et Jeanne avec eux...

— Le témoin peut se retirer, répéta le Président. (Et, bon chien de garde, l'Huissier se dirigea vivement vers la barre.) L'audience est suspendue. Les débats reprendront dans une heure. Gardes, emmenez l'accusé !

La salle se vida par le fond, comme un cinéma. Jean se retrouva avec deux gendarmes dans la pièce aux murs gris, aux fenêtres grillagées.

— Bon, fit l'un, si on cassait une petite croûte à présent ? Le chef va demander au Président la permission de vous apporter...

— Non merci, murmura Jean : je ne pourrais rien avaler.

— Tous les mêmes !

— Et si vous aviez une faiblesse, ce soir ? dit l'autre qui venait de retirer son képi avec autant de peine qu'une ventouse. Il faut vous forcer.

— Je n'aurai pas de faiblesse.

— Ne vous frappez donc pas : moi, j'ai plutôt bonne impression.

Il fut vexé de voir que Jean ne se souciait point de ses pronostics et n'en demandait pas les raisons. D'habitude...

Bernard arriva, immense dans sa toge noire : Tibère en deuil.

— Dis-leur que je ne mangerai pas, Bernard, s'il te plaît.

— A minuit, dit l'avocat en lui passant le bras sur l'épaule, nous souperons ensemble, de bon appétit.

— Tu es optimiste ? Le garde aussi.

— Ah ? s'écria Bernard. Mais c'est très important.

Et il s'en fit expliquer les motifs. « Voyez-vous, Maître, à mon idée... » L'uniforme et la robe discutèrent stratégie. Jean se détourna pour regarder par la fenêtre. Une constellation de feuilles mortes dérivaient sur la Seine dont l'eau était bosselée comme le papier dont on fait les crèches à Noël : une eau impatiente, hostile, une eau d'ailleurs. Jean regardait de haut sur les quais de Paris-sur-mer où, par endroits, montait la fumée bleue des feux d'arrière-saison. Mais parce qu'il ne pouvait en respirer l'âcre senteur, il comprit, mieux qu'hier soir au greffe de Fresnes, qu'il était captif.

Bernard revint vers lui :

— Le garde a raison. Quatre jurés sont pour nous. As-tu remarqué la réaction du second assesseur, celui de gauche, lorsque tu as dit...

— Je n'ai rien remarqué, rien regardé sauf Bruno. Est-ce que je peux le voir ? Je suis sûr qu'il n'est pas parti.

— Impossible, mon vieux : interdit. Et ta nuit à Fresnes ? enchaîna-t-il devant son air navré. J'avais décidé de passer t'y voir hier soir, mais...

— Mais tu es allé prendre un verre, puis un second, dit Jean en s'obligeant à sourire.

— Depuis quinze jours je ne bois plus.

— En présivion d'aujourd'hui ?

— Oui.

Jean éprouva un bref remords : il était donc le seul qui ne s'intéressât pas à l'issue de son procès...

— Je vais rester avec toi, proposa Bernard. Je travaillerai ma plaidoirie. Le réquisitoire sera très violent, je le sais. L'Avocat général n'a rien contre toi ; au contraire : c'est dans la mesure même où tu es un type bien qu'un jugement sévère pourra être exemplaire. Car c'est le procès de l'euthanasie, pas le tien, qui se plaide cet après-midi.

— Je le sais, fit Jean sans amertume, moi je ne compte pas : ce sera un verdict de principe. (Et il répéta :) Même pour toi, Bernard, ce n'est pas moi qui compte.

— Tu es injuste, dit l'autre calmement, mais c'est normal. As-tu seulement dormi, cette nuit ?

— A Fresnes, comme à l'Oflag, comme à Dachau : très bien. Si je ne pouvais pas dormir en prison, il y a longtemps que je serais mort!

— C'est l'avantage (ou l'inconvénient) de notre génération, dit Bernard : elle ne peut plus se sentir déshonorée par la prison.

— Ils m'ont même laissé ma cravate. Cela change tout, à l'audience, de porter une cravate, comme les autres... Quelle dérision!

— Liberté provisoire immédiate, moins de six mois d'instruction, et une seule nuit en prison : nous sommes bien partis, mon vieux! Moi, j'ai confiance.

« Et moi je m'en fous », pensa Jean. Cette perspective optimiste le contrariait même : il ne pouvait s'empêcher de croire — c'était à peine exprimable — que plus il paierait cher, plus il aurait de chances de *retrouver Jeanne.* « Ils peuvent très bien me condamner à mort... » Cette pensée l'accompagnait depuis six mois; jamais elle ne l'avait altéré.

— Asseyez-vous... L'audience est reprise... Faites entrer l'accusé Cormier...

Quand il pénétra de nouveau dans le box, Jean pensa avec une sorte d'allégresse : « Voici le dernier round! » Maintenant, c'était le tour des *professionnels;* un rideau se levait. Jean ne se sentait plus concerné : spectateur seulement — le premier spectateur.

Il était sept heures et demie; mais il faisait déjà nuit dehors : l'automne est un veuf qui se couche tôt.

— Je donne la parole à monsieur l'Avocat général.

On vit tous les visages se tourner vers la gauche, comme ceux des spectateurs au cours d'un match. Le magistrat posa sa montre devant lui; ses mains tremblaient un peu.

On entendit un bruit de papier froissé : c'était un journaliste qui prenait l'un des bonbons, sur la table, et le dépouillait sans gêne. Dans une salle de spectacle on eût protesté.

— Monsieur le Président, messieurs de la Cour, messieurs les Jurés. A Jaffa, l'empereur Napoléon demande au médecin Desgenettes d'empoisonner les pestiférés. Celui-ci lui répond : « Mon devoir n'est point de tuer mais de conserver... »

— Comment écris-tu « Dagelette »? souffla l'un des journalistes à son voisin.

— ... Imaginons qu'il ait cédé aux instances de son souverain : il eût créé un précédent d'autant plus irréparable qu'il était plus spectaculaire. Ce médecin aurait, en outre, trahi la constante ligne de conduite de son Ordre. Le serment d'Hippocrate n'affirme-t-il pas déjà : « Je ne donnerai point, quiconque m'en prierait, une drogue homicide ni ne prendrai l'initiative d'une telle suggestion... »? (Notons au passage cette disposition essentielle : *Quiconque m'en prierait...*) Et le code de déontologie de la médecine actuelle reprend à son compte, en son article 23, ce principe séculaire. Je cite : « Le souci primordial du médecin doit être de conserver la vie humaine, même quand il soulage la souffrance. »

« S'agit-il là d'un particularisme propre aux médecins de ce pays? — Non, Messieurs, puisque le Code International de l'Éthique Médicale (qui date de 1949) va plus loin encore et fait obligation de garder le respect absolu de la vie humaine *dès la conception*... Bien plus — et tout cela, vous le sentez bien, va dans le même sens — le médecin se fait un devoir de dissimuler au mourant l'irrémédiable de son état... Ainsi, cet homme, le plus qualifié cependant, ne veut en aucun cas se faire le juge d'un verdict de mort, encore moins l'exécuteur de ses hautes œuvres.

« Dès lors, Messieurs, ce que les médecins, au cours des siècles, ne se sont jamais accordé, comment un particulier pourrait-il se l'arroger sans désordre, sans culpabilité — sans crime ?

« On peut, il est vrai, m'opposer Platon qui, dans sa *République,* ne craint pas de prescrire : « Tu établiras des médecins et des juges pour soigner les citoyens bien constitués de corps et d'âme. Quant aux autres, on laissera mourir ceux qui ont le corps malsain; et ceux qui ont l'âme perverse par nature, on les mettra à mort... » (Remarquez, au passage, outre l'arbitraire de ce choix, la monstrueuse extension du corps à l'âme!)

« Mais qui oserait encore soutenir pareille théorie ? Car, n'en déplaise au distingué avocat de la Défense, un fait d'une certaine importance historique et philosophique nous sépare de Platon : le christianisme... Le christianisme qui instaure l'éminente dignité de l'homme, doué d'une âme immortelle et libre; le christianisme qui condamne à la fois et pour les mêmes raisons l'euthanasie et l'avortement. Si bien que joignant — comme le disait tantôt si heureusement M. le Président — « les lois divines et les lois humaines », nous devons répéter avec l'humilité d'un Ambroise Paré : « Je le pansai, mais Dieu seul est le maître de vie et de mort, de guérison ou d'agonie, d'angoisse ou de sérénité... »

« A l'autre extrémité, aux antipodes de l'honneur humain, qui trouvons-nous ? — Nietzsche, Binding, Hitler enfin. Oui, Messieurs, la voix qui, dès 1880, dénonçait « ces malades pour lesquels il est inconvenant de vivre plus longtemps et qui végètent lâchement, ayant perdu le sens de l'avenir »; et cette autre voix qui, en 1920, réclamait « la licence de détruire les vies qui ne valent pas la peine d'être vécues » ont certes été entendues, quelques années plus tard, par celui qui organisa méthodiquement le plus grand massacre de l'Histoire... Pardonnez-moi si, à jamais, pour moi, le nom détestable de Hitler est lié au mot « euthanasie »! N'alla-t-il pas jusqu'à créer le terme de *Todesgnade :* « grâce de mort »? Un questionnaire qui devait établir le « droit à la mort » était rempli pour chaque patient. Du 14 novembre au 1er décembre 1940, soit en quinze jours, un seul médecin établit d'autorité 2 109 de ces questionnaires! Messieurs, voilà l'euthanasie...

Il garda longtemps ses bras en croix à l'issue de cette péroraison. Les dessinateurs se penchèrent sur leur carton et fixèrent son attitude.

— Dès lors, comment nous étonner que le droit à l'euthanasie soit unanimement repoussé par la Législation? Par le Congrès américain dès 1906, le Reichstag en 1913 et, en 1936, la Chambre des lords...

— Par 35 non *contre* 14 *oui!* interrompit Bernard.

— En France, poursuivit l'Avocat général, la question ne s'est même pas posée devant nos Assemblées. L'article 295 du Code pénal identifie au meurtrier « tout auteur volontaire d'un homicide ». Nous vivons, Messieurs — et c'est là qu'il faut chercher l'étiage d'une civilisation — sous le régime du respect absolu de la vie humaine...

— Et la peine de mort? murmura un journaliste assez haut pour être entendu. Bernard envia cette réplique.

— ... A telle enseigne que notre Code pénal respecte jusqu'à la seule espérance de cette vie humaine et réprime la propagande anticonceptionnelle au même titre que l'avortement ou le duel. Bien plus! la loi du 25 octobre 1941 créant le délit de non-assistance aux personnes en péril, inculpe ceux qui ne sont coupables que d'avoir *laissé mourir* leur semblable alors qu'ils pouvaient l'empêcher. Où, Messieurs, je vous le demande — où, dans cet appareil légal et juridique, pourrait se glisser la moindre justification, la moindre excuse à l'euthanasie ?

Il y eut quelques remous parmi le public. Jean baissa la tête. « Ils sont tous contre moi, se dit-il de nouveau : je suis seul, seul... » — et il en ressentait une sorte de fierté.

— Et comme l'on comprend cette coalition de la Morale, de la Religion et de la Loi lorsqu'on envisage les conséquences dramatiques qu'entraînerait pour la Société comme pour la Famille l'autorisation de l'euthanasie! Car, suivant les termes du professeur Portes, de l'académie de Médecine : « Comment défendrait-on alors au médecin d'emprunter ces avenues dangereuses qui mènent de l'euthanasie de l'agonique à celle de l'incurable, puis de l'euthanasie privée à l'euthanasie collective ? Pour aboutir ensuite à « l'euthanasie pénale » qu'on limite d'abord aux grands criminels pour l'étendre ensuite à la foule des délinquants tenus pour anormaux! »

« Tant il est vrai, Messieurs, que l'excès est la marque même de notre nature et que, « dès qu'on cesse de respecter l'ultime parcelle d'une seule vie, on est infailliblement entraîné sur la pente qui conduit à les mépriser toutes... ».

« Ah! dans une telle Société, je ne donnerais pas cher de la vie du paralytique, du dément, du dégénéré! de l'enfant anormal mais né viable! ni même de l'aveugle et du sourd-muet. Car, enfin, pourquoi une Société ayant atteint cet abîme de lâcheté s'embarrasserait-elle du moindre poids mort ?... Société ? — Non, Messieurs : « haras humain » serait mieux dire! Et comme on a eu raison d'affirmer que l'euthanasie légale qui, à certains, apparaît comme « la fée du dernier sommeil au chevet du mourant », ne serait qu'un monstrueux pacte avec l'Enfer!

« Quelle confiance pourrions-nous conserver en nos médecins : en ces médecins qui auraient permission de tuer et confondraient vite leur pouvoir sur le corps du malade avec le droit de disposer de la vie d'autrui ? *On se ferait tuer par son médecin!* On se suiciderait pour lui échapper ! Messieurs, n'êtes-vous pas, comme moi, saisis de vertige à l'évocation de cette Société vers laquelle on voudrait — à la faveur de procès tels que celui-ci — nous acheminer ?

Bernard, qui classait dans son dossier des papiers de différentes couleurs, leva la tête, les sourcils orageux, et observa les réactions des journalistes. Les Jurés, bons élèves, ne quittaient pas des yeux l'Avocat général. Celui-ci consulta sa montre, prit un temps et poursuivit :

— Je sais bien... Je sais bien quelles excuses invoquent les partisans de l'euthanasie. Je ne les passerai pas sous silence — la Justice n'est point partisane.

La Justice, c'était lui. Il avait, en prononçant ces mots, posé sa main près de son cœur qui, chez les hommes de robe, se cache sous de larges décorations : le ruban de la Légion d'honneur, sur sa robe rouge, comme une tache de sang plus ancienne.

— Et, bien sûr, pareille à l'otage qu'une troupe pousse lâchement devant elle pour se protéger, voici la Pitié... Et nous serions tentés, Messieurs, de paraphraser la parole célèbre : « Pitié, que de crimes on commet en ton nom ! » Il s'agit d'épargner à autrui des souffrances « insupportables ». Mais — nous le demandons aux médecins — la mort est-elle aussi douloureuse qu'elle le paraît à ses témoins ? L'agonie est-elle un combat ? Et n'est-il pas plus raisonnable de penser que la conscience du moribond s'opacifie ?...

Et puis (il se tourna vers l'accusé comme s'il s'avisait

seulement de sa présence) quiconque prétend épargner la souffrance aux autres ne vise-t-il pas, au fond, à éviter à son égoïsme un spectacle incommode?

— Mais l'amour? dit Jean d'une voix à peine perceptible.

— Chut! fit le garde.

— Cette patience pour la douleur d'autrui, vous fût-il le plus cher, est, je l'affirme, une forme nécessaire du courage et peut-être la forme la plus sublime de l'amour!

« Pourtant, me direz-vous, tout n'est-il pas changé, tout ne se trouve-t-il pas justifié lorsque la victime (car je m'obstine à la nommer ainsi!) lorsque la victime est consentante? — Je réponds : Non, Messieurs, trois fois non!

« D'abord parce que ce prétendu consentement est presque toujours le fruit d'une pression de l'entourage. Et cet entourage est *déjà* coupable : coupable d'abolir, chez l'être qu'il prétend aimer, le plus puissant des instincts, l'instinct de conservation, en le persuadant que l'anéantissement est préférable à la douleur.

« Ensuite, qui garantit cet entourage, qui nous garantit que ce consentement, extorqué au plus fort d'une crise, persiste à l'instant suprême, à l'instant du *meurtre?* J'atteste du contraire un praticien de New York, le docteur Goldwater qui avoua avoir « oublié » des comprimés de morphine sur la table de chevet de tel ou tel malade condamné (non sans l'avoir averti des effets mortels de cette drogue). Or, jamais, vous m'entendez bien, jamais aucun patient n'en absorba!...

« Est-il enfin besoin d'ajouter que la cause du « consentement préalable » a été explicitement entachée d'illégalité par l'Assemblée Internationale de New York en 1947. Notre jurisprudence, vingt ans auparavant, s'exprimait déjà formellement dans le même sens par l'arrêt Le Floch : « Le consentement de la victime d'une voie de fait homicide ne saurait légitimer cet acte. »

« Dès lors, Messieurs, quels arguments les partisans de ce « suicide secondé » peuvent-ils invoquer ? — L'incurabilité, peut-être ? Eh oui, voilà le grand mot lâché : le malade était « incurable »... Mais ce mot, Messieurs, qui a le droit de le prononcer ? Un tel verdict n'exige-t-il pas à la fois un diagnostic précis et un pronostic certain ? Quel médecin oserait contresigner une double affirmation aussi péremptoire ? Mais, me répondra-t-on, la consultation de plusieurs médecins offre une garantie... — VRAIMENT ? (Il croisa ses deux bras, ses deux manches rouges.) Depuis quand l'addition de plusieurs incertitudes aboutit-elle à une certitude ?

« Une jeune femme atteinte d'une affection puerpérale tombe dans un état désespéré. Toutes les médications ont été tentées sans résultats. L'agonie s'établit. Un de ses trois médecins veut tenter une dernière chance ; les deux autres lui refusent leur concours : « Tentative absurde en pareil cas ! » déclarent-ils. Il s'obstine seul ; la guérison survient, totale...

« Un homme de soixante-huit ans est projeté sur la chaussée ; sa tête a été prise entre un tas de pierres et la voiture renversée. Quatre médecins tentent tout pour le tirer du coma — en vain : le pouls s'affaiblit, devient inégal ; le râle agonique apparaît. On suspend toute tentative. Cependant, pour faire durer le moribond jusqu'à l'arrivée d'une parente, on reprend sans compter les piqûres d'éther et de caféine. Le cœur repart, l'agonie est suspendue, le blessé ouvre les yeux. Depuis, il n'a jamais souffert...

« Ce sont deux cas pris parmi des milliers. Messieurs, qui oserait encore parler d'incurabilité au siècle des antibiotiques et des opérations à cœur ouvert ? L'endocardite, inguérissable jusqu'en 1946, est aujourd'hui curable dans soixante-dix pour cent des cas. Il y a moins d'un siècle, on étouffait entre deux matelas les malheureux atteints de la rage. On réclamait déjà l'euthanasie ; la Science a répondu en inventant le sérum ! Et si demain, Monsieur... (Il se tourna vers Jean, tendit dans sa direction une manche agitée d'un tremblement tragique.) Et si DEMAIN l'on trouve enfin le remède contre le cancer, ne serez-vous pas, jusqu'à la fin de vos jours, obsédé du remords d'avoir, de vos mains, tranché une vie que d'autres mains pouvaient sauver ?

« Non, pensa Jean fermement (car, cette insupportable pensée, il l'avait affrontée déjà bien des nuits) : Jeanne serait morte depuis longtemps. Ce type fait de l'éloquence ; il n'a jamais eu mal... »

— L'euthanasie, Messieurs ? C'est la négation même du progrès scientifique lequel, chaque jour, découvre un nouveau remède ou un nouveau calmant. Après la morphine, le F. 217 ; et demain peut-être, oui, demain, le calmant absolu qui laissera au malade toute sa lucidité en abolissant toute douleur.

« Mais voici autre chose (et qui paraîtra plus grave à certains) : l'euthanasie, c'est aussi la négation du miracle. Je n'en dis pas plus et laisse à vos consciences le soin d'en mesurer la portée sacrilège... »

Il se tut, prit la mine hypocrite d'un Officiel durant une minute de silence ; puis repartit, mais d'une voix si douce qu'on entendit la salle lui prêter attention.

— Sans doute êtes-vous surpris, Messieurs, que parvenu si avant dans mon réquisitoire, je n'aie pas encore cité l'accusé, pas encore évoqué son crime... C'est qu'ici le contexte importe presque plus que le texte lui-même ;

c'est qu'il s'agit d'un problème plutôt que d'un cas, et qu'il fallait brosser le tableau tout entier avant de braquer le projecteur... C'est peut-être aussi (et les deux bras rouges retombèrent avec une tristesse infinie) que je repoussais le plus possible l'instant cruel et pourtant nécessaire de réclamer un châtiment exemplaire pour un homme que je plains, que j'estime — pour un pauvre homme...

— Il est très fort, murmura un journaliste novice; et plusieurs autres exprimèrent, d'un geste vulgaire, la même opinion.

Jean s'était redressé. « Un pauvre homme! Qu'ai-je à faire de sa pitié, de sa fausse pitié de cabotin? » Il retrouvait soudain la révolte de ses seize ans : ces magistrats, avec leurs oripeaux, *de quel droit* le jugeaient-ils? Oui, de quel droit les juges, les généraux, les évêques...? Une furieuse envie de tout casser! Il oubliait même que ceux-ci n'avaient barre sur lui que parce qu'il était venu se placer dans leurs filets... « Cela ne regarde que Jeanne et moi. Jeanne, Bruno et moi. De quoi se mêlent-ils? »

Il chercha le regard de Bernard, mais l'autre prenait des notes, classait ses papiers : préparait son jeu. Alors, pour la première fois depuis l'hiver dernier, Jean de nouveau souhaita mourir. C'était encore par solitude, plus par désespoir; c'était aussi par humiliation...

Cependant l'Avocat général avait repris, avec ses couleurs à lui, le récit sur lequel, tel un disque cassé, butait toute l'audience. « Dans la nuit du 17 au 18 décembre... » Un journaliste bâilla; plusieurs regardèrent l'heure; un autre déplia un journal et le lut. Pour rameuter son public (car les jurés eux-mêmes ne le fixaient plus), l'Avocat général se mit à cerner le trait, à noircir. « Il en met trop! » pensa Bernard, et on le vit se frotter les mains. Il percevait, à mesure, tous les creux du récit et notait à la diable comment les *remplir* tout à l'heure. L'autre poursuivait, emporté par le métier :

— ... Il est minuit. Jeanne Cormier n'a plus que quelques heures à vivre...

Mais, cette fois, Jean entendait le récit sans tressaillir : c'était l'histoire d'un autre, racontée par un mauvais comédien.

— ... Alors seulement il téléphone à son beau-frère l'abbé. Pourquoi, Messieurs ? — Est-ce pour procurer à sa victime, catholique pratiquante, l'ultime secours de la religion ? Ou, plus humainement, pour ne point rester seul devant son crime ? — Ni l'un ni l'autre : c'est seulement afin de se préparer un alibi. Un prêtre auprès d'un mort, quoi de plus naturel ? quoi de plus « rassurant » pour un médecin ? Voilà, Messieurs, pourquoi...

— VOUS MENTEZ !

« Nom de Dieu, pensa Bernard, nous sommes foutus ! » Jean s'était dressé d'un bond, le bras tendu, et avait lancé cette flèche dont il vibrait encore. Un instant, il parut plus grand que l'Avocat général, plus grand que le Président qui, à son tour, venait de se lever. L'homme en rouge le regarda, effaré : jamais, de mémoire d'Avocat général...

— Faites rasseoir l'accusé !... Si l'on ne rétablit pas immédiatement le silence, je fais évacuer la salle !... Monsieur l'Avocat général, veuillez poursuivre votre réquisitoire.

L'autre reprit, mais avec des crispations douloureuses du visage, comme un homme blessé. Bah ! il pouvait bien affirmer ce qu'il voulait : Jean s'était *payé* en une fois — plus besoin d'écouter ! Pourtant, en songeant à Bernard, il éprouva de nouveau du remords ; il n'avait pas joué le jeu ; il avait tout gâché... Il se pencha donc vers le banc des avocats et murmura :

— Mon vieux, je te demande pardon.

— Au contraire ! Regarde les Jurés...

Tous les visages s'étaient détournés de l'Avocat général et fixaient l'accusé avec une fausse impassibilité.

Sur les bancs de la presse, on écrivait furieusement. L'Accusateur abrégea son récit tragique. Tandis qu'il récitait, son œil courait au bas de la page et sa main impatiente écornait la suivante. Par instants, il jetait un regard rapide et craintif vers l'accusé. Il ne reprit vraiment pied qu'en quittant la nuit du 17 au 18 décembre :

— Messieurs, j'en ai assez dit. Tout à l'heure, vous prononcerez un verdict en votre âme et conscience. Sans être juristes, n'allez pas confondre l'*intention* et le *mobile* de l'acte incriminé. L'intention de donner la mort n'est pas douteuse ; le mobile peut vous sembler honorable. Il n'en reste pas moins que le crime est légalement constitué et que notre système répressif n'accorde aucune importance aux mobiles. Il ne prévoit que deux justifications à l'homicide : l'ordre de la loi et la légitime défense. Mais la provocation, non plus que le consentement de la victime (qui, d'ailleurs, resterait à prouver) ne sont retenus par notre Code pénal à la décharge de l'accusé. Nous sommes donc en présence d'un meurtre et d'un meurtre prémédité.

« En vous demandant une peine de travaux forcés à temps pour l'accusé Cormier, j'ai conscience de protéger la Société tout entière. Écoutez plutôt ! En 1925, Mme Uniska, coupable d'euthanasie, est acquittée ; *moins de huit jours après ce verdict,* un drame semblable éclate à Asnières...

« Pesez donc vos responsabilités, Messieurs ! Prenez garde que, sous le couvert commode de la Compassion, l'Intérêt, la Jalousie, l'Impatience ne tuent ! Pensez à la méfiance réciproque, à l'insupportable suspicion qu'un verdict trop indulgent sèmerait dans des centaines de milliers de familles ! On voudrait, ici même, à la faveur de ce procès, créer un précédent : en appeler par-dessus vos têtes à l'opinion publique et forcer la main au Législateur. Vous déjouerez ce piège, Messieurs ; et, fidèles aux plus hautes traditions de la Morale, vous refuserez de suivre les voies périlleuses d'un siècle qui confond le Bien et le Mal avec le Plaisir et la Douleur ; d'un siècle qui professe que la recherche à tout prix du bonheur est la fin dernière de l'homme, et pour lequel ce bonheur s'identifie avec le plaisir... »

L'Avocat général se rassit, consulta sa montre et manifesta par un léger sourcillement qu'il avait parlé plus longtemps qu'il ne l'avait prévu.

— La parole est à la Défense.

Bernard se leva. Jean, qu'il dissimulait en partie, se sentit enfin à l'abri. L'avocat promena son regard sur tous les jurés en hochant la tête ; puis commença, d'une voix dont il contrôlait le rythme et le ton par rapport à celle qui venait de prononcer le réquisitoire.

— Monsieur le Président, messieurs de la Cour, messieurs les Jurés, Mirabeau, agonisant dans d'insupportables douleurs, réclame par gestes de quoi écrire. Il trace sur le papier ce mot : « Dormir... » et, dans un dernier effort, le tend à Cabanis, son médecin. Celui-ci ne comprend que trop bien, mais refuse. Deux fois, trois fois, Mirabeau renouvelle sa demande. Vaincu par tant de volonté mêlée à tant de souffrance, Cabanis, le grand Cabanis lui administre l'opium...

« Messieurs, si j'oppose ainsi Cabanis à Desgenettes et Mirabeau aux pestiférés de Jaffa, c'est pour marquer, dès le début, mon désir de répondre point par point, en pleine lumière, à M. l'Avocat général ; de refermer toutes les portes qu'il vient d'ouvrir avec un talent et une érudition si remarquables, afin de pouvoir enfin replacer ce débat sur le seul terrain qui lui convienne et vous convienne : celui de l'homme — l'homme en face de la douleur.

« Car enfin, Messieurs, vous n'êtes ni juristes, ni historiens, ni moralistes; ou, du moins, ce n'est pas en tant que tels que la Justice vous appelle à son secours et que son jugement s'efface devant le vôtre. Vous êtes hommes, avec un cœur et un bon sens d'homme : c'est à ceux-ci que je ferai appel...

« Mais d'abord, à l'exemple de M. l'Avocat général, parlons Morale, parlons Législation, parlons Jurisprudence.

« Invoquerai-je Platon? — Oui. Mais seulement pour rappeler qu'il préconise, en effet, de « laisser mourir » ceux qui ne sont pas sains de corps; tandis que vous, monsieur l'Avocat général, requérez ici même, bien souvent, la mise à mort d'un être jeune et valide...

« Je ne citerai pas Nietzsche, à mon tour. Sauf peut-être cette sentence qui, je l'avoue, m'a souvent fait réfléchir : « Ce n'est pas toujours parmi les criminels qu'il faut chercher les gredins, mais souvent parmi ceux qui ne commettent rien... »

« Mais je voudrais en appeler au chancelier Thomas Morus, mort décapité avec la foi d'un martyr. « Si la maladie est non seulement incurable mais pleine de douleurs aiguës et d'angoisses continuelles, écrit ce grand chrétien, les prêtres et les magistrats (*et les magistrats,* Monsieur l'Avocat général!) doivent être les premiers à exhorter les malheureux à se décider à la mort. » Il est vrai que l'ouvrage dont j'extrais cette maxime s'intitule *Utopie...*

« C'est au médecin (et non plus au prêtre et au magistrat) que Roger Bacon confie le rôle d'assurer une mort calme et facile aux malades condamnés. Roger Bacon, moine et savant; Roger Bacon surnommé « le docteur Admirable »; Roger Bacon qui a créé le terme *Euthanasie*...

« Mais si philosophes et moralistes sont partagés sur le problème, les Législateurs sont-ils aussi unanimes qu'on nous l'assurait à l'instant?

« Dès 1906, l'euthanasie légale est votée par le parlement de l'Ohio en ce qui concerne les incurables; puis par celui d'Iowa. Il est vrai que le Congrès a cassé ces décisions; mais la Cour suprême devait, vingt ans plus tard, reconnaître pour légale la stérilisation d'invidus profondément tarés. Cette incertitude se retrouve d'un code à l'autre : en Suisse, en Allemagne, en Espagne, on ne prévoit que des peines d'emprisonnement; le Code pénal italien réduit les peines en raison du consentement de la victime; l'Uruguay admet que le meurtrier puisse être relaxé lorsqu'il a agi « pour des raisons de pitié ». Quant au Code d'U.R.S.S., il libère de toute peine « l'acte homicide commis par pitié et compassion à la demande de la victime ».

« Chez nous, il est vrai, la Loi demeure insensible à ces considérations; mais le fossé qui se creuse entre le Code et la Jurisprudence n'est-il pas significatif? M. l'Avocat général nous a imprudemment cité l'arrêt Uniska (1925); mais, en novembre 1929, Richard Corbett, coupable — si l'on peut employer ce terme — d'avoir achevé sa mère, inguérissable, qui hurlait de douleur depuis une semaine, a été acquitté, lui aussi.

« Or, ces acquittements et tant d'autres ont été prononcés en vertu d'un article du Code pénal que M. l'Avocat général a omis de nous rappeler : l'article 518 qui laisse aux jurés le soin d'apprécier les circonstances atténuantes.

Atténuantes ? — Je dirai plutôt « absolutoires » ! Rappelez-vous : Mme Corbett hurlait de douleur, nuit et jour, depuis une semaine... On a parlé de « miracle », ici tout à l'heure ; puis-je, cette fois, employer le mot « martyre » ?

Bernard s'arrêta comme si le souffle lui manquait. Pourtant, il laissa traîner ses regards du côté de la presse et les vit remplissant leur copie à la hâte. Bon !

— Restons encore un peu sur le plan juridique, Messieurs : le temps de vous persuader que, même sur ce terrain, vous gardez les mains entièrement libres.

« Le crime est légalement constitué », affirmait tout à l'heure M. l'Avocat général. *Légalement* constitué ? Serait-il donc possible qu'il existât un tel abîme entre la Loi et le bon sens ? Car enfin, qu'est-ce qu'un crime, Messieurs ? — Un acte dommageable, commis contre la volonté de la victime et dans l'intention de lui nuire. Or, qu'observons-nous ici ? (Sa main, largement étalée sur son cœur, témoignait de sa bonne foi.) — Le contraire, en tous points ! La volonté de soulager, et non celle de nuire ; un dommage qui ne retombe que sur l'auteur de l'acte ; et le consentement — bien plus ! la demande expresse de celle que je n'appellerai pas, moi, la victime mais plutôt la « bénéficiaire » de l'euthanasie... *Scienti et volenti non fit injuria :* A celui qui le sait, à celui qui le veut, comment pourrait-on causer un préjudice ?

« Allons, Messieurs — et sans même se retourner, il désigna Jean d'un grand coup d'aile — ce n'est pas celui qui a tué : c'est la maladie, l'inexorable maladie. Lui n'a fait que substituer une cause de mort à une autre, non moins certaine. Lui n'est pas coupable, mais victime, doublement : victime de son amour qui lui a dicté ce geste ; victime de sa loyauté qui l'a conduit devant vous...

« Mais bien que je sois de ceux — et vous en êtes aussi — aux yeux desquels Codes et Lois n'oblitèrent point les visages, revenons pourtant aux textes, revenons aux adages qui régissent la Cité.

« J'en ai déjà cité un : *Scienti et volenti...* — En voici un autre, plus célèbre encore : *Nulla poena sine lege.* Pas de sanction là où il n'y a point de règle. Or, il n'existe (il prit son code et le feuilleta avec un geste d'illusionniste), il n'existe aucun texte légal concernant l'euthanasie ! Et nous refusons, Messieurs, nos consciences se refusent à assimiler l'euthanasie à un meurtre, et cet homme-ci à un assassin...

« Oui, nous récusons les articles du Code qu'invoquait tantôt M. l'Avocat général ; et j'irai plus loin : je réclame ici l'application de l'article 328 : « Il n'y a ni crime ni délit lorsque l'homicide, les blessures et les coups étaient commandés par la nécessité actuelle de la légitime défense de soi-même ou d'autrui. » Je soutiens que, dans la nuit du 17 au 18 décembre, Jean Cormier a eu la certitude de défendre autrui : de défendre contre une souffrance insoutenable, contre une mort inhumaine, l'être qu'il aimait le plus au monde...

Bernard s'arrêta, sortit son mouchoir et s'essuya le front comme si lui-même ressentait une insupportable douleur. Sur les bancs des avocats, on échangeait des clins d'œil et des demi-sourires : la légitime défense pour justifier l'euthanasie !...

Bernard fit semblant de chercher dans son dossier, en sortit deux feuillets blancs et reprit avec lassitude :

— Des chiffres ! Voulez-vous encore des chiffres, Messieurs, pour achever de disloquer le bel édifice d'unanimité qu'on dressait tout à l'heure devant vous ? La Société d'Euthanasie de New York compte quinze cents médecins. Une récente pétition en sa faveur a groupé, dans les pays anglo-saxons, les signatures de cinq cents pasteurs et rabbins. En 1937, une enquête menée par un institut d'opinion publique révélait que cinquante-trois pour cent des médecins étaient favorables à l'euthanasie. Tous ces gens-là, Messieurs, sont-ils des criminels? sont-ils des complices? — Allons donc! des hommes de cœur, comme vous-mêmes, et qui ne s'en laissent pas imposer par ces grandes statues, souvent si creuses, qu'on dresse sur leur chemin : la Science, la Religion, la Morale, la Loi... — Des mots, Messieurs, des mots! Et nous leur préférons ceux-ci : Amour, Charité, Bon sens...

« Qui oserait parler d'incurabilité? » demandiez-vous tout à l'heure, monsieur l'Avocat général. Qui? — Mais lui! (Il se tourna vers Jean et le désigna des deux bras, sans le regarder.) Lui et des centaines de milliers d'hommes et de femmes qui, en ce moment même, veillent un être cher et le voient, d'heure en heure, agoniser inexorablement.

« Ne demandons pas à la Science de confesser publiquement son impuissance; mais rappelons-la justement à l'humilité d'un Ambroise Paré! Et rappelons-lui aussi que, depuis l'origine de l'humanité, elle s'est toujours trouvée en échec devant au moins un grand fléau : la peste, autrefois; la variole, la lèpre, le choléra; aujourd'hui — il baissa la voix — le cancer; et demain?... Allons, ce n'est point faire injure à nos médecins que d'évoquer cette constante de l'histoire humaine : le Mal inguérissable...

« Mais cette souffrance, contre laquelle la Science se révèle impuissante, la Religion nous commande-t-elle vraiment d'y assister impassibles? Cette Église, qui enseigne et pratique toutes les formes de la Charité, nous interdit-elle vraiment le geste qui soulage, le geste qui libère? Je ne puis le croire. Je ne puis croire à ce respect inhumain de la souffrance agonique, à ce pouvoir surnaturel du dernier repentir. Non, Messieurs! Je ne vois pas là le visage d'une mère. Et si cela était, en quoi cette conception particulière à une religion pourrait-elle contraindre les sceptiques et les athées?

« Mais Jeanne était chrétienne, pensa Jean avec une sorte de honte. Et je le suis aussi... » Pourtant, il n'osa point intervenir.

Dressé sur la pointe des pieds, Bernard apostrophait l'Avocat général qui, d'ailleurs, ne lui prêtait aucune attention car on venait de lui apporter son courrier.

— L'Église ne vous excommunie pas, monsieur l'Avocat général, lorsque vous réclamez de sang-froid la tête d'un homme. Elle ne vous excommunierait pas davantage, messieurs les Jurés, si par aberration vous condamniez à mort celui-ci. Pourquoi stigmatiserait-elle celui qui, par amour, a épargné mille morts à son prochain le plus proche?

Il enchaîna très vite, comme on presse le pas sur une passerelle fragile :

— Mais alors, si ce n'est pas au nom de la Science, si ce n'est pas au nom de la Religion, est-ce au nom de la Morale que vous condamneriez Jean Cormier?

« Le condamner, poursuivit-il lentement en hochant la tête comme si l'idée que voici venait seulement de lui traverser l'esprit, mais je suis en train de me demander si nous avons seulement le droit de le *juger*... Qu'est-ce qu'un jugement, Messieurs? N'est-ce pas l'acte par lequel chacun d'entre nous, *se mettant à la place du coupable,* s'assure qu'il n'aurait pas agi comme lui et lui donne solennellement tort? — Mais ici, lequel d'entre nous, s'il se place au cœur d'une pareille souffrance, d'un pareil dilemme, peut vraiment répondre de lui? Dès lors, qui a autorité...

— Non, Maître, coupa sèchement l'Avocat général, un

jugement est seulement un acte par lequel la Société se défend contre la violence et l'homicide.

— Ce même homicide qu'elle s'arroge le droit de commettre lucidement en exécutant un condamné? Ce même homicide qu'elle encourage et récompense lorsqu'il s'agit de guerre?

— Lorsqu'il s'agit de « juste guerre », oui.

— Et ne peut-on parler, quelquefois, de « juste crime » ? Tout à l'heure, monsieur l'Avocat général, vous évoquiez une haute autorité médicale. Puis-je vous en opposer une autre et citer à mon tour? « Il appartient à chacun d'apprécier s'il n'est pas des crimes qu'un homme de cœur peut et doit commettre délibérément, quels que soient les risques personnels qu'il assume, fort de la seule approbation de sa conscience... ».

Puis soudain, rejetant ses papiers et penchant en avant son buste immense vers l'homme en rouge :

— Laisse-t-on agoniser un animal? Vous auriez tué votre chien, monsieur l'Avocat général, afin de lui épargner des souffrances moindres! Alors?

— Ce n'est qu'une bête...

— C'est un être qui souffre, cria Bernard : cela ne suffit-il pas? Vous nous parliez tantôt de l'étiage d'une Civilisation; et moi je vous dis que l'honneur d'une Civilisation, que l'honneur de l'humanité consiste aussi, consiste *d'abord* à épargner la souffrance à tout être vivant. Je vous dis que la plus haute preuve d'amour que cet homme pouvait donner était de violer les préceptes moraux et religieux pour abréger les souffrances de l'être qu'il aimait! d'avancer leur séparation : de surmonter son désir personnel de conserver sa présence auprès de lui le plus longtemps possible. (« Il ment, pensa Jean. Ou c'est moi qui me suis menti... ») Voilà où se trouvait l'Amour, où se trouvait l'Héroïsme! Jean Cormier ne ne s'y est pas trompé; vous ne vous y tromperez pas non plus, messieurs les Jurés...

L'Avocat général leva les yeux et les bras au ciel. Bernard, faisant volte-face, pointa son doigt vers lui :

— Votre *non possumus,* c'est la souffrance des autres! Son front ruisselait; la chaleur était devenue étouffante; une journaliste, les paupières baissées, s'éventait avec un journal plié. Jean, la tête inclinée sur l'épaule, n'avait pas bougé et paraissait dormir au milieu de la tempête.

— Messieurs, reprit Bernard d'une voix altérée, on vous a déjà fait plusieurs récits de cette nuit du 17 au 18 décembre. Tous étaient exacts; aucun n'était vrai. On vous a raconté les faits, de l'extérieur; suivez-moi, à présent, à l'intérieur du drame : là où vous entendrez enfin battre les cœurs...

Il commença son récit, sans regarder personne : la tête basse, les mains posées à plat, par phrases brèves, sur un ton haletant. Il disait : « Jean » et « Jeanne »; et lui-même était tantôt l'un, tantôt l'autre... Et chacun, dans cette salle surpeuplée, dans cette atmosphère suffocante, se sentait soudain seul auprès d'un lit de mort, par une nuit d'hiver. L'Avocat général lui-même se penchait pour mieux entendre; et les journalistes avaient cessé de murmurer entre eux. Le juré vêtu de noir cacha brusquement son visage dans ses deux mains.

« Ne pas pleurer! se répétait Jean. Ne pas pleurer devant eux : ils croiraient que je veux les attendrir... » Il savait que tous les accusés larmoient sur eux-mêmes et sa propre émotion lui faisait honte. Chaque fois que l'avocat disait « Jeanne », il sentait sa gorge se serrer à en perdre le souffle.

Heureusement, il cessa bientôt de se reconnaître dans

le récit de Bernard. « Il existe donc plusieurs vérités, se dit-il. On est donc toujours seul... » A présent, la salle entière était bouleversée, au bord des larmes, sauf lui. Il cessa d'écouter, faillit même sourire, un certain moment : il pensait à Yves.

Il se fit un assez long silence puis, se redressant et enflant la voix, Bernard se tourna vers les jurés :

— Dans toutes les instances criminelles, il est un personnage que le ministère Public évoque à plaisir tandis que la Défense s'efforce de le faire oublier, de l'ensevelir une seconde fois... Ce personnage, le plus important et le seul absent, c'est la victime.

« Eh bien! ce soir, c'est moi qui l'évoque, Messieurs! C'est moi qui implore son témoignage parmi nous... (Bernard tourna vers le centre du prétoire un regard de visionnaire et, d'un geste brusque et pathétique, parut vouloir se boucher les oreilles.) Ah! s'écria-t-il, je l'entends qui dépose à cette barre! Je l'entends qui proteste de l'innocence de cet homme et lui crie, non pas son pardon, mais sa gratitude!

Tous les regards s'étaient tournés vers la barre, comme si Jeanne allait vraiment y apparaître. Les jurés eux-mêmes...

— Messieurs, parler plus longtemps serait vous faire injure : votre cœur et votre raison se sont déjà prononcés... On a dit que « la Justice et la Pitié ne passent pas par la même porte », poursuivit-il très lentement : cette nuit, en acquittant purement et simplement Jean Cormier, vous ferez mentir cette parole!

Après la voix de Bernard, celle du Président parut glacée lorsqu'il demanda à l'accusé s'il n'avait rien à ajouter. Bernard lui avait inspiré une déclaration — et sans doute l'attendait-il, car il dardait sur Jean un œil aigu. Mais celui-ci ne s'en souciait plus et l'avait oubliée. Il se leva et regarda tout à tour les sept inconnus dont dépendait son sort — mais que lui importait? Ce qu'il éprouvait soudain était une immense compassion de ces hommes. Car lui, le survivant, avait touché le fond, traversé le pire; tandis qu'eux... Une immense compassion pour tous les vivants; et ces paroles-ci lui montèrent aux lèvres. (L'instant d'avant, il ne savait pas ce qu'il allait dire.)

— Je souhaite... Oh! répéta-t-il en fermant les yeux, je souhaite de toutes mes forces à chacun de vous de ne jamais connaître ce que j'ai connu, ni passer où j'ai dû passer...

Le Président, interloqué, attendit encore un instant, mais Jean se rassit sans ouvrir les yeux.

— Messieurs les Jurés vont maintenant se retirer pour délibérer sur les trois questions suivantes :

1° Jean Cormier est-il coupable d'avoir, dans la nuit du 17 au 18 décembre dernier, volontairement, commis un meurtre sur la personne de Jeanne Cormier, son épouse?

2° Le meurtre a-t-il été commis avec préméditation?

3° N'y a-t-il pas des circonstances atténuantes en faveur de l'accusé?

J'ordonne à la force armée de garder les issues de la salle des délibérations et de n'y laisser pénétrer quiconque; et j'en remets à son chef l'ordre écrit. Gardes, emmenez l'accusé Cormier!

La pièce grise sentait déjà la nuit.

— Je crois bien que vous allez être acquitté, dit le garde; et Jean sentit qu'il lui parlait *déjà* sur un autre ton.

Pour toute réponse, il tenta de lui sourire mais il vit bien, au visage de l'autre, qu'il n'y parvenait point.

Bernard survint en courant et l'embrassa :

— J'ai très bon espoir!

— Je te remercie, Bernard. Tu as été... tu as été... Oh, pardon!...

Ses jambes lui manquaient : il s'effondra sur une chaise dure, les coudes aux genoux, la tête entre les mains. Il pleurait enfin; il pleurait le monde, toute la tristesse du monde : les enfants abandonnés, les chiens perdus, les malades épuisés; et les hommes trahis, les hommes veufs, les hommes seuls... Il pleurait les prisons, les hôpitaux, les hospices, les asiles, les taudis — tout ce qu'il fuyait aveuglément, tout ce à quoi il avait voulu si longtemps échapper. Mais l'inondation, si brusque, déracinait tout, charriait tout pêle-mêle dans ses eaux amères! Il pleurait Jeanne : Jeanne heureuse, Jeanne malade, opérée, mourante. Les images lui revenaient en désordre : celles qu'il recherchait en vain depuis des nuits, et celles qu'il croyait avoir chassées à jamais.

— Mon petit vieux, ne te mets pas dans un état pareil. A quoi cela sert-il?

Après tant de phrases habiles, Bernard, déconcerté, ne trouvait plus que des banalités :

— Je t'assure que tout va bien. Il paraît même que les jurés...

— Mais je m'en fous, Bernard! (Il montrait enfin son visage de noyé, cette terre ravagée où les yeux, telles deux sources claires...) C'est la seule chose dont je me foute : moi et tout ce qui peut m'arriver!... Ah! laisse-moi, laisse-moi...

La délibération dura une heure et cinquante-quatre minutes. Il était près de minuit lorsque, devant l'assemblée debout, le Président annonça qu'à la majorité des voix, le Jury avait répondu *non* à la première et à la deuxième question : Jean Cormier était acquitté.

VIII

« TU NE ME CHERCHERAIS PAS... »

De l'après-midi et de la soirée Jean n'avait pas quitté le banc des accusés, pas prononcé trois phrases : il rentra pourtant chez lui fourbu et la tête vide. Il fut plus étonné qu'attendri d'y retrouver toutes choses semblables.

Sur le plateau de l'antichambre, une lettre de Marie-Thérèse (dont l'adresse était plus longue que le contenu : « Je vous embrasse »); et un mot griffonné par Maria sur une page arrachée, quadrillée : « Mon petit, je t'ai préparé à dîner; je te réveillerai demain comme d'habitude. »

Comme d'habitude... Jean songea à tous ces visages qu'il allait falloir affronter : Lia, les voisins, la concierge, les gens du Bureau — Bruno surtout : « Demain, se répétait-il chaque fois qu'une pensée l'accablait, on verra demain.... » Il décida pourtant d'écrire à Bernard sur-le-champ afin de le mieux remercier. Lui écrire dès ce soir : que tout ce qui touchait le procès fût réglé avant l'aube! Tourner la page...

C'était l'appartement au bois dormant. Il entra dans la salle à manger si triste où tout semblait s'être assoupi en l'attendant. Il n'aurait pu avaler aucune nourriture; mais il gâcha quelques bouchées et déplia sa serviette (que, depuis l'enfance, Maria repliait en maugréant) parce qu'il voulait ne plus faire de peine à quiconque. Il avait réglé ses comptes et se trouvait en paix avec le monde entier, cette nuit; il agissait avec précaution, comme un convalescent, comme un enfant qui sort du confessionnal.

Lia entra, posa le plateau, ouvrit les rideaux au soleil pâle et demanda, sans le regarder :

— Tu n'es pas trop fatigué, mon petit?

Cela signifiait : *ils* t'ont tourmenté et je n'étais pas là. Pourquoi ne m'avais-tu pas prévenue?...

— Lia... commença-t-il; mais elle enchaîna :

— J'ai bien envie de faire un petit pot-au-feu pour le déjeuner.

— Lia, appela-t-il plus haut.

— ... Comme ça, tu en boiras le bouillon ce soir. Habille-toi chaudement : il fait déjà froid.

Elle sortit trop vite. Sourde à ce point? — « Non, pensa Jean irrité; mais pour elle il ne s'est rien passé, rien! Elle a ravaudé du linge, hier, toute la journée! » Il se trompait : prié pour lui, avec des larmes, toute la journée. Elle ne s'était levée de sa chaise, n'avait rangé son chapelet que pour aller traîner autour du Palais de Justice, n'osant rien demander, essayant de lire sur les lèvres et craignant bizarrement d'être reconnue.

Mais la concierge guettait Jean avec trois phrases préparées, hypocrites, et que ses yeux démentaient. Il regarda bien en face ce visage où se mariaient naïvement la méfiance et la curiosité et qui le considérait avidement, comme une vieille un cadavre tout neuf. Grâce à Jean, la grosse femme entrait dans ce monde des faits divers dont son journal gris l'enchantait chaque matin. Il supporta ce regard et cette bouche entrouverte, puis il sentit qu'elle le suivait des yeux. Qu'il était donc difficile de rester en paix avec le monde entier!

En passant devant le kiosque à journaux, il sursauta :

toutes ces feuilles, remplies du procès; tous ces gens qui les achetaient... Étaient-ils donc aussi nombreux chaque matin? Sur les banquettes de chaque train, de chaque métro, des millions d'inconnus lisaient en ce moment, comme lui-même :

JEAN CORMIER
qui, pour lui épargner d'atroces souffrances,
avait tué sa femme atteinte d'un cancer
EST ACQUITTÉ

Brillante plaidoirie de son avocat
auquel on prête l'intention de faire campagne pour obtenir
des Pouvoirs Publics

UNE LOI SUR L'EUTHANASIE.

Sur la première page, une photo de Jeanne, affreuse — qui la leur avait livrée? — et des croquis d'audience de Bernard et de lui-même, excessifs. Jean glissa la feuille dans une bouche d'égout, comme si la tenir à la main le dénonçât. Le bistrot lisait la même; toute la journée, il la garderait près de lui : « Vous voyez ce gars-là, hein? (Le gros doigt sur le croquis.) Eh bien... » Mais son chien, qui dormait sur le trottoir, fit fête à Jean : il le reconnaissait, lui aussi, mais à sa manière. « Et si je foutais le camp... Un pays où il n'y aurait que des chiens et des arbres... » Il commençait de s'apercevoir qu'on ne peut se croire en paix avec les autres que seul.

Comme il approchait du bureau, il retrouva le réflexe de ses seize ans lorsqu'il faisait trop froid : les mains dans les poches, les épaules hautes. « Tu n'as qu'à te raidir, expliquait-il alors à Bernard : tu es en bois, tu ne sens plus rien... » *En bois*, tandis qu'il gravissait l'escalier, poussait la porte, tendait la main au garçon de l'étage :

— Salut !

Le vieux cacha vivement le journal qu'il lisait. Jean entra chez Brunet sans apprêter ses phrases. Son ami tenait le journal grand ouvert ; il le posa lentement, marcha vers Jean et, retirant sa pipe, l'embrassa.

— Tu as eu plus de courage que moi avec maman, fit-il très bas.

C'était la première fois qu'il ne disait pas « ma mère » mais que Jean l'entendait prononcer ce mot avec cette voix d'enfant que tous les hommes retrouvent pour le dire. Il ajouta, en hochant la tête :

— Neuf mois sans en parler à personne :

Jean perçut, sous sa phrase, un humble reproche.

— Tu comprends, mon vieux, il fallait...

— Je comprends, dit Brunet.

Ils se turent un instant, puis :

— Ne t'en fais pas pour les autres, Cormier. Regarde-les en face. Tu leur as répondu d'avance, hier. (Il prit le journal et lut d'une voix un peu rauque.) « Je souhaite de toutes mes forces à chacun de vous de ne jamais connaître ce que j'ai connu... » Il tenta de rallumer sa pipe, laborieusement, mais il respirait beaucoup trop fort pour y parvenir.

— Ces cochons-là, dit-il en balayant les croquis d'audience d'un geste méprisant : savent même pas dessiner !

Il saisit le journal, le pétrit à deux mains : en fit une boule qu'il jeta à la corbeille.

Jean alla frapper à la porte du patron :

— Ah ! Cormier... (Le front plissé, juste un instant.) Laissez-nous, Mademoiselle... Merci.

— Cormier, dit-il en lui prenant les mains, je vous conserve toute mon estime. Il faut un certain courage —

et même un courage certain — pour oser, comme vous l'avez fait, etc.

Il excellait dans le style « fin de banquets ». Comme la plupart des médiocres, il n'avait *réussi* qu'en sacrifiant tout à son métier.

— Je pense, Cormier, que vous allez me demander un congé. Eh bien! je suis tout disposé...

— C'est juste le contraire, Monsieur : je voudrais m'abrutir de travail.

— Ah! J'avais pensé... commença le patron d'un air contrarié puis, changeant de ton. Écoutez, mon vieux, je n'irai pas par quatre chemins. Dans nos métiers, d'ailleurs, la franchise...

« Comme s'il existait des métiers où mentir fût recommandé! » Jean connaissait par cœur le bonhomme et ses expressions : « Avant trois phrases, il m'aura placé son *De quoi s'agit-il?...* »

— De quoi s'agit-il, Cormier? De laisser passer un peu de temps, afin que le climat se modifie. D'ici là, il serait fâcheux pour notre Maison... Tout le monde n'a pas l'esprit aussi large...

Il s'arrêta au moment d'achever : « que moi ».

— Cela tombe bien, Monsieur, s'écria Jean qui avait un peu pâli : je comptais justement vous demander de modifier mes fonctions... Moins de démarches, de relations extérieures; des horaires moins stricts...

Il inventait à mesure, engageant allégrement l'avenir sur un réflexe qu'il jugeait orgueil mais qui n'était que dignité : « Reprendre l'initiative! Impossible de laisser ce type avoir barre sur moi... » Mais l'autre, les yeux mi-clos, calculait déjà; Jean ne lui laissa pas non plus cet avantage.

— Bien entendu, nous réviserons ensemble ma situation financière. D'ailleurs, pour moi, désormais....

Il acheva d'un geste. Presque aussitôt, il songea : « Yves ! » et regretta sa proposition. Trop tard : le bonhomme l'avait happée au passage. Il employait ingénument des mots ignobles :

— Entendu, Cormier : c'est un arrangement qui peut être *payant* pour nous deux, dit-il en lui frappant sur l'épaule.

On invite Jean de toutes parts. Il accepte d'abord, heureux de fuir cet appartement qui, chaque soir, l'attend comme un malade, immobile, silencieux. Mais bientôt il n'y peut tenir. On ne lui parle jamais de *l'affaire,* bien sûr ; on emprunte même des détours trop visibles : le vide que l'on fait autour d'eux enrage les chiens de garde. Mais chaque fois que Jean lève les yeux, il fait fuir un regard insistant. Tous ces regards, sur lui, comme des mouches d'automne... Et ces poignées de main de sacristie...

Il voudrait changer d'appartement, de quartier, d'amis. A quoi bon ? Sa vraie demeure, désormais, est la Nuit. Il a supprimé toutes les photos de Jeanne ; il leur préfère ses propres images, malgré les tourments qu'elles lui infligent : certains soirs il ne peut plus entendre la voix de Jeanne, ni retrouver la couleur de ses yeux. Une vitre entre elle et lui, durant des nuits entières... Il se réjouit — il est le seul sans doute à se réjouir que s'approche l'hiver et sa lente mise au tombeau. Ce brouillard qui, le matin, monte de la Seine et rend aveugle et sourd le paysage, n'est-ce pas le même qui, de plus en plus souvent, le sépare de Jeanne ?

Une nuit de novembre, il rêve qu'il pleure sans cesse et s'en réveille, le cœur frais et lavé, telle une ville après la la pluie. « C'est donc aujourd'hui que j'irai chercher Yves » décide-t-il — car il est devenu attentif aux rêves, aux signes : humblement attentif à tout ce qu'il ne comprend pas. Sur l'instant, il s'imagine vraiment qu'il va ramener le petit garçon par la main. Neuf mois de tendresse et de larmes ne remplacent-ils pas toutes les démarches ?

Parvenu devant le bâtiment de l'Œuvre, il s'arrête, allume une cigarette — et se rappelle soudain qu'en ce même endroit, tandis qu'avec tant de fausse conviction il plaidait pour dissuader Jeanne de l'adoption, il fumait déjà une cigarette. Il jette celle-ci et l'écrase avec une colère mêlée de crainte, comme une bête nuisible.

La directrice n'a pas changé — tant pis ! — et semble le reconnaître. Elle ouvre son grand livre :

— Voulez-vous me rappeler votre nom ?

— Cormier, Cormier Jean. (Cette intervention ridicule qu'on lui imposa partout où il fut malheureux : à la caserne, au camp, en prison, il s'humilie à l'énoncer lui-même dans l'espoir enfantin de n'être pas reconnu...).

La directrice considère l'habit de deuil, la cravate noire, fronce un sourcil et arque l'autre :

— Madame Cormier n'est pas... ?

Il abaisse la tête :

— Il y a neuf mois.

— Je suis navrée... (« Elle me joue la comédie. Cormier Jean — Jean Cormier : elle a lu les journaux, comme tout le monde ! »).

— Le petit Yves. Est-ce que je puis... ?

— Nous l'avons placé...

— Quoi ?

— Il y a quelques mois déjà. Une très bonne famille.

— Qui s'était inscrite avant nous ? demande Jean, la bouche sèche.

— Non, mais qui s'était décidée.

— Yves... Ce n'est pas possible...

Il lui semble que quelqu'un vient de mourir. Il étouffe. Quoi! s'il ne s'était pas dénoncé : s'il n'avait pas perdu les six mois de l'instruction, il aurait pu... C'est trop injuste!

— Nous recevons régulièrement de ses nouvelles, dit la directrice qui l'observe. Il va très bien.

— Une famille... de Paris?

— Du quartier Monceau, oui. Des gens un peu âgés peut-être, mais...

— Est-ce que je puis savoir leur nom?

Il a posé la question trop vivement. A son tour, elle ferme le livre d'un geste qu'elle aurait voulu moins prompt.

— Nous n'avons pas le droit de le donner. Je regrette, Monsieur... Monsieur Cormier.

Pourquoi a-t-elle insisté sur ce nom? et pourquoi dévisage-t-elle Jean avec cette fausse compassion? Il prend congé en hâte. « Elle va me reconnaître... Non, elle vient de le faire! » Il ne reprend son souffle que loin de ce bureau. Mais soudain, tournant le dos à l'inscription SORTIE, il gravit l'escalier, deux à deux, sans un bruit. « Ce n'est pas vrai! On peut révéler le nom des familles : c'est à moi seul qu'elle le refuse... D'ailleurs, Yves est-il seulement adopté? Peut-être, se trouve-t-il encore ici... Oh! s'il était ici... ».

Il retrouve son chemin : l'odeur n'a pas changé; loin de l'écœurer, elle lui serre le cœur, aujourd'hui. Voici le couloir, la salle : dressé sur la pointe des pieds, Jean dévisage hâtivement tous ces enfants dont aucun ne l'intéresse, ne lui semble vivant... « Et si j'allais ne pas le reconnaître... Et si lui ne me reconnaissait plus... Et si... »

— Vous cherchez quelque chose, Monsieur?

Une infirmière... *Elle sait;* Jean s'efforce de lui sourire :

— J'étais venu, il y a plusieurs mois, visiter le petit Yves — et je ne le revois plus...

— Yves-Marie, cinq ans? Des yeux très noirs?

— C'est cela.

— Adopté depuis juillet, Monsieur. D'ailleurs, si vous voulez parler à Mme la directrice...

Il feint l'étonnement, la satisfaction :

— Adopté? Alors, tant mieux. Je pense que les parents ne verront pas d'inconvénients à ce que je puisse le parrainer, le gâter.

— Certainement si, Monsieur : un grand inconvénient.

— Vous croyez? (La glace craque sous ses pas.) Je veux le leur demander, en tout cas. Pouvez-vous me donner leur nom?

— Voyez la directrice, Monsieur. Nous n'avons pas le droit...

« Elle sait : ce renseignement, qui ne lui sert à rien et me sauverait, elle le connaît; elle ne me le dira pas... Jeanne, au secours! » Il ne songe ni à la soudoyer ni à la persuader; il sent que son visage se défait devant ces yeux indifférents. Il lui tourne brusquement le dos pour s'épargner de la supplier en vain. « Je demanderai à Bernard quels sont mes droits... Il est impossible qu'on m'empêche. J'irai jusqu'au bout... »

Cette fois encore, les passants se retournent sur cet homme qui, au bord du trottoir, parle seul, parle haut, et ne parvient pas à allumer sa cigarette.

A partir de ce jour où le petit Yves lui échappait, Jeanne parut le fuir aussi. Pareille à la lumière de cet automne agonisant, sa mémoire se faisait plus pâle et plus brève, de jour en jour; et pareils aux oiseaux de l'arrière saison, ses souvenirs le fuyaient. Ou plutôt *ils ne chantaient plus :* c'étaient seulement des précisions mortes. Assis sur son lit, la tête entre les mains, Jean cherchait dans ses ténèbres les cheveux de Jeanne, la bouche, les mains de Jeanne — et n'y voyait plus, grises et plates, que des photos des mains, de la bouche ou des cheveux de Jeanne. Il ressentait jusqu'au remords la certitude que, là où elle se trouvait, Jeanne ne vivait que de lui : que son regard seul la gardait vivante. Alors, pourquoi ce vide et cette statue ? Lui qui ne s'était livré à la Justice que pour tout laver à grande eau : pour conserver Jeanne et mériter Yves — voici qu'il les perdait l'un et l'autre. Comme si le petit garçon l'avait rejointe, blotti sur ses genoux — et c'était Jean le mort.

Est-ce que vraiment les saisons allaient se succéder puis les années, toutes semblables ? L'hiver, et puis le printemps pour les autres ; et puis les vacances, et puis la rentrée — pour les autres ? Au camp, du moins, Jean gardait quelque chose à espérer ; tandis qu'à présent... Alors que signifiait de vivre, d'être libre ? Ouvrir cette fenêtre et regarder le ciel, qu'est-ce que cela signifiait ? Pourquoi les prisonniers et les malades se desséchaient-ils d'en être privés ? Et ces imbéciles, dans la rue, qui promenaient leurs projets, leurs honneurs, leur envie...

Il les regardait vivre, comme un homme, derrière une vitre, observe des danseurs sans entendre la musique : ridicules et irritants. Et il se réjouissait de ne se trouver aucun point commun avec eux, avec eux qui étaient heureux. Deux jours sans aller au bureau, puis il se jetait au travail avec frénésie ; et plus il le trouvait frivole, plus il s'y appliquait. Soudain heureux de feindre de jouer le jeu : heureux de gâcher son temps et d'éprouver absolument l'inanité de son existence. Un suicide invisible, insensible... Il se regardait au miroir : « Quel coup de vieux! » — souriait à ses rides, à la couleur limoneuse, indécise que prenaient ses cheveux blonds en grisonnant. Il observait avec une joie secrète la façade se délabrer.

Un matin, il s'arrêta sur un pont afin d'observer les pêcheurs à la ligne, en contrebas, et soudain se mit à rire méchamment. Leur gravité, leurs accessoires ingénieux, leur oubli de tout ce qui n'était pas un liège flottant... Un rire qui le délivrait et le déchirait dans le même temps — rire aux larmes. L'un des pêcheurs leva son regard vide et, d'une lèvre à laquelle collait un mégot noir datant de l'aube, l'injuria. Jean descendit sur l'autre quai, s'assit sur un banc que les saisons avaient raviné et observa ce fleuve si paisible : cet étranger qui traversait la ville en silence. « Moi aussi, se dit-il tout haut. Moi aussi, à travers eux, sans un mot... » — puis il éclata en sanglots. Ces accès de faux rire, ces larmes sans raison le saisissaient comme une quinte, aussi incoercible qu'imprévisible. L'averse passée, il reporta son regard sur le fleuve patient. C'était l'eau du Moulin, des fontaines de Rome — toujours la même qui servait : indispensable, indifférente comme le sang. Il demeura là jusqu'au soir et ne se leva qu'aux reflets, au premier frisson.

— On a téléphoné du bureau, mon petit.

— Merci, Lia.

Il ne lui parlait presque plus. Quelquefois, cependant :

— Pourquoi me regardes-tu ainsi, Lia?

— Je trouve que tu prends mauvaise mine...

Jusqu'au bout elle jouerait donc les mamans-tisanes! A son tour, il l'observait avec méfiance : peut-être pouvait-elle à son gré revoir Jeanne, retrouver sa voix... Elle qui s'en moquait! Lui qui en crevait...! Pareille à cette infirmière qui connaissait l'adresse d'Yves — et qu'en faisait-elle? Mais quelle conspiration avaient-ils donc formée contre lui, tous ces vivants? Brunet lui-même...

Brunet le surprit un jour affalé sur son bureau, les épaules secouées.

— Mon pauvre vieux...

Mais non! Jean riait, les yeux secs.

— Qu'est-ce qui te prend, Cormier? demanda l'autre en changeant de ton.

Jean désigna ses dossiers, ses projets, les maquettes fixées au mur :

— Toutes ces conneries...

Brunet blessé répondit sèchement :

— Change de boîte! Ou de métier!

— Tu connais un métier intelligent, toi?

— Oui, dit Brunet, toubib — et tu devrais bien en consulter un, car tu ne tournes pas rond.

« Il me croit fou, pensa Jean sans déplaisir. Mais c'est lui, ce sont tous les autres qui le sont... » Il ne parlait plus la langue du pays.

C'était un jeudi; Jean quitta le bureau et se rendit au parc Monceau. Petit prince prisonnier, Yves se trouvait presque sûrement derrière ces grilles dorées. Le jardin avait déjà perdu sa grâce et ne montrait plus que ses artifices à travers les taillis transparents. L'hiver le rapetissait à ce point que Jean fut rempli d'espoir : d'un seul regard il embrassait presque tout le royaume d'Yves.

Il se mit à marcher, le regard à terre, dévisageant tous les enfants : mais quelle taille a-t-on à cinq ans? Il s'assit sur un banc, s'informa bonnement auprès de mères méfiantes. On le suivait des yeux par-dessus le tricot.

Au début il était persuadé de reconnaître Yves parmi tous les autres; ou encore que le petit allait courir à lui. Il ne craignait vraiment que le scandale, la surprise des parents inconnus (ces deux vieux!). Un peu plus tard, ivre de visages, il redoutait de laisser échapper le seul qui lui importât. Mais qu'en connaissait-il? Là encore, sa mémoire morte ne lui fournissait qu'une vieille photo : un enfant assis dans un petit fauteuil bleu et dont la tête tremble. « Jeanne le reconnaîtrait tout de suite, pensa-t-il. Jeanne tricotait d'instinct des vêtements à sa taille... » Et il lui vint l'idée singulière qu'il aurait dû se munir d'un de ces petits tricots, comme un chien policier qu'on lance sur une piste.

Lorsqu'il eut achevé sans résultat le tour du jardin, il se persuada qu'Yves avait pu y pénétrer entre-temps et qu'il était plus sage de recommencer. Quand retentirent les sifflets des gardes, il avait fait six tours de parc; il courut cependant à la grille principale et filtra du regard tous ceux qui sortaient — mais en vain.

Cet échec ne le surprit point; il en trouva bien des raisons : qu'il avait eu tort de guetter les parents âgés, les enfants uniques. Après tout, on avait peut-être donné à Yves une gouvernante, des frères adoptifs... En vérité, il avait su qu'il échouerait à partir du moment où, fermant les yeux, il s'était trouvé incapable de revoir Yves *vivant*. Ce même mur qui lui cachait Jeanne lui dérobait « leur enfant » — c'était justice.

Il ne put se résigner à quitter ce quartier : il y traîna au hasard, comptant sur une rencontre de plus en plus improbable, et le souffle coupé par l'espoir à chaque croisement de rue. Le soir était tombé. Brusquement, sans même l'avoir prémédité, Jean pénétra dans une maison, n'importe laquelle. Les concierges dînaient déjà.

— Est-ce que ce n'est pas ici qu'habite un petit garçon de cinq ans et demi qui...?

— Pas d'enfants dans la maison, répondit l'autre la bouche pleine — et ils n'attendirent même pas que la porte soit refermée pour se plaindre des « gens qui vous dérangent à n'importe quelle heure et pour n'importe quoi ».

En sortant de là, et parce que tout espoir l'avait déserté, Jean se sentit soudain si las qu'il retrouva le souhait de son enfance : être transporté d'un coup dans son lit et tomber endormi.

Comme il gagnait une station de voitures, il aperçut à quelques pas devant lui une jeune femme et s'arrêta interdit. Elle avait exactement la même démarche que Jeanne; le vent jouait dans ses cheveux aussi blonds, aussi légers que ceux de Jeanne; son manteau aurait plu à Jeanne... Une ressemblance inexprimable, au delà des formes et des gestes. D'où venait cette passante ? et n'allait-elle pas disparaître aussi soudainement ?... Jean aurait pu, en se hâtant, la dépasser, se retourner; un instinct l'en garda impérieusement : il fallait conserver ses distances avec le mystère... Il s'interdit même de respirer dans son sillage (n'aurait-ce pas été le parfum de Jeanne ?) — et, parce qu'il pressentit qu'alertée par ses pas elle allait se retourner, il baissa les yeux. Lorsqu'il les releva, la passante avait disparu; il en fut presque soulagé : il venait de franchir une frontière interdite et d'éprouver la sensation insupportable d'être un autre homme.

Mais parce que l'inconnue l'avait mis sur le chemin de Jeanne, la morte ne le quitta plus cette nuit-là. Dès qu'il retrouva l'appartement, il sut que celui-ci était hanté; il en fit le tour avec un sourire et des gestes d'oiseleur — mais le fantôme avait toujours une pièce d'avance sur l'homme qui, à mi-voix appelait « Tilou... Tilou... ».

Il oubliait qu'il venait de perdre Yves pour la seconde fois et, sans doute, ne le reverrait-il jamais : il avait retrouvé Jeanne, c'était assez. Et peut-être n'avait-il jamais désiré la présence du petit garçon que comme une assurance de retrouver Jeanne à sa volonté : un appât, une clef...

Il s'assit longtemps près du tiroir où les lainages se trouvaient toujours rangés. Quand il fermait les yeux, Jeanne était là, tricotant en silence, les paupières basses, et Yves à ses pieds. C'était tant de bonheur que son cœur battait la forge. Par instants, les larmes débordaient de ses yeux : il aurait voulu — ah! comment avait-il pu les détester? — embrasser Maria, sourire à Brunet, crier son amitié au monde entier.

Lia le trouva assis tout habillé auprès d'un tiroir entrouvert. Il souriait en dormant, comme les petits enfants.

Plusieurs fois encore, Jean reçut la Visite au seuil même du désespoir. Le reste du temps, c'était le désert et la hargne : le port était à sec et la vase sentait. Pour retenir Jeanne ou la retrouver il n'hésitait devant aucune avenue. Par exemple, il acheta, une fois de plus, « tous les livres que vous possédez » sur la mort et l'au-delà. Il n'y rencontra qu'un tourbillon de mots : ces théories cernaient la vérité comme des chiens tournent autour d'une maison fermée. Il les jeta au feu, page après page (car l'hiver avait réouvert le théâtre de la cheminée et Jean passait ses soirées devant le spectacle du feu).

Il alla aussi consulter une voyante; puis, aux environs de Paris, une vieille gitane; puis un jeune médium hongrois qui se tenait, paraît-il, en contact permanent avec les morts. Ici et là, il retrouva l'odeur de salpêtre et de la cuisine de la rue des Pyrénées, le décor petit-bourgeois de l'imposture besogneuse. Mais, à la troisième tentative, la vue de ceux qui attendaient avec lui le fit s'enfuir. Qu'avait-il en commun avec cette tribu aux habits noirs, aux yeux noyés, à l'odeur de cire? Et sa peine avec leur douleur, leur « douleur de vous faire part »? Et Jeanne avec leurs morts?

Séances de spiritisme, incantations, faux messages —

tous ces mystères préfabriqués se brisaient contre le seul vrai qui est la Mort. C'était l'hiver, de nouveau, si semblable au précédent; l'hiver immuable, comme si rien ne s'était passé depuis : ni l'instruction ni les assises — rien. Pareil à l'arbre, à la terre entière, silencieux et seul, Jean attendait. Il lui aurait suffi de tendre la main vers le téléphone noir; mais que de fois, après avoir composé un numéro, raccrochait-il avant qu'une voix se fût fait entendre. Comme sous l'effet d'un mauvais charme, les visages les plus amicaux se fanaient dès qu'il songeait à eux; celui de Bruno lui faisait honte; celui de Marie-Thérèse horreur.

Il appela Bernard : il voulait lui parler de Jeanne et d'Yves; l'avocat ne pensait qu'euthanasie, projet de loi. Chacun entretenait l'autre de ce que celui-ci ne voulait plus entendre.

— Je pensais, fit amèrement Bernard, qu'au moins tu militerais à mes côtés. Mais non, tu ne penses qu'à toi!

— A moi, répéta Jean très lentement. A moi? Mais *je n'existe plus...*

Bernard considéra ce visage : comme l'enfant, à force d'y repasser le crayon, perce chaque trait de son dessin, la Solitude et la Douleur y avaient, depuis un an, creusé chaque ride. « Nous avons le même âge », pensait Bernard; et il se voyait aussi défait que Jean : ayant, lui aussi, franchi une frontière invisible — vivant par habitude. « Je n'existe plus »... Il lui passa un bras autour du cou :

— Allons boire un verre!

Ils en burent de très nombreux. La tiède marée monta doucement et parvint à l'étale : le temps ne passait plus; Jean flottait, se laissait porter. Vivait-il plus que Jeanne? N'était-ce pas cela mourir : *attendre,* sans plus rien ressentir?

« Voilà pourquoi Bernard s'enivre, se dit-il en un dernier sursaut de lucidité : par crainte de la mort et pour l'apprivoiser. Bruno avait raison! » Bruno... — Il chassa ce visage; mais celui de Jeanne (qui lui ressemblait tant) lui apparut alors avec une vie et une précision si proches qu'il se mit à pleurer. « Ivrogne, lui aussi? pensa le barman. Comment se fait-il que je ne le connaisse pas? »

— Deux autres fines? Tout de suite, Maître.

Désormais, Jean ne dérangea plus Bernard et s'enivra tout seul. Plusieurs soirs, il descendit chez le bistrot, son voisin, qui cessa de l'appeler « M. Viandox » et prit enfin en considération ce buveur d'alcool. Jamais assez ivre, cependant, pour ne pas s'apercevoir que le bonhomme sortait de sous son zinc le journal jauni du procès et, les yeux tournés vers lui, parlait bas aux autres clients. Jean déserta donc le bistrot; à regret à cause du chien : le seul regard vraiment humain qu'on y rencontrât.

Il n'était pas aisé de boire à la maison : Lia cachait les bouteilles, allongeait d'eau le cognac. « Je lui dirai qu'elle me foute la paix! que je suis assez grand pour... » — Pas assez « grand » pour le lui dire, en tout cas...

Un instinct très sûr arrêtait pourtant ce bateau ivre dans les eaux où croisait, souriant, le fantôme de Jeanne : à mi-chemin du désespoir et de l'oubli. Malheureusement, Jean découvrit ainsi que les larmes du remords sont plus efficaces que celles du regret. Comme certains ne retrouvent Dieu qu'après l'abjection du péché (et il est vrai que la Grâce vole bas), Jean crut pouvoir, en prostituant son souvenir, *provoquer* celle qui le fuyait. Ou peut-être, comme font les enfants, voulait-il expérimenter « jusqu'où il pouvait déplaire impunément ». Il lâcha les rênes (pas entièrement, toutefois, puisque ni Lia, ni Brunet, ni personne n'en prirent du soupçon) et retourna, vingt ans après, dans les quartiers où son adolescence avait risqué ses premiers faux pas. Clichy, Pigalle... Ce n'étaient plus les mêmes prostituées, mais il reconnut les regards. Jamais il ne s'était autant méprisé : Jeanne seule pouvait le tirer de là! Et il est vrai qu'après ces soirées (dont un bain brûlant ne suffisait pas à chasser de son corps l'immonde parfum), il s'endormait *et rêvait d'elle.*

Cette humiliation prit fin un soir où il caressait un peu brutalement la poitrine d'une fille; il entendit une plainte qu'il connaissait trop bien, puis :

— Arrête! pria la voix enrouée. Tu me fais mal...

Il s'écarta d'elle avec horreur et, sans répondre à ses questions puis à ses injures, s'habilla en hâte et s'enfuit.

C'est après avoir roulé droit devant lui durant des minutes (incapable de penser ni de formuler autre chose que « Salaud!... salaud!... ») qu'il freina brusquement. « Il faut que je revienne, que je la retrouve... que je l'avertisse... » Il retourna sur ses pas en brûlant les feux rouges; il avait enfin reconnu son vieil ennemi le Temps : chaque seconde comptait. « Je la ferai soigner, opérer par Louville à mes frais... A temps, cette fois! oui, à temps! »

La chambre était occupée par d'autres clients.

— Vous ne seriez pas de la police, dites? demanda l'hôtelier.

— Oh non! s'écria Jean. (L'odeur de Fresnes, celle des gardes...)

L'autre alors changea de ton et refusa tout renseignement. Il ne connaissait absolument pas cette personne. Quoi? Tout à l'heure? — C'est bien possible, mais s'il fallait observer tous les visages!... Lorsqu'il vit Jean suffisamment désemparé, il se fâcha et le mit dehors. Jusqu'à l'aube, Jean arpenta tous les trottoirs de Barbès aux Batignolles, parmi les propositions ignobles et les sourires vénéneux. Il ne retrouva jamais la fille.

Ni Jeanne non plus; et, tel un captif affolé qui se rue successivement contre la porte de fer puis la lucarne grillagée, il décide de rechercher Yves. « Cinq ans : il fréquente un cours, la maternelle ou le jardin d'enfants. Avec un peu de méthode et beaucoup de patience... » — En désordre et impatiemment, il fait le tour de toutes les écoles de la plaine Monceau. Le ruban de la Légion d'honneur et le costume noir inspirent confiance. Heureusement! car ses fables sont incroyables : « Pas exactement son parrain mais... Rien que son prénom, oui... » Il pousse la maladresse jusqu'à parler d'adoption — ce qui ferme tous les visages.

Il tombe enfin sur un directeur d'école gris de poil, d'habit, de ton, et qui l'écoute sans le quitter des yeux. Des yeux gris, eux aussi, mais comme l'est un ciel de mars : traversé de bleu. Le genre d'homme que, sur ses chaussures, Jean aurait, deux ans plus tôt, classé besogneux.

— Allons, l'interrompit-il sans élever la voix, vous feriez mieux de *tout* me dire.

— Mais...

— Depuis le commencement.

Jean hésite encore un instant puis, sans savoir pourquoi, se livre à cet inconnu.

— Peut-être avez-vous lu dans les journaux, il y a quelques mois...

Il va tout raconter, depuis le commencement, sans aucune complaisance. Dans les pièces voisines, les enfants babillent, pleurent, protestent. On entend leur piétinement le choc des objets et la voix égale de la maîtresse. Chaque fois que Jean lève les yeux, ils rencontrent ce regard gris qui veille comme une lampe.

Lorsqu'il a achevé (au moment où le regret de s'être

ainsi confié va l'emporter sur le soulagement), l'homme a un geste surprenant : il pose ses deux mains sur la manche noire et ferme enfin ses yeux. Il les gardera clos en parlant.

— Yves-Marie n'est pas ici, je vous le promets. Mais s'il s'y trouvait, je ne vous le montrerais pas.

Jean sursaute; l'aveugle resserre sa poigne :

— Écoutez-moi. Prendre Yves-Marie n'a plus de sens. Il aurait été *votre* enfant, votre enfant à tous les deux; à présent qu'en feriez-vous? — Un orphelin, déjà.

— Mais comment voulez-vous, pourquoi voulez-vous que je continue à vivre ainsi?

— *Vous ne me parlez que de vous!*

C'est une parole que le Dr Louville lui a déjà dite... Il faut bien l'accepter; Jean ne répond rien. Étonné, l'autre ouvre enfin les yeux et repart plus doucement :

— Les deux vieilles personnes qui ont pris cet enfant l'ont adopté pour lui, pas pour eux.

— Qu'en savez-vous?

— Sans quoi, on ne le leur aurait pas donné. Le public s'étonne parfois : « Tant de demandes, tant d'enfants abandonnés, et pourtant si peu d'adoptions! » — En voilà la raison...

— Bien, fait Jean en se levant. Alors, qu'est-ce qui me reste?

— Les autres.

— Les autres enfants?

— Non, dit l'homme gris : tous les autres.

Ils se quittent sans plus un mot. En passant devant les portes vitrées, Jean évite de regarder les enfants.

Il eut l'impression de sortir d'une serre étouffante et se retrouva faible et transi comme un homme qui a perdu du sang. Presque en face de l'école s'ouvrait une sorte de chapelle. Il y entra sans autre désir que celui d'être seul, au chaud — à l'écart, surtout. Il faisait sombre, calme; l'organisme s'exerçait. Une cloche sonna, très haut : la tête parlait et Jean était enfoui au fond du corps.

Il demeurait sans pensée, engourdi par la tiédeur et le silence ronronnant de ce désert. Seules, quelques noires bigotes sur des chaises de paille et le chuintement de leur prière... A ce calme qu'il prenait pour de la paix, cette somnolence de l'esprit pour de la méditation, Jean crut, un moment, que la Grâce enfin le visitait. Il confondait de bonne foi cette anesthésie générale avec le christianisme qui en est précisément tout le contraire.

Une à une, les prieuses se retirèrent. Un sacristain sortit des coulisses en traînant savates et prépara la messe du lendemain aux différents autels. Mi-lingère, mi-sommelier, avec des gestes dont on devinait qu'ils lui étaient quotidiens depuis un quart de siècle et constituaient son assurance contre la mort, il disposait ses étoffes et ses petits ustensiles. Les burettes s'entrechoquaient avec un cliquetis de wagon-restaurant. Jean lui-même ressentit combien cette pantouflade était indécente. Ah, non! plutôt mourir comme un loup sur le parvis d'une cathédrale que ressembler à ce vieux chien d'évêque!

Ayant achevé cette besogne qui comptait les jours à sa place, le bonhomme retourna vers le maître-autel, esquissa une génuflexion avare et se retira en paraissant effacer ses propres traces avec ses chaussons. Personne dans la chapelle?

Il y promena un regard distrait puis éteignit toute lumière.

« Il m'oublie, pensa Jean, et c'est juste : ici aussi je suis de trop... » Pourtant, il serait resté des heures dans ces ténèbres, seul mais environné. Que lui rappelait-elle, cette flamme rouge auprès du tabernacle? — Celle qui brûlait, seule vivante, au chevet de Jeanne, derrière les volets clos, le 18 décembre...

— Ici aussi cette lumière veille un mort, murmura-t-il comme pour se prouver le contraire : et c'est moi! Oui, moi.

Jean reconnut très bien la rue basse et cendrée, la palissade et les gosses au nez rouge; tout paraissait l'attendre. « Ici, du moins, rien n'a changé... » Il lui vint cette pensée de riche qu'en recherchant le pire Bruno avait choisi la meilleure part : parce que le pire ne change pas, le pire est le plus sûr.

— Non merci, je vais l'attendre dehors, répondit-il à la vieille du presbytère qui ressemblait à Lia comme un arbre d'hiver à un autre arbre d'hiver.

Seul dans un quartier misérable, au plus loin de chez lui, au seuil impitoyable de l'hiver, il ressentait une singulière sécurité. Il était même venu jusqu'ici en métro, car sa voiture demeurait le témoin ou le gage d'un certain bonheur. Emporte-t-on sa voiture en exil?

A la vue de cette statue au bord du trottoir, Bruno arrêta sa moto, et la poussant, s'approcha si doucement qu'il fit tressaillir Jean lorsqu'il l'appela. Il aurait dû demander : « Y a-t-il longtemps que vous m'attendez? » — Mais il dit au contraire :

— Je t'attendais depuis longtemps...

Jamais il n'avait tutoyé Jean; il le trouvait vieilli et cela accentuait encore l'écart entre eux. Pourtant, quelque chose l'assurait que les rôles étaient à jamais inversés et qu'il n'était plus temps de dire « vous » à ce vieil enfant. Jean murmura n'importe quoi.

— Montons, dit Bruno.

Sa chambre était absolument nue, hormis la reproduction d'une Sainte Face de Rouault qui sortait du mur à hauteur d'homme, tel Lazare, et un crucifix fait de deux bois assemblés. Sur la table, une photo très agrandie de Jeanne : quel que dût être l'entretien, ils seraient trois... Comme, avec effort, Jean détachait du portrait son regard pour le reporter sur Bruno immobile, la ressemblance de l'un à l'autre le bouleversa une fois de plus. Pourtant, l'extrémité des cheveux si courts avait blanchi comme si quelque neige légère... Non, comme si un soleil de feu les avait attaqués. « Il a vieilli, pensa Jean : *vieilli pour deux...* » — et il l'envia.

— Il y a longtemps que j'aurais dû te faire signe, Bruno, commença-t-il d'un ton bourru, mais...

— Nous n'avons jamais été aussi proches que durant ces mois.

— C'est faux. (Ah! non, pas de bonnes paroles!) Je me suis, au contraire, conduit d'une façon ignoble : j'ai bu, j'ai... j'ai fait n'importe quoi.

— Tu te battais comme tu le pouvais pour remonter à la surface, dit Bruno déconcerté. Moi aussi.

— Non, non! cria Jean en lui tournant le dos, je n'ai jamais pensé à toi, jamais!

— C'est normal, surtout après le procès... Mais pour moi, ajouta-t-il très vite, impossible de penser à Jeanne sans penser à toi.

— Sans penser que je l'ai tuée?

— Assieds-toi, dit Bruno. Sur le lit.

Mais Jean ne s'assit point.

— Pourquoi leur as-tu dit que, cette nuit-là, tu avais pensé que c'était moi?

— Parce qu'ils m'avaient fait jurer de dire la vérité.

Il y eut un silence. Jean le regardait fixement, mais le bleu de ses yeux changeait. Bruno reprit doucement :

— Cela ne pouvait nuire qu'à moi, Jean, pas à toi.
— Et tu ne m'as rien dit durant neuf mois, rien! Et si je ne m'étais pas dénoncé, tu ne m'aurais rien dit!
— C'est toi qui me l'aurais avoué, un jour.
— Tu crois donc que c'est pour cela que je me suis livré : parce qu'il fallait, comme un pauvre type, que je le raconte à quelqu'un?
— Non : pour payer.
Le visage de Jean se défit, comme si une main en déliait les nœuds invisibles.
— Oui, dit-il sourdement, pour payer. Mais à qui? A n'importe qui!
— Non : à Jeanne.
— Tu es fou? C'est elle qui m'avait demandé ce geste... Tu ne me crois pas? reprit-il, blessé par le silence du Bruno.
— Je crois que tu l'as cru, et il n'y a que cela qui compte.
— Elle me l'a demandé! cria Jean.
— Alors pourquoi cries-tu? demanda l'autre durement, sans le quitter des yeux. Mais il le regretta aussitôt. Jean tomba assis; ses lèvres remuaient, sans paroles. A la fin :
— Je ne sais plus, murmura-t-il. Oh! Bruno, je voudrais mourir de la même mort!
— Jusqu'au bout?
— Jusqu'au bout.
Bruno posa ses deux mains sur ses épaules :
— C'est une parole de chrétien, Jean.
L'autre revit le sacristain, les vieilles en noir.
— Sûrement pas!
— De tout temps, les saints ont tant aimé le Christ qu'ils ont voulu assumer sa douleur même. Et ceux qui reçoivent les stigmates...
— C'est Jeanne que j'aime, personne d'autre. PER-

SONNE! reprit-il pour blesser le jeune homme, mais il n'osa pas citer le Christ.

— Allons, dit Bruno d'une voix forte, tu sais bien qu'elle est vivante quelque part!

— Plus que moi.

— Vivante quelque part : alors, cherche ton chemin jusque-là. Moi, je n'en connais pas d'autre...

— Non, non, dit Jean. J'ai bien compris : Dieu, c'est la mort.

— Rien compris! Car c'est juste le contraire : la mort, c'est Dieu. La mort, ajouta-t-il très bas, c'est lorsque la Sainte Face ouvre enfin ses yeux...

— Le Dieu de la Joie, fit Jean en hochant la tête, ils disent que c'est le Dieu de la Joie...

Et il se mit à pleurer — mais le savait-il seulement? Il n'avait plus le cœur de se mettre en colère. La révolte, en lui, comme un feu éteint : une cendre grise...

— Tu es pareil aux enfants, dit Bruno : tu souffres sans comprendre. On se sent, devant toi, complice d'injustice... (Il se leva brusquement.) Oui, le Dieu de la Création, de la splendeur et de la Joie; ou bien celui de la Douleur : des malades, des victimes, des pauvres? Le mystère, c'est qu'il puisse être à la fois l'un et l'autre : le maître du printemps et celui de l'hiver, au même instant.

— Allons, refusa Jean, c'est impensable.

— Impensable mais évident. Et chacun doit aussi assumer *à la fois* sa part de la splendeur et de la tristesse du monde. Mais, devant la première, il oublie Dieu et, devant la seconde, il le maudit.

Jean fit un geste comme pour écarter de lui ces paroles, toute parole. « Mon Dieu, pria Bruno, après Jeanne, après Bernard, ne me laissez pas échouer avec celui-ci... » Il reprit :

— J'ai mis longtemps à accepter. Non pas « comprendre » — cela ne veut rien dire! — mais accepter; et je bronche encore quelquefois. Accepter que l'odeur de Dieu soit à la fois celle du chèvrefeuille et celle de la sueur, de la sanie. Mais voici le plus dur, donc le plus noble : une fidélité par-delà la fleur, une fidélité fétide. La tienne pour Jeanne aux derniers temps, ajouta-t-il très bas.

Jean se leva à son tour, comme un homme qui s'entend appeler.

— Justement non, Bruno : je ne l'ai pas assez aimée.

— Tu n'as pas supporté de la voir souffrir...

— De la voir s'abîmer, dit Jean d'une voix rauque.

— C'est donc pour ne pas souffrir, toi? pour abréger ton supplice plutôt que le sien, que tu l'as achevée?

— Peut-être, balbutia-t-il. (Et soudain, se jetant à genoux devant le portrait de Jeanne :) Oui, cria-t-il, oui, c'est vrai. Oh! pardon...

— Tu le regrettes? Non pas ton geste, mais la part d'égoïsme et de lâcheté qu'il contenait, tu la regrettes?

L'homme à genoux étendit les bras en secouant la tête : il ne possédait rien, plus rien.

— Alors, dit Bruno, ne pense plus à toi, ni même à Jeanne seulement; mais à tous ceux qui ont mal et qui pleurent : à tous ceux qui sont *seuls* pour mourir, ou pour survivre. Cette croix sur le mur les représente tous, tu le sais?

— Laisse-moi, dit Jean.

— Sûrement pas! C'est cela que tu es venu chercher ici. Car tu as obtenu le pardon des hommes : ils t'ont acquitté, et rien n'a été changé pour toi. Tu viens chercher un autre pardon.

L'autre se défendit encore :

— Celui de Jeanne, c'est tout.

— Et pourquoi me le demander à moi? Parce que tu

ne m'as pas appelé à temps, la nuit de sa mort? Parce que tu as mis son âme en danger?

« Mais non! tu n'y as pas songé une seule fois depuis un an! Et moi, ajouta-t-il en cachant son visage, j'y pense chaque nuit...

— Ce n'est pas moi qui t'ai appelé, dit Jean après un silence : c'est elle qui t'a réclamé en faisant un signe de croix, son dernier geste.

Il se sentit saisi à bras-le-corps, furieusement, joyeusement :

— Le signe de la croix, répéta Bruno; puis, criant presque : Elle a fait le signe de la croix?

Il était tombé à genoux aux côtés de Jean; celui-ci l'entendit prononcer : « *Magnificat anima mea dominum!...* Oh! Jeanne... » Il n'aurait su dire si, derrière ces mains qui tremblaient, Bruno riait ou pleurait. Les deux à la fois, lorsqu'il se releva.

— Jean, veux-tu que je te donne l'absolution?

— Non, ce serait trop facile : ce serait de la lâcheté...

— Trop facile? (Il regarda ce visage raviné, ce regard usé, cette statue de la honte et du remords.) Assez d'orgueil à présent, ordonna-t-il. Non, reste à genoux. Ton acte de contrition, le sais-tu encore? (L'autre secoua la tête en haussant les épaules.) Alors, répète après moi : « Mon Dieu... J'ai un extrême regret... »

Du fond des temps, Jean reconnut les paroles qu'il n'avait jamais entendues que sortant des ténèbres, derrière la grille de bois de cet invisible prisonnier qui vous délivre : *Ego te absolvo a peccatis tuis... Passio domini nostri Jesu Christi...* Et il ferma les yeux, comme autrefois. A cet instant, il revit Jeanne; elle souriait. A cet instant, il ressentit si fort cette pensée qu'il ne put la retenir :

— Bruno, murmura-t-il, le temps n'existe pas.

Bruno le prit par les épaules et le releva, étonné de le trouver si léger :

— Le temps n'existe pas, répéta-t-il. Tu as trouvé tout seul le secret.

Jean s'assit pesamment. De quelle longue marche sortait-il épuisé? Le silence. Quelque part, dans cette bâtisse, un robinet coulait goutte à goutte : tac... tac... tac...

— Bruno, fit Jean d'un ton très las, c'est sans lendemain : je ne sais pas prier...

— Jeanne t'apprendra.

— Dieu... commença-t-il — mais Bruno l'interrompit d'un geste :

— *Dieu est le seul qui vous voit ensemble.* L'espace non plus n'existe pas. Quand tu auras ressenti cela, jusqu'au fond, tu ne pourras plus t'empêcher de prier.

— J'ai essayé, dit Jean comme s'il faisait l'aveu d'une faiblesse. J'ai essayé de prier : c'est monotone.

— Oui : comme de contempler la photo de quelqu'un qu'on aime! Monotone — inépuisable...

— Prier, répéta Jean. (Tac... tac... Était-ce au-dessus ou à côté, cette goutte d'eau? ou seulement dans sa tête?) Non, Bruno : je ne veux rien demander pour moi : je ne mérite rien.

— Penser à soi très humblement est encore penser à soi, dit le jeune homme en souriant. Mais les autres, Jean, les autres!

— Les autres m'ont toujours fait peur. La foule, son odeur, son haleine... Oh! Bruno, un wagon de métro à six heures du soir...

— C'est une fleur japonaise : un bout de papier fripé qui ne ressemble à rien; mais si tu le mets dans l'eau — quelles couleurs! quelle surprise! L'eau, c'est ton amour pour eux.

— Je ne les aime pas. Je ne peux pas croire que Dieu s'intéresse à chacun d'eux. Ils sont laids, Bruno.

— Laid ou beau, qu'elle en ait deux ou douze, chaque enfant est irremplaçable pour sa mère. Eh bien! chaque être est irremplaçable pour Dieu — c'est simple à comprendre. Si tu l'acceptes, tu es sûr de toujours voir la dignité de l'autre malgré sa disgrâce. Un nain, une prostituée... Et après? Le corps est suspect; l'âme seule... — La maladie de Jeanne ne te l'a donc pas appris? demanda-t-il avec une sorte de dureté.

Ils se turent parce qu'il fallait faire face aux images, se colleter avec les images.

— Moi, reprit Bruno, quand je ne suis plus en état de grâce, il ne m'est plus donné de voir les âmes en filigrane derrière les visages...

— Qu'est-ce que « l'état de grâce »? demanda Jean.

— Mais... je viens de te le dire.

— Je ne l'ai donc jamais connu, fit le grand amèrement, et je ne le connaîtrai jamais. Les autres... (Il parut les écarter à deux mains.) La forêt me cache les arbres!

— C'est le contraire, Jean : chaque arbre résume la forêt. Dans la douleur, l'infirmité, le désarroi d'un seul être, il t'est donné de ressentir ceux de l'humanité tout entière. Voilà la réponse de Dieu au mystère accablant de la foule.

— « Douleur », répéta Jean avec violence, vous n'avez que ce mot à la bouche!

— Qui ça, « nous » : Jeanne et moi?

— Tais-toi...

— Le monde entier et moi! poursuivit Bruno plus violemment. Tu te défends encore, mais trop tard! « Tu ne me chercherais pas si tu ne m'avais pas déjà trouvé »... Tu as pu passer quarante ans de ta vie en détournant les yeux chaque fois que tu rencontrais la Douleur : quarante ans à l'étranger! mais ton passeport n'est plus valable. A présent, tu la verras partout... Depuis le passant qui fronce un instant le sourcil parce qu'il vient d'avoir mal, jusqu'à l'agonisant qui meurt seul dans un hôpital sordide, c'est le chemin de la Douleur.

— Et si je veux garder la paix, moi?

— Comme Bernard? Ce qu'il appelle « la paix »? — Alors, ne remarque même pas le sourcillement du passant!... C'est peut-être pour cette raison que les aveugles semblent si paisibles : ils ne voient pas d'autre douleur que la leur.

Jean se leva, s'étira : éprouva ses membres comme un cavalier qui vient de tomber de cheval puis, se plantant devant Bruno :

— Bon. Et alors? Qu'est-ce que je peux faire, moi? « Aimer les autres », bondieuserie mise à part, qu'est-ce que ça veut dire?

— Parvenir à aimer leur visage de douleur : à aimer le visage même de la Douleur, qui s'appelle la Sainte Face.

— Absolument pas! je n'ai aucun besoin de Dieu pour cela.

— Je crois que si : justement parce qu'il est aussi le Dieu de la Création et de la Joie. *Vivre à la fois dans l'enchantement de la Création et la compassion des créatures,* comment y parvenir sans Lui?

Jean parut se voûter d'un coup. Il y eut un silence sans fin que ponctuait la goutte d'eau quelque part : le temps aveugle, le temps stupide....

— Pourquoi m'as-tu dit tout cela? demanda-t-il enfin d'un ton très las. J'en crèverai. On ne peut qu'en crever. Tous les vrais chrétiens, s'il y en a, devraient se suicider.

— Ils sourient, au contraire. C'est même à cela que tu les reconnaîtras : à ce sourire qui n'est ni provocation, ni suffisance, ni niaiserie. Un sourire au regard grave, et qui naît de la rencontre, au même instant, sur un visage humain, de toute la joie et de toute la douleur du monde.

Jean ferma les yeux :

— Avant, je ricochais toujours à la surface. Maintenant, Bruno...

— Maintenant ?

— Maintenant, je vais sombrer ; mais je m'en fous.

— Maintenant tu marcheras sur les eaux, dit Bruno d'une voix forte. Debout !

Jean le considéra avec un sourire triste : ses épaules étroites, sa soutane luisante, ses grosses chaussures — de haut en bas, avec un sourire triste.

— Bruno, murmura-t-il, *mon petit frère Bruno* — et son menton tremblait un peu.

On n'entendait plus le tac... tac... tac..., mais ce bruissement confus et constant qui sert aux villes de silence.

— Bon, dit Bruno, ce n'est pas tout : pas d'absolution sans pénitence. Pour pénitence...

— Ne m'impose pas de prières comme à un gosse : je ne sais pas prier ! Et puis...

Il hésita encore et dit, sans regarder Bruno :

— Ou bien tout ça ne signfiie rien, ou bien cela ne peut se résoudre en paroles toutes faites qu'on ressasse à genoux.

— Comme pénitence, reprit lentement Bruno, tu diras : Oui.

— Quoi ?

— A tout ce qu'on te demandera, à tout ce qu'on n'osera pas te demander : à la plainte, au regard de n'importe quel inconnu, tu diras : Oui.

— A tout le monde ?

— Sauf à toi-même.

— Jusqu'à quand ?

— Le reste de ta vie.

— Bruno !

— C'est cela que tu es venu chercher : non pas l'acquittement mais l'absolution. Et c'en est le prix.

Aucun d'eux n'aurait su dire l'heure, mais la nuit était tombée depuis longtemps. Ils s'accoudèrent à la fenêtre, en silence. Un vent froid, estafette de l'hiver, passait à leur hauteur. La ville s'étalait comme un champ de bataille ; la ville blessée ouvrait et refermait ses yeux innombrables... « Chaque lumière est peut-être un appel », pensa Jean avec angoisse. Il secoua encore une fois la tête et dit :

— Si je t'écoutais, Bruno, jamais plus je ne serais tranquille !

— Tu l'étais donc depuis un an ? (Il fit signe que non.) Tranquille ? Sûrement pas ; mais un jour, peut-être, tu ne parviendras plus à distinguer ta joie et ton devoir.

— Tu en es là ? demanda Jean.

— Par instants — mais ils me payent de tout. Le temps n'existe pas : il n'y a que les instants qui comptent.

Comme s'il suffoquait, Jean leva soudain les yeux au ciel. La lune y surgissait du cœur d'un grand désastre. Ces étoiles innombrables, invisibles, ces milliards de constellations royales, c'était la foule du métro à six heures : Jean lui faisait face avec calme et amitié. Le ciel respirait puissamment. Des siècles de nuages y dérivaient avec une grande lenteur ; et Jean regardait comme pour la première fois ce ciel habité, plein d'amours renouées — ce ciel de retrouvailles...

IX

ENTRE DANS MA DOULEUR

Un remorqueur allègre s'avançait au cœur même du fleuve dans une grande jubilation d'écume. Plusieurs passants s'arrêtèrent au milieu du pont pour le voir approcher avec ses moustaches de buveur de bière — et Jean était l'un d'eux. « Moi aussi je me laisse porter, songea-t-il, je descends le courant : rien ne me coûte... »

Bien que mai fût près de finir, Jean ressentait encore ce printemps comme au premier soir, heureux d'avoir retrouvé son ombre et de plisser les yeux dans la poussière d'or de midi.

« Tu as fait, comme disent les techniciens, *l'apprentissage accéléré* de la Douleur; bientôt tu feras celui de la Joie... » C'était une promesse de Bruno et le Ciel la tenait fidèlement. Certains jours — aujourd'hui — Jean avait soif de visages, savait déchiffrer chacun d'eux, et chacun d'eux appelait une prière. « L'homme qu'attend cette inconnue, mon Dieu, faites qu'il l'aime... Et la lettre qu'ouvre celui-ci... Et l'enfant que porte celle-là... » Jean était entré dans l'interminable litanie de l'amour des autres.

En passant devant une vitrine, il aperçut un visage qui souriait entre de longues rides mortes et pareilles à des torrents desséchés, un visage qu'il ne reconnaissait pas : le sien.

Comme chaque vendredi, il se rendait à *Golgotha,* cette fondation qui n'accueille que des cancéreux condamnés : le lieu de France où la mortalité est la plus élevée. Deux jours par semaine, en début d'après-midi, Jean aidait aux soins des malades et, le mardi soir, il veillait une salle toute la nuit. Personne, au Bureau, ne s'en doutait; Lia, elle-même, y croyait-elle vraiment?

Mais Golgotha n'était que la dernière étape et, tandis qu'il traversait les Tuileries si tièdes, Jean se remémorait son long itinéraire.

Six mois plus tôt, tandis que Bruno lui parlait, il savait déjà qu'entre tant de façons d'aimer les autres, il choisirait de visiter les malades. Au chevet d'un lit blanc, dans la tiédeur écœurante d'une salle d'hôpital, apporter à un inconnu à la fois le regard, qui partage sa douleur et le sourire qui confirme son espoir... Puisqu'il n'avait pas su le faire auprès de Jeanne, il recommencerait inlassablement auprès des autres : il savait maintenant qu'il n'est jamais trop tard. Jeanne, son amour, lui était devenue peu à peu étrangère; peu à peu, ces inconnus deviendraient son amour : c'était la seule *réparation* possible. Il dirait « oui » à tous ces regards qui ne trouvaient jamais, pour s'y poser, que d'autres souffrances. Tout cela se trouva décidé d'un coup et comme malgré lui en sortant de chez Bruno, l'autre nuit.

(Un vol d'oiseaux criards s'engouffra dans un marronnier et l'on aurait dit que l'arbre se grattait. Au centre du grand bassin, le jet d'eau s'élançait puis retombait par saccades, comme l'alouette...)

Pour pénétrer dans le Monde des malades, Jean avait cru d'abord qu'il suffisait de les aimer; et, pour les aimer, de le vouloir de toutes ses forces. Comme s'il suffisait de sourire pour se faire comprendre, à l'étranger... Puis il y était descendu marche après marche : visitant d'abord des enfants; puis des adultes sans famille; puis de ces malades chroniques qui n'intéressent plus les médecins et que les Chefs de service n'examinent pas une fois l'an... Enfin, après s'être ainsi lentement apprivoisé à la douleur, Jean soignait et veillait, à Golgotha, les malades condamnés.

(Il s'arrêta pour observer un pigeon aux pattes de corail qui buvait, à petits coups, l'eau d'une flaque pure en jetant chaque fois, autour de lui, un œil rond de prof' chahuté. Sur la pelouse neuve, un merle pressa le pas comme s'il était en retard à un enterrement...)

Marche après marche, oui, et sur la pointe des pieds, Jean avait découvert le Monde des malades.

Ceux qui se résignent, et ceux qui, *au contraire,* acceptent... Ceux qui injurient le Ciel, et ceux qui disent : « Malades et infirmes que nous sommes, par la grâce de Dieu... » Ceux qui refusent d'être à jamais immobiles et font attacher leur brancard derrière la moto d'un copain; ou encore méditent longtemps des voyages compliqués et leur fauteuil roulant est dans le fourgon du train... Ceux qui poursuivent des études sans issue, et de grands lycéens s'installent à leur chevet avec le compas ou le dictionnaire... Ceux qui prennent part à tous les concours des journaux et, dans la liste des prix, pas un seul dont ils pourraient profiter!... Ceux qui demandent qu'on prie pour eux; et ceux qui disent : « Je prierai pour toi, toute la journée, tous les jours!... » Ceux qui font, de leur salle, un couvent; et ceux qui en font un enfer; ou un cimetière... Ceux dont le corps et les membres ne sont qu'un arbre foudroyé, mais qui s'habillent seuls en y mettant le temps et les dents; et ceux qui, de désespoir, redeviennent des enfants pitoyables aux mains des rudes nourrices au voile blanc... Ceux qui prennent des mois (mais que vaut leur temps ?) pour fabriquer un poste de radio avec de petits outils au manche ridé; et ceux-là qui demeurent prostrés et ne sont plus que regard...

Assis dans un royaume de soleil, entre un litre et un pain, un clochard déjeunait en musique : à quelques pas de lui, un violoniste barbu jouait la Valse des Roses. Deux vieilles se faisaient mille politesses à qui s'assiérait la première sur un banc. Tout était gratuit; tout était grâce. D'immenses montagnes de neige s'entassaient dans le ciel. Et Jean, le sourire aux lèvres et les yeux graves, s'avançait parmi cette joie vers le comble de la douleur : vers Golgotha en traversant le printemps de Paris.

Lorsqu'il pénètre enfin dans le bâtiment gris, la porte, en se rabattant, tranche d'un coup le printemps derrière lui. Et tandis qu'il s'avance dans les couloirs tièdes, il lui semble que son corps tout entier s'imprègne de cette fade odeur de cuisine, de lessive et de médicaments. Pareils à des plantes chétives dans une immense serre, les malades, derrière la porte vitrée, *attendent :* partout ailleurs la guérison, ici la mort — mais ils sont les seuls à ne pas le savoir. Condamnés de tous sauf d'eux-mêmes, les voici hors du temps : l'éternité, pour eux, a déjà commencé.

Jean passe lentement devant les visages immobiles, tel un navire entre deux quais gris. Ils le suivent du regard, et certains sont si las qu'ils ne peuvent répondre à son salut que d'un clin de paupière. D'autres ont fermé les yeux; et rien ne les distingue de leur cadavre si ce n'est cette ride ou ce tressaillement : si ce n'est que le fil qui retient leur âme frémit encore.

Jean progresse au milieu de cette douleur dont il lui semble qu'il se revêt à mesure. Dans chacun des lits, c'est Jeanne qu'il retrouve : elle est son guide, son trait d'union. « Fallait-il que tu disparaisses pour que je les voie enfin ? » songe-t-il avec une amertume qui lui est presque douce.

Sœur Marie de la Croix l'attend à l'infirmerie, ainsi que chaque vendredi :

— Enfin !

Jean regarde ce visage qui ne porte aucune trace de mesquinerie ou d'envie : ce sourire fait visage. Il sait d'avance la phrase qu'elle va prononcer :

— C'est l'heure, monsieur Cormier !

— Oui. Je flânais un peu.

— Vous faisiez provision de joie ?

— De bonheur seulement.

Durant deux heures il va, de lit en lit, l'aider à refaire les pansements. Le premier vendredi, une incoercible nausée...

— Sortez, avait murmuré la sœur : respirez sous les les arbres, vite !

Mais, à présent, devant les plaies les plus repoussantes, son corps ne bronchera plus ; il a découvert le secret si simple : *c'est Jeanne qu'il soigne ici.*

Il y a là un vieil homme dont le cancer ronge le bas-ventre ; et, tandis qu'on le soigne, deux larmes lentes vivent seules sur son visage aux yeux fermés.

— Je vous fais mal ? demande Jean.

L'autre secoue la tête. Non, c'est l'impudicité des soins et la sensation de n'être qu'un objet inerte et répugnant qui le martyrisent.

Il y a un Algérien aux cheveux gris, aux longs doigts nobles bagués d'argent et qui, après les soins, baise la main de Jean.

Il y a ce très jeune homme : sa plaie coule constamment; et Jean défie le Ciel à son sujet. « Bernadette, qui as fait surgir une source, ne peux-tu tarir celle-ci?... »

Il y a ce cancéreux que, de surcroît, vient de foudroyer une crise cardiaque; et son visage fait penser au cheval dont un impitoyable cavalier « scie le mors ».

Il y a le vieux que Jean a vu admettre ici un mardi soir, sa nuit de veille : hirsute, en guenilles, les rides incrustées de crasse. Comment le reconnaître dans ce souverain exilé, si digne dans sa cuirasse immaculée, les mains immobiles à plat sur le drap, les ongles blancs?

Il y a M. D... qui va mourir demain et qui le sait. Plus de pansements pour lui. L'aumônier est passé; M. D..., les yeux clos, ne montre plus qu'un sourire d'ange dans une puanteur d'agonie.

C'est par lui, et tant d'autres avant lui, qu'après des mois de révolte Jean a compris le mystère de la Résurrection de la Chair : UN JOUR, TU AURAS ENFIN UN CORPS DIGNE DE TOI...

Par instants aussi — instants qui l'effraient — il approche de la Vérité, de la Charité essentielle : *Il n'y a que la mort des autres qui compte.*

Cinq heures : Jean se défit de la blouse et du pesant tablier qui n'étaient plus blancs. « Quatre jours sans les revoir! » Il s'en réjouissait et s'en désolait tout ensemble, parce que Amour et Lâcheté étaient mariés en lui inséparablement. Amour et Lâcheté. Orgueil et Désespoir. Calcul et Confiance... « Bah! pensait-il en se lavant jusqu'aux coudes avec une minutie de chirurgien, quand on se décrasse les mains, chacune nettoie l'autre. Ce doit bien être la même chose... »

— A mardi soir, dit Sœur Marie. Priez pour moi...

Du menton, il désigna la salle où reposaient les malades épuisés et où le mal, avec une lenteur de bête, explorait les linges neufs :

— Pour vous ? Pour eux, plutôt !

— Cela, je m'en charge.

Ils échangèrent le clin d'œil joyeux des complices de charité : le silencieux mot de passe des enfants de Dieu.

— A mardi soir.

Comme il passait devant la salle des consultations, la porte s'ouvrit et...

— Bernard ! (Le manteau frileusement drapé malgré mai, cette démarche d'empereur traqué — comment s'y tromper ?) Bernard !...

— Jean ! Qu'est-ce que tu fabriques ici ?... Serais-tu malade ? reprit-il soudain avec un intérêt singulier.

— Au contraire.

— Quel est le contraire de « malade » ? « Mort », sans doute ! demanda la voix sifflante.

— Non : j'aide à les soigner. (Il lui sembla que Bernard s'écartait de lui comme d'un contagieux.) Et toi, tu visites quelqu'un ici ?

— Moi, je suis malade.

— Qui te l'a dit ?

— Voilà une parole de bien portant ! fit Bernard aigrement. Qui me l'a dit ? — Tout, tout sauf les médecins.

— Louville...

— Louville est un âne. Ou plutôt non : un pauvre type — tu le sais mieux que personne ! Rien, aucun d'eux ne peut rien contre ce mal...

« Il n'ose même plus en prononcer le nom ! » pensa Jean et il prit l'avocat par le bras.

— ... Mais je ne me laisserai pas avoir, continua l'autre pour lui seul. Non, moi je n'accepterai pas... comme ceux-là! (Ils passaient devant la porte vitrée d'une salle.) Regarde-les, Jean, mais regarde-les! Comment veux-tu qu'on découvre jamais le remède? Personne ne se révolte... On devrait inoculer le mal aux médecins!

— D'abord, on est tout près de trouver le remède. Ensuite...

— Je le croyais aussi, du temps de Jeanne!... Jeanne, répéta-t-il en dégageant son bras d'un geste brutal : tu as vécu cela et tu viens traîner ici? Et tu espères encore une découverte? Et tu me raconteras peut-être, comme les autres, que je ne suis pas malade? *Mais ils le sont eux-mêmes,* les malheureux : ils en crèveront tous!

— Bernard...

— Pardon! Tu ne veux pas que nous passions prier ensemble à la chapelle? J'ai appris, en effet, que tu...

— Non, fit Jean sèchement, ni à la chapelle ni au bar : ni prier ni boire ensemble! Tu empestes l'alcool, Bernard, et tu racontes n'importe quoi. Je te téléphonerai un de ces soirs; mais toi, si tu as des embêtements, appelle-moi... De jour ou de nuit : à n'importe quelle heure! dut-il ajouter en criant car, à grandes enjambées, sans un mot de plus, Bernard s'éloignait.

Jean téléphona au docteur Adelin puis passa voir Louville, dès le lendemain :

— Votre ami n'a rien, absolument rien. Sur son insistance, j'ai fait procéder à un examen du sang et à une analyse de tissus. La biopsie est formelle : malade imaginaire! Mais on peut en mourir, ajouta-t-il de sa voix froide. Bonsoir, Monsieur.

En rentrant chez lui, Jean trouva son invité Bruno qui dressait lui-même le couvert pour le dîner.

— Et Lia?... — Il se reprit : Je veux dire : Maria?

— Malade. Je l'ai obligée à monter se coucher sous

peine d'excommunication majeure! Je viens de lui porter de la tisane.

— J'y monte, Bruno. A tout de suite.

Mais il dut reparaître sur le seuil et demander, non sans honte :

— Où se trouve sa chambre, exactement?

— Numéro 5, au sixième, à droite.

En gravissant l'escalier squelettique, Jean pensait que, depuis quinze ans, il ne s'était jamais soucié du logement de Maria, ni de sa santé. « Bah! elle est bâtie à chaux et à sable! » se répétait-il pour s'absoudre.

— Lia... C'est moi, Jean.

Une étrange voix répondit après avoir hésité :

— Entre, mon petit.

Elle était assise dans le lit étroit et pleurait, impassible.

— Lia, Lia, qu'y a-t-il? Tu as donc si mal?... Non?... Alors?

Elle se murait dans un silence hautain d'otage. En rappelant patiemment leur passé, son enfance, il y fit enfin une brèche.

— Comprends bien, mon petit : si je tombe malade, c'est fini. Je te quitterai et où irai-je?

— Mais, Lia...

— Non, coupa-t-elle, je sais ce que tu vas proposer, mais je n'accepterai pas de rester à ta charge. Déjà, tu as sûrement pensé que j'aurais dû mourir à la place de...

— Jamais, Lia, jamais! Cela n'a pas de sens...

— Je l'ai bien pensé, moi! Mais je n'ai pas osé le réclamer à Dieu... Je te demande pardon, mon petit.

Bouleversé de compassion et, davantage encore, de remords, Jean tenta de lui faire comprendre...

— Non, mon petit : pour nous autres, la maladie c'est la fin. Un outil cassé... Un outil cassé, répéta-t-elle fortement comme s'il s'agissait d'une évidence, puis elle hocha la tête et reprit ses pleurs souverains.

Jean parla, fit des gestes, s'emporta; elle ne l'écoutait plus, ne le regardait plus.

— Je remonterai tout à l'heure, Lia. Tâche de dormir... Oh! mais demain il faudra que je coupe ces affreux poils blancs sur ta joue...

La plaisanterie familière elle-même ne l'atteignit point. Un outil cassé...

« Nous autres », avait-elle dit. *Nous autres,* c'était ce peuple immense et résigné dont Jean se sentait, à présent, responsable. Les pauvres, les malades, les humiliés, gens de taudis, d'usine et d'hôpital : le triste troupeau auquel le monde fournit tant de chiens et si peu de bergers...

— Bruno, qu'y pouvons-nous?

— Prier, Jean, prier... Je n'ai plus rien à t'apprendre; tu as acquis maintenant le sixième sens : celui de la fragilité des autres. Jeanne est ton chemin pour trouver Dieu; et la douleur des autres ton chemin pour retrouver Jeanne. C'est bien.

Il se tut un long moment; aucun d'eux ne mangeait.

— Voilà, reprit Bruno, *tu es entré dans sa douleur...*

— Pas à temps!

— « Le temps n'existe pas... » — Qui donc m'a dit cela?

Ce mardi, Jean arriva un peu essoufflé sur le palier du premier étage mais se donna le temps d'observer Sœur Marie à son insu : elle était seule, elle souriait. « Sourire aux anges? — Non, à Dieu. »

— 8 h 27! Je suis à l'heure. Et pourtant, ma Sœur, c'est la plus douce soirée de ce printemps...

— Monsieur Cormier, cette nuit vous prendrez la garde en bas, salle Vianney, contre la chapelle. Il faut absolument que je surveille celle-ci.

— A cause dú 18?

— A cause du 18.

— Mais je ne connais aucun des malades de Vianney.

— Rien de spécial — sauf un petit, premier lit à doite. Cancer du crâne. Il est très mal : ses parents passent la journée entière à son chevet; ils viennent juste de partir.

Jean se vêtit de blanc, descendit dans l'hôpital silencieux et, lit après lit, reconnut ses compagnons de nuit. A présent, il savait mesurer sur un visage l'ombre de la mort et donner à chacun son âge véritable : le temps qui lui restait à vivre.

Lorsqu'il parvint au chevet de l'enfant, il dut s'agripper des deux mains au lit blanc, car c'était Yves.

Dans la déroute de son cœur, il tenta encore de se persuader du contraire et qu'il était impossible, après deux rencontres et trois ans d'absence, qu'il reconnût un visage d'enfant, de surcroît déformé par le mal. Mais, les yeux clos, le petit geignait doucement; et cette voix même, l'angoisse de Jean à l'écoute de cette voix, l'assurait que c'était Yves. Il retrouva, d'un coup, sa nausée abolie depuis l'enterrement de Jeanne; ses mains tremblaient : « Si je reste, je vais crier... Si je reste, je ne pourrai pas m'empêcher de crier... » Il sortit sous le préau, happa une cigarette du paquet et la fuma d'un trait. S'empêcher de penser... Il s'y appliquait laborieusement. « Qui vais-je appeler, Jeanne ou Bruno ? » se demanda-t-il à voix haute et, pour la première fois depuis la nuit du 17 décembre, il sentit que sa raison vacillait.

Après s'être composé un visage, il monta trouver Sœur Marie qui veillait auprès du lit 18.

— Le nom du petit garçon? demanda-t-il (et il espéra encore, le temps d'un éclair.)

— Yves-Marie.

— Cinq ans?

— A peu près. Ses parents habitent rue de Monceau. Je ne me rappelle plus leur nom exact... D'ailleurs, c'est un enfant adopté.

Où trouva-t-il la force de demander encore :

— Il est perdu?

Si singulier le ton, que la religieuse le dévisagea :

— Bien sûr, puisqu'il est ici. Mais cela ira assez vite, heureusement.

— Pas assez! fit Jean d'une voix rauque. Il souffre, il geint sans cesse. Un enfant... Pourquoi, Sœur Marie, Pourquoi?

— Pourquoi le Massacre des Innocents? C'est un mystère.

— Il y a trop de mystères! Je n'en peux plus, ajouta-t-il très bas, j'étouffe...

— Chacun d'eux est pareil au soleil : on ne peut le regarder en face, et pourtant il éclaire notre route.

— Non, dit Jean, c'est la nuit pour moi, ce soir — la nuit totale!

— Les petits enfants non plus ne comprennent pas lorsqu'on les opère, lorsqu'on leur fait mal; mais ils ont confiance.

— Nous ne sommes pas des enfants!

— Moi, si. Vous, pas encore. Bientôt, peut-être... Si le petit souffre trop, reprit-elle après un silence, vous savez où se trouve la morphine? La moitié d'une ampoule; vous jetterez le reste.

Il la regarda avec une sorte d'effroi; mais elle ne détourna point les yeux. « Ignore-t-elle qui je suis et ce que j'ai fait? Ou bien... »

— La confiance, répéta-t-elle à mi-voix. Descendez vite les retrouver.

Les autres reposaient en soupirant parfois; mais l'enfant se plaignait plus haut que tout à l'heure et continûment. Jean alla entrouvrir une fenêtre : une bouffée de brise tiède, l'odeur sucrée des troènes et le cri allègre des martinets... « A quoi tout cela sert-il? pensa Jean. De quel droit cette joie, si Yves doit mourir? » — et il maudit le printemps.

Après une heure de veille, le ton et le rythme des plaintes changèrent soudain : un râle profond, haletant, et dont il semblait qu'un corps aussi frêle fût incapable de l'exhaler. Le petit navire tremblait jusqu'à fond de cale. Jean approcha encore, entra dans l'aire brûlante du combat. La tête d'Yves se mit à rouler de droite et de gauche, comme si elle quêtait l'apaisement ici et là, ici puis là. Les bandages immaculés rendaient son visage terreux. Une énorme bosse les gonflait, du côté du mal, comme la terre se soulève du terrier d'une bête. Jean prit dans les siennes les deux mains de feu; c'était la première fois qu'il touchait Yves. Le petit ouvrit enfin les yeux, et son regard était insupportable : il interrogeait, il accusait... Jean se sentit entièrement responsable de tous les enfants qui souffraient sans comprendre, mouraient sans savoir. Il ne cilla pas, ne quitta pas un instant des yeux le regard épuisé mais exigeant. Puis Yves détourna la tête, lentement, et reprit sa plainte. La sueur commença de couler sur ce visage que la souffrance, par instants, semblait froisser comme une main brutale un papier gris.

Jean se leva et alla préparer la piqûre : la moitié d'une ampoule, plutôt moins — mais il mit le reste de côté. Avant d'y planter l'aiguille, il baisa la petite cuisse maigre, comme une relique.

Tandis que l'enfant s'apaisait, Jean reprit sa main et parla : il relatait leur existence à trois... Tandis que

Jeanne agonisait, il avait pareillement rappelé tous leurs souvenirs. Mentait-il, cette fois? — Non, il donnait enfin vie aux rêves de tant de nuits. Il racontait tout haut Jeanne allant chercher Yves à la sortie de l'école; et le départ pour les vacances; la première séance chez le coiffeur « parce que tu ne pouvais pas garder toujours tes boucles de fille »; le matin de Noël devant la cheminée; et la recherche des œufs de Pâques dans le jardin du Moulin...

A l'enfant inconscient, il racontait sa vie si brève, pendant qu'il en était temps encore. Et ses paroles demeuraient devant lui, peuplant la salle ensommeillée; l'odeur fraîche de la rivière, le bruissement du Moulin chassaient la senteur fade et les soupirs de ces hommes condamnés — et Jeanne était assise parmi eux, assise de l'autre côté du lit...

Trois heures sonnèrent sans hâte; peu après, l'enfant reprit ses plaintes avec, à la fin de chacune d'elle, un tel cri de douleur qu'il paraissait, chaque fois, devoir être le dernier. Le cœur de Jean se mit à battre avec violence. Yves ouvrit les yeux et lui jeta un regard suppliant.

— Non, dit Jean, je n'ai pas le droit!

Il avait parlé si haut qu'il crut avoir alerté Sœur Marie; et il attendit, penaud, l'oreille aux aguets d'un pas dans l'escalier. Mais non. Alors, il répéta à mi-voix : « Pas le droit! » et il se dirigea vers l'infirmerie, saisit le reste de l'ampoule et la jeta. Il entendait, à travers les murs, les plaintes rauques du petit Yves et son corps entier ruisselait de sueur. Il se boucha les oreilles; mais plus fort que le bourdonnement de son sang, il percevait encore les cris rouillés et le halètement. Il traversa la salle en courant presque et, forçant la porte voisine, se jeta à genoux dans la chapelle obscure.

Il était incapable d'articuler une parole, de formuler une seule pensée : à genoux, la tête battante, le corps vide, et ces larmes qui inondaient son visage. De l'autre côté de la cloison, il entendait distinctement l'enfant gémir, puis crier, parfois hurler. Il se mit debout et marcha en titubant jusqu'au tabernacle :

— Vous n'avez pas le droit non plus, dit-il tout bas; puis d'une voix forte : Pas le droit! vous n'avez pas le droit!... Vous savez bien que je vais recommencer! que je *dois* recommencer!

Il y avait là une reproduction de la Sainte Face et la lampe rouge de l'autel lui faisait des larmes de sang. Il la dévisagea longtemps, comme fasciné; il croyait, à chaque instant, qu'elle allait ouvrir ses yeux. A la fin, il ne put supporter plus longtemps ce regard clos et tomba à genoux avec un gémissement.

— Je vous en supplie, murmura-t-il, guérissez-le! Je ne vous demanderai plus jamais rien d'autre — mais guérissez-le!... (Les cris, de l'autre côté...) Sinon, c'est moi qui ferai le nécessaire, vous le savez bien... Jeanne, au secours!

Il attendit un long moment, parfaitement immobile, le buste penché en avant, la bouche entrouverte — statue, mendiant. Et soudain ces paroles lui vinrent aux lèvres comme malgré lui :

— Toutefois, votre volonté et non la mienne!

Puis il se mit à prier très vite, presque au rythme de sa respiration : « Je vous salue Marie, pleine de grâce... Je vous salue Marie... »

Ce fut longtemps après qu'il s'avisa que les plaintes, de l'autre côté du mur, avaient cessé. Il crut se tromper; il n'osait pas se fier à cette grande jubilation qui montait en lui telle une eau écumante. Mais non : plus d'autre bruit que les battements de l'horloge qui avec la lampe rouge, formait le cœur de cet immense corps malade.

Alors Jean se leva sur des jambes qui tremblaient :

— Vous l'avez guéri, Seigneur, vous l'avez guéri!

Il exultait; une action de grâces, vaste comme la mer...

— Vous l'avez guéri... Yves!... Jeanne!... Oh!... merci, merci, mon Dieu!

Il retourna en courant jusqu'à la salle. L'enfant reposait, *souriant;* il était mort.

Quand Jean rentra chez lui, hébété, il n'eut pas un regard pour le courrier du matin. Cependant, une force le ramena jusqu'au vestibule et le contraignit à feuilleter les enveloppes. Sur l'une d'elles, il reconnut l'écriture de Bernard. « J'aurais dû lui téléphoner. Je vais l'appeler; mais je ne lui dirai pas que le petit... »

Il s'arrêta interdit : il avait décacheté la lettre et ses yeux, un instant plus tôt que son esprit, lisaient ceci.

« Mon vieux Jean, jusqu'à minuit j'ai tenté de te parler « au téléphone. « De jour ou de nuit, à n'importe quelle « heure! » avais-tu promis. Personne... C'était peut-être « un *signe,* comme tu dirais à présent! Non, je ne me « moque pas de toi; je n'en ai pas envie : Je vais me tuer. « Tu sais pourquoi.

« Surtout, Jean, ne garde aucun remords de m'avoir « manqué : je ne t'aurais parlé de rien. Simplement, ta « voix était la seule que j'aurais encore aimé entendre. « Il est minuit. C'est pour poster ce mot que je vais « sortir pour la dernière fois. L'enveloppe lâchée dans « la boîte, la machine sera en marche...

« Je laisse une lettre pour la Police et un mémoire pour « la Justice afin que mon geste contribue à la reconnais-

« sance légale de l'euthanasie. Je savais que je ne pourrais « plus compter sur toi quand le temps eût été venu : j'ai « préféré le devancer. Je crois que je ne t'en veux pas, « Jean. Non, je ne t'en veux pas. De toute manière, il « n'est plus temps d'en parler — et je suis si fatigué...

« Jean, te rappelles-tu lorsque nous remontions le « boulevard Malesherbes, en revenant du lycée? On se « raccompagnait interminablement l'un chez l'autre... « Voici que je pleure. Qu'est-ce que la vie, Jean? Et « qu'est-ce que la mort?... Tout de même, si Dieu existait, « ce serait plus *humain*. Quel dommage!

« Je t'embrasse.

« Ton vieux frère, Bernard. »

***

Ce furent les journaux du surlendemain vendredi qui annoncèrent la nouvelle :

CANCER VAINCU. SERUM EFFICACE A 95 %

Pour la première fois depuis le jour de la Victoire, ils portaient tous, mot à mot, le même titre et l'étalaient sur toute la largeur de leur page.

Ce matin-là, les maîtres du monde, les princesses à marier, les vedettes et les assassins se trouvaient relégués à l'intérieur, derrière cette page qui, tout entière, relatait l'enfantement de la découverte et sa longue expérimentation dans le secret. Elle indiquait aussi, pour les grandes villes, les endroits où l'on pouvait déjà se procurer le sérum. Dès les premières heures de la matinée, on y fit queue tandis que le téléphone des médecins se trouvait bloqué à force d'appels. Avant midi, la radio diffusait des avis afin d'endiguer ce raz de marée et de rassurer un public qui craignait déjà que le sérum vînt à manquer et dénonçait des passe-droits imaginaires. La police dut mettre une garde à l'Institut Pasteur, aux hôpitaux, aux dispensaires. Durant cette seule matinée, les représentants de vingt-trois puissances avaient transmis une demande officielle de fourniture au ministère de la Santé publique. Et le jury du prix Nobel savait déjà que, cette année, il cumulerait toutes ses récompenses scientifiques sur une seule lauréate : le Professeur L., de Paris. Car c'était une femme qui, après douze ans de recherches, avait découvert le sérum. Lorsqu'il l'apprit, Bruno songea au pauvre Bernard qui assimilait le Cancer à Satan : ... « Et une femme l'écrasera sous son talon... »

Sur le chemin de Golgotha, Jean ne songeait qu'à Bernard dont le grand corps pourrissait, crainte de pourrir. Une seule fois, il lui vint à l'esprit que, si cette découverte avait eu lieu deux ans plus tôt... — Mais il chassa cette pensée qui tuait Jeanne et Yves pour la seconde fois.

Une grande joie l'habitait. Pourtant, il savait que déjà, dans ces mêmes laboratoires, les savants reprenaient la lutte contre une toxicose inconnue, contre une mutation de virus qui, demain, déchaînerait le nouveau Mal du siècle.

Il savait qu'à Golgotha, pour ses malades impassibles, c'était une journée comme les autres. Rien de changé, pour eux, jusqu'à l'heure de leur mort! Jusqu'à la veille de l'armistice, des soldats se font tuer... Dans un instant, Sœur Marie de la Croix l'accueillerait avec un sourire grave en lui disant : « C'est l'heure! »

Il savait maintenant que, malgré le printemps et ses oiseaux ivres, à Golgotha comme derrière tous les murs gris des hôpitaux, des prisons, des casernes, le Christ était en agonie jusqu'à la fin du monde...

ADIEU DONC,
ENFANTS DE MON CŒUR...
Mars 1958

Grands Auteurs

Presque des classiques, des auteurs consacrés mais encore et tellement proches de nous.

Demandez à votre libraire le catalogue semestriel gratuit.

CARRIERE Jean-Claude

Humour 1900 (1066 ****)
Un feu d'artifice des plus brillants humoristes du début du siècle.

Lettres d'amour (1138 ****)
Les plus belles pages inspirées par l'amour.

CESBRON Gilbert

Chiens perdus sans collier (6 **)
Le drame de l'enfance abandonnée.

Vous verrez le ciel ouvert (65 ***)
L'injustice des hommes, le miracle et la foi.

Il est plus tard que tu ne penses (131 ***)
L'euthanasie par amour.

Ce siècle appelle au secours (365 *)
Un regard aigu sur notre civilisation.

C'est Mozart qu'on assassine (379 ***)
Le divorce de ses parents plonge Martin dans l'univers sordide des adultes. En sortira-t-il intact ?

L'homme seul (454 *)
Une tragédie inspirée par le personnage de Mussolini.

Je suis mal dans ta peau (634 ***)
Apres des études a Paris, deux jeunes Africains cherchent a reprendre racine dans leur terre natale.

Ce qu'on appelle vivre (851 ****)
L'itineraire d'une vie fervente et fraternelle.

La ville couronnée d'épines (979 **)
Amoureux de la banlieue, l'auteur recrée sa beaute passée.

Mourir etonné (1132 ***)
Au seuil de la mort, Cesbron s'interroge.

CLANCIER Georges-Emmanuel

Le pain noir :

1 - Le pain noir (651 ***)

2 - La fabrique du roi (652 ***)

3 - Les drapeaux de la ville (653 ****)

4 - La dernière saison (654 ***)
De 1875 a la Seconde Guerre mondiale, la chronique d'une famille pauvre qui tente de survivre, à l'heure des premiers grands conflits du travail.

CLAVEL Bernard

Le tonnerre de Dieu (290 *)
Une fille perdue redecouvre la nature et la chaleur humaine.

Le voyage du père (300 *)
Le chemin de croix d'un pere à la recherche de sa fille.

L'Espagnol (309 ***)
Brisé par la guerre, il renait au contact de la terre.

Malataverne (324 *)
Ce ne sont pas des voyous, seulement des gosses incompris.

L'hercule sur la place (333 **)
L'aventure d'un adolescent parmi les gens du voyage.

Le tambour du bief (457 **)
Cette malade était incurable : Antoine, l'infirmier, avait-il le droit d'abreger ses souffrances ?

Le massacre des innocents (474 *)
La decouverte, à travers un homme admirable, des souffrances ou la guerre jette les enfants.

L'espion aux yeux verts (499 **)
Des nouvelles qui sont aussi les souvenirs les plus chers de Bernard Clavel.

La grande patience :

1 - La maison des autres (522 ****)
En 1937, à 16 ans, Julien entre en apprentissage chez un pâtissier de Dole.

2 - Celui qui voulait voir la mer (523 ****)
L'exode de 1940 sépare Julien de ses parents.

3 - Le cœur des vivants (524 ****)
Sous l'Occupation, Julien découvre l'amour, la violence et la mort.

4 - Les fruits de l'hiver (525 ****)
A la Libération, les difficiles retrouvailles de Julien et de ses parents.

Le seigneur du fleuve (590 ***)
Le combat, sur le Rhône, de la batellerie a chevaux contre la machine a vapeur.

Pirates du Rhône (658 *)
Le Rhône d'autrefois, avec ses passeurs, ses braconniers, ses pirates.

Le silence des armes (742 ***)
Jacques Fortier revient de la guerre dans son village du Jura. Mais peut-on se défaire de la guerre ?

Ecrit sur la neige (916 ***)
Un grand écrivain se livre à ses lecteurs.

Tiennot (1099 **)
Tiennot vit seul sur son île lorsqu'une femme vient tout bouleverser.

La bourrelle / L'Iroquoise (1164 **)
Au Québec, une femme a le choix entre la pendaison et le mariage.

Lettre à un képi blanc (D100 *)
La lutte contre la guerre est le combat essentiel.

COLETTE

Le blé en herbe (2 *)
Phil partagé entre l'expérience de Léa et l'innocence de Vinca.

DAUDET Alphonse

Lettres de mon moulin (844 *)
Le curé de Cucugnan, la chèvre de M. Seguin... Des amis de toujours.

FLAUBERT Gustave

Madame Bovary (103 **)
De cet adultère provincial Flaubert a fait un chef-d'œuvre.

FOURASTIE Fr. et J.

Les écrivains témoins du peuple (1090 ****)
De Chrétien de Troyes à Zola, la vie quotidienne des générations qui ont fait la France d'aujourd'hui.

PEREC Georges

Les choses (259 *)
Le bonheur est-il lié aux choses qui peuvent s'acheter ?

RENARD Jules

Poil de carotte (11 *)
Sous son ironie facilement amère, que de tendresse pour son père !

ROY Claude

Victor Hugo, témoin de son siècle (1171 ****)
Le XIXe siècle décrit par le grand visionnaire.

TROYAT Henri

La neige en deuil (10 *)
Une tragédie dans le cadre grandiose des Alpes.

La lumière des justes :

1 - Les compagnons du coquelicot (272 ***)
A Paris, en 1814, un jeune lieutenant du Tsar s'éprend d'une Parisienne dont tout le sépare.

2 - La barynia (274 ***)
Sophie se heurte aux préjugés de la Russie impériale.

3 - La gloire des vaincus (276***)
Nicolas tente avec ses amis de renverser le régime autocratique du Tsar.
4 - Les dames de Sibérie (278***)
Sophie rejoint son mari condamné à la déportation.
5 - Sophie ou la fin des combats (280***)
Elle retrouve les salons parisiens et les fastes du Second Empire.
Le geste d'Eve (323*)
Les histoires les plus invraisemblables ne sont pas forcément les moins vraies.

Les Eygletière :
1 - Les Eygletière (344***)
Une femme volage, des maîtresses, des enfants qui lui sont indifférents, une grosse fortune, voilà la respectabilité de Philippe Eygletière.
2 - La faim des lionceaux (345***)
Les égoïsmes, les appétits, les vices des parents et des enfants se déchaînent.
3 - La malandre (346***)
Les sourds craquements d'une charpente sociale vieillie, pourrie, pleine de « malandres ».

La pierre, la feuille et les ciseaux (559**)
Un rêveur impénitent lutte avec maladresse contre la passion qui le dévore.

Anne Prédaille (619**)
L'amour étouffant d'Anne dévore aussi bien son père que le jeune Laurent.

Le Moscovite :
1 - Le Moscovite (762**)
Armand, l'émigré français, voit avec déchirement la Grande Armée envahir la Russie qui l'a recueilli.
2 - Les désordres secrets (763**)
Armand suit la belle actrice Pauline dans la retraite napoléonienne et se trouve précipité dans l'enfer de la Berezina.
3 - Les feux du matin (764**)
Exilé à Paris, pris entre deux amours, échappera-t-il à son destin tragique ?

Grimbosq (801***)
Un architecte français à la cour du tsar Pierre le Grand.
Le front dans les nuages (950**)
Deux femmes mûres découvrent la vie.
Le prisonnier n° 1 (1117**)
Nul ne saura qui il est, ainsi en a décidé Catherine II.
Un si long chemin (D103**)
D'une Russie rêvée à une France vécue, la vie d'un grand écrivain.

ZOLA Emile
L'assommoir (900***)
Gervaise, courageuse ouvrière, affronte le drame de l'alcool et de la misère.

Germinal (901***)
Le mineur Etienne Lantier appelle ses camarades à la révolte.

La terre (902***)
Le monde des paysans dans sa réalité terrible et grandiose.

Nana (954***)
Une courtisane sensuelle et subversive.

La bête humaine (955***)
Elle fonce et tue, telle la locomotive folle...

La fortune des Rougon (1008**)
« C'était une famille de bandits à l'affût, prêts à détrousser les événements. »

Thérèse Raquin (1018**)
La déchéance d'une femme soumise à ses sens.

L'étage noble (831 **)
Des femmes et des hommes d'aujourd'hui sentent que leur monde est menacé.

DUBOIS Jacqueline
Le Petit Octobre (852 ***)
Une enfant de huit ans sous la terreur stalinienne.

GALLO Max
Un pas vers la mer (564 *)
A-t-elle provoqué le suicide de sor fils pour être indépendante ?
L'oiseau des origines (662 **)
Son père mourant a griffonné un nom, Eva. Est-ce la clef du mystère des origines de Thomas ?
La baie des Anges :
1 - La baie des Anges (860 ****)
A Nice, en 1890, commence la grande saga des frères Revelli.
2 - Le palais des Fêtes (861 ****)
Les frères Revelli vivent les illusions et les tumultes des années 30.
3 - La promenade des Anglais (862 ****)
Les petits-fils Revelli affrontent le monde d'aujourd'hui.

GROULT Flora
Un seul ennui, les jours raccourcissent (897 **)
... mais qu'ils sont passionnés encore pour une femme qui redécouvre l'amour.
Ni tout à fait la même ni tout à fait une autre... (1174 ***)
Lison ne subit plus son destin, elle le choisit.

McCULLOUGH Colleen
Les oiseaux se cachent pour mourir (2 t. 1021 **** et 1022 ****)
L'épopée vécue par Meggie et Ralph au cours de cinquante ans d'aventures et de passions à travers le continent australien.
Tim (1141 ***)
L'histoire d'un amour que la société a condamné par avance.

PEREC Georges
Les choses (259 *)
Le bonheur est-il lié aux choses qui peuvent s'acheter ?

PEYREFITTE Alain
Quand la Chine s'éveillera (2 t. 937 *** et 938 ***)
Dans cette nouvelle édition d'un best-seller mondial, le point sur les soubresauts qui ont suivi la mort de Mao.

PEYREFITTE Roger
Les amitiés particulières (17 ***)
Le climat et les illusions troubles de la première adolescence.
Notre amour (416 **)
La rencontre de l'auteur et d'un jeune homme qui lui rappelle le héros des Amitiés particulières.
Manouche (487 **)
Reine du Tout-Paris et de la pègre, Manouche raconte, sans complexes...

REMY Pierre-Jean
Orient-Express (2 t. 1152 *** et 1153 ***)
Séductrices, aventuriers, princes russes voyagent à son bord.

SAGAN Françoise
Le lit défait (915 ***)
La liaison orageuse d'un écrivain et d'une comédienne.
Le sang doré des Borgia (1096 **)
Une tragédie historique où se mêlent l'amour, l'argent et le poison.

SAILOR Charles
Le second fils de l'homme (1192 ****)
Il fait des miracles, est-il pour autant le second fils de Dieu ? *(juin 1981)*

SEGAL Erich
Love story (412 *)
Le roman qui a changé l'image de l'amour.
Oliver's story (1059 **)
Jenny est morte mais Oliver doit réapprendre à vivre.

La Montagne aux Ecritures (1064 ***)
La mission Beaufort-Lignac est-elle perdue ? Le capitaine Verdier part à sa recherche.
Le rendez-vous d'Essendilène (1078 ***)
Nicole etait perdue, seule, au cœur du desert...
Le rapt (1181 ****)
Perdue dans le Grand Nord, Kristina sera-t-elle sauvée ?

GRADY James
Les trois jours du Condor (709 *)
Il a trois jours pour échapper aux assassins et démasquer les traîtres.
L'ombre du Condor (1065 ****)
Tombé aux mains d'agents chinois, pourra-t-il encore remplir sa mission ?

HALEY Alex
Racines (2 t. 968 **** et 969 ****)
Ce triomphe mondial de la littérature et de la TV fait revivre le drame des esclaves noirs en Amérique.

KATZ Robert
Le pont de Cassandra (827 **)
Contaminés par une arme bactériologique, ils sont emportés par un train fou.

LARTEGUY Jean
Les naufragés du soleil (1050 ****)
Trois hommes, rejetés d'Asie, se souviennent de leurs amours exotiques.
Le cheval de feu (1095 ****)
Yves Lortais, sorcier de la guerre, est pris entre Nane, son épouse, et la princesse Tiane.

LEVIN Ira
Ces garçons qui venaient du Brésil (906 ***)
Sur l'ordre du Dr Mengele, six tueurs nazis partent en mission.

REID P.R.
Colditz (661 **)
L'auteur s'évade, en 1942, de la forteresse d'où l'on ne s'évade pas (feuilleton TV)

RIOU Roger
Adieu la Tortue (D76 ****)
Fabuleuse aventure d'un missionnaire dans l'île de la Tortue.

URIS Leon
Trinité (3 t. 863 ****, 864 **** et 865 ****)
Dans une Irlande en flammes, le jeu de l'amour et de la mort.

WALKER Margaret
Jubilee (2 t. 842 *** et 843 ***)
*Elle est la fille du Maître blanc... elle restera toujours esclave. L'*Autant en emporte le vent *des Noirs américains.*

WOUK Herman
Le souffle de la guerre (3 t. 575 ****, 576 **** et 577 ****)
Brian, Nathalie, Pamela et Victor... Leurs vies et leurs amours vont être bouleversées par le grand souffle tragique de la Seconde Guerre mondiale.

FOSTER Alan Dean
Alien (1115***)
Avec la créature de l'Extérieur, c'est la mort qui pénètre dans l'astronef.
Le trou noir (1129***)
Un maelström d'énergie les entraînait au delà de l'univers connu.

GOLON Anne et Serge
Angélique, marquise des Anges
Son mari condamné au bûcher, Angélique devient la marquise des Anges à la Cour des Miracles. Puis elle retrouve grâce auprès de Louis XIV et dispute son amour à Mme de Montespan. Bien d'autres aventures attendent encore Angélique...

GUEST Judith
Des gens comme les autres (909***)
Après un suicide manqué, un adolescent redécouvre ses parents.

HALEY Alex
Racines (2 t. 968**** et 969****)
Ce triomphe mondial de la littérature et de la TV fait revivre le drame des esclaves noirs en Amérique.

HAWKESWORTH J.
Maîtres et valets (717**)
Ce célèbre feuilleton de TV évoque la société aristocratique anglaise du début du siècle.

KING Stephen
Carrie (835***)
Ses pouvoirs supra-normaux lui font massacrer plus de 400 personnes.

LARSON et THURSTON
Galactica (1083***)
L'astro-forteresse Galactica reste le dernier espoir de l'humanité décimée.

LEVIN Ira
Un bébé pour Rosemary (342**)
A New York, Satan s'empare des âmes et des corps
Ces garçons qui venaient du Brésil (906***)
Sur l'ordre du Dr Mengele, six tueurs nazis partent en mission.

LUND Doris
Eric (Printemps perdu) (759***)
Pendant quatre ans, le jeune Eric défie la terrible maladie qui va le tuer.

MALPASS Eric
Le matin est servi (340**)
Le talent destructeur d'un adorable bambin de sept ans.
Au clair de la lune, mon ami Gaylord (380***)
L'univers de Gaylord est troublé par l'apparition de trois étranges cousins.

RODDENBERRY Gene
Star Trek (1071**)
Un vaisseau terrien seul face à l'envahisseur venu des étoiles.

RUBENS Bernice
Chère inconnue (1158**)
Une correspondance amoureuse peut déboucher sur la tragédie.

SAGAN Françoise
Le sang doré des Borgia (1096**)
Une tragédie historique où se mêlent l'amour, l'argent et le poison.

SAUTET Claude
Un mauvais fils (1147***)
Emouvante quête d'amour pour un jeune drogué repenti.

SPIELBERG Steven
Rencontres du troisième type (947**)
Le premier contact avec des visiteurs venus des étoiles.

TROYAT Henri
La neige en deuil (10*)
Une tragédie dans le cadre grandiose des Alpes.

héritier des Isles
2 t. 1025*** et 1026***)
›ur aider le fils de Marie, Le Fort rede-
›nt flibustier.

·OBINEAU Marcel

›éphanie, l'amour a quatre saisons
2 t. 788*** et 789***)

›éphanie, puisque je t'aime
2 t. 790*** et 791***)

›éphanie, le prix de la liberté
2 t. 792*** et 793***)

›éphanie, les feux du désir
2 t. 794*** et 795***)

›ur suivre celui qu'elle aime, Stéphanie ›fronte la guerre de Crimée, le siège de ›aris en 1870, la lointaine Russie. Mais le ›nheur est à ce prix.

·OLON Anne et Serge

›ngélique, marquise des Anges
2 t. 667*** et 668***)

›ngélique, le chemin de Versailles
2 t. 669*** et 670***)

›ngélique et le Roy
2 t. 671*** et 672***)

›domptable Angélique
2 t. 673*** et 674***)

›ngélique se révolte
2 t. 675*** et 676***)

›ngélique et son amour
2 t. 677*** et 678***)

›ngélique et le Nouveau Monde
2 t. 679*** et 680***)

› tentation d'Angélique
2 t. 681*** et 682***)

›ngélique et la Démone
2 t. 683*** et 684***)

›ngélique et le complot des ombres
›685****)

›n mari condamné au bûcher, Angélique ›vient la marquise des Anges à la Cour ›s Miracles. Puis elle retrouve grâce au- ›ès de Louis XIV et dispute son amour à ›me de Montespan. Bien d'autres aventu- › attendent encore Angélique...

NERY Gérard

Julie Crèvecœur
(2 t. 743** et 744**)

Julie Crèvecœur, les amants de Palerme
(2 t. 745** et 746**)

Julie Crèvecœur, à l'amour comme à la guerre (747**)

Julie Crèvecœur, sursis pour l'amour
(748**)

En 1865, au Mexique, Julie doit traverser la guerre civile américaine avant de retourner à Paris pour découvrir le secret de sa naissance.

SAINT-ALBAN Dominique

Anne jour après jour:

1 - Anne jour après jour (635***)

2 - Le château de la mer (636***)

3 - Les marronniers du Ranelagh
(699***)

Anne est prise entre l'amour qu'elle porte à Julien et ce père qu'elle n'a jamais connu et qu'elle cherche.

VAUTRIN Denyse

Le tourbillon des jours:

1 - Les noces de Corrèze (1009****)
La châtelaine de Vallas peut-elle s'abaisser à épouser Germain, le jeune garçon boucher?

2 - L'heure d'été (1010****)
Après la mort de la comtesse, Charlotte a épousé Germain: Vallas va bientôt lui appartenir.

3 - Le reste de l'âge (1011****)
Posséder Vallas était tout pour Charlotte... mais que lui restera-t-il pour « le reste de l'âge »?

Science Fiction

Jacques Sadoul présente une sélection des meilleurs auteurs du genre, déjà publiés ou inédits.

Demandez à votre libraire le catalogue semestriel gratuit.

ASIMOV Isaac

Les cavernes d'acier (404 ***)
Dans les cites souterraines du futur, le meurtrier reste semblable à lui-même.

Les robots (453 ***)
D'abord esclaves soumis des hommes, ils deviennent leurs maîtres.

Un défilé de robots (542 **)
D'autres récits passionnants sur ce sujet inépuisable.

BARBET Pierre

L'empire du Baphomet (768 *)
Le démon Baphomet des Templiers n'aurait-il été qu'une créature venue des étoiles ?

BLISH James

Semailles humaines (752 **)
Des hommes adaptés aux conditions de vie extra-terrestre colonisent la Galaxie.

CHERRYH Carolyn J.

Hestia (1183 **)
Il aime une non-humaine; leur vie est en danger.

CLARKE Arthur C.

2001 - l'odyssée de l'espace (349 **)
Ce voyage fantastique aux confins du cosmos a suscité un film célèbre.

Les enfants d'Icare (799 ***)
L'arrivée d'êtres d'outre-espace signifie-t-elle la perte de la liberté ?

L'étoile (966 ***)
Une nouvelle anthologie des meilleures nouvelles d'Arthur C. Clarke.

Rendez-vous avec Rama (1047 ***)
Pour la première fois dans l'histoire d l'humanité, un vaisseau spatial étrange pénètre dans le système solaire.

CURVAL Philippe

Le ressac de l'espace (595 **)
Des envahisseurs extra-terrestres surtou préoccupés de beauté et d'harmonie.

L'homme à rebours (1020 ***)
La réalité s'est dissoute autour de Giarre sans le savoir, il a commencé un voyag analogique.

DELANY Samuel

Nova (760 ***)
Un space-opéra flamboyant qui plonge a cœur des étoiles en explosion.

Babel 17 (1127 ***)
Le langage peut-il être l'arme absolue ?

DEMUTH Michel

Les Galaxiales
(2 t. 693 *** et 996 ***)
La première Histoire du Futur écrite par u auteur français.

DICK Philip K.

La vérité avant-dernière (910 ***)
Enterrés depuis quinze ans, ils attendent l fin de la guerre atomique.

:s machines à illusions (1067 **)
›rsqu'on débranche les machines, les usions persistent...

OUAY Dominique
échiquier de la création (708 **)
n jeu d'échecs cosmique où les pions nt humains.

LLISON Harlan
angereuses visions
2 t. 626 *** et 627 ***)
anthologie qui a révolutionné en 1967 le onde de la science-fiction américaine.

ARNESS Charles
anneau de Ritornel (785 ***)
est dans l'Aire Nodale, au cœur de nivers, que James Andrek trouvera son stin.

ARRISON Harry
: monde de la mort (911 **)
our un joueur professionnel, quoi de plus citant que de jouer sa vie contre le sort une planète ?
: monde de la mort - 2 Appsala
1150 ***)
son dinAlt tombe de Charybde en ylla.

ENDERSON Zenna
ironique du Peuple (1092 ****)
s enfants veillent à ne pas léviter devant ır nouvelle maîtresse d'école.

ERBERT Frank
ı ruche d'Hellstrom (1139 ****)
ı l'enfer des hommes insectes.

EYES Daniel
:s fleurs pour Algernon (427 **)
ıarlie est un simple d'esprit. Des savants nt le transformer en génie comme Alger-n, la souris.

:DONALD John D.
bal du cosmos (1162 **)
ıqué sur Terre, il se voit projeté dans un tre monde.

PELOT Pierre
Kid Jésus (1140 ***)
Il est toujours dangereux de prendre la tête d'une croisade.

SPIELBERG Steven
Rencontres du troisième type (947 **)
Le premier contact avec des visiteurs venus des étoiles.

SPINRAD Norman
Jack Barron et l'éternité (856 ****)
Faut-il se vendre pour conquérir l'immortalité ?

STEINER Kurt
Le disque rayé (657 *)
L'homme a perdu son passé et le présent est un cauchemar.
Aux armes d'Ortog (1173 **)
Devenu chevalier-Naute, Ortog fait l'apprentissage de l'espace.

STURGEON Theodore
Cristal qui songe (369 **)
Fuyant des parents indignes, Horty trouve refuge dans un cirque aux personnages fantastiques.
Les talents de Xanadu (829 ***)
Visitez Xanadu, le monde le plus parfait de la galaxie.

VAN VOGT A.E.
Le monde des Â (362 ***)
Gosseyn n'existe plus : il lui faut reconquérir jusqu'à son identité.
A la poursuite des Slans (381 **)
Beaux, intelligents, supérieurs aux hommes, les Slans doivent se cacher.
Le colosse anarchique (1172 ***)
Pour jouer, il doit détruire la race humaine.
Le Silkie (855 **)
Un surhomme ou un démon électronique ?

WILSON Colin
Les vampires de l'espace (1151 ***)
Ils se nourrissent de l'énergie vitale des hommes.

Editions J'ai Lu, 31, rue de Tournon, 75006 Paris

diffusion
France et étranger : Flammarion, Paris
Suisse : Office du Livre, Fribourg
diffusion exclusive
Canada : Éditions Flammarion Ltée, Montréal

Achevé d'imprimer sur les presses de l'imprimerie Brodard et Taupin
7, Bd Romain-Rolland, Montrouge. Usine de La Flèche,
le 30 mars 1982
6928-5 Dépôt Légal mars 1982. ISBN : 2 - 277 - 12131 - 2
Imprimé en France